JN077860

安生 正

襲撃犯

実業之日本社

実業之日本社文庫

目次

〈主な登場人物〉

八神憲章《やがみのりあき》　東亜大学　理学部付属地震研究所　准教授
坂上　東亜大学　理学部付属地震研究所　教授
竹内令子　東亜大学　理学部付属地震研究所　助教

溝口貴弘　陸上幕僚監部　運用支援・情報部　三等陸佐
三桶《みおけ》　陸上幕僚監部　運用支援・情報部　一等陸尉
君島《きみしま》　陸上幕僚監部　運用支援・情報部　三等陸尉

寺田豊彦　陸上幕僚監部　陸上幕僚長
益子《ましこ》　陸上幕僚監部　陸上幕僚副長
熊坂昭夫　陸上幕僚監部　監理部長
篠原　陸上幕僚監部　防衛部長
大山賢三　統合幕僚監部　防衛計画部長
中山　情報本部　統合情報部長
高岡裕二　情報本部　統合情報部　情報官

垣内　陸上幕僚監部　一等陸佐
瀬島 剛《せじまつよし》　陸上自衛隊　特殊作戦群第一中隊　陸曹長

内田　防衛審議官

小林　郡上警察署　刑事
日向《ひなた》　警察庁　警備局外事情報部　外事課長

東山　新日本エネルギー開発機構　理事長

アムスラー　米国国務次官補

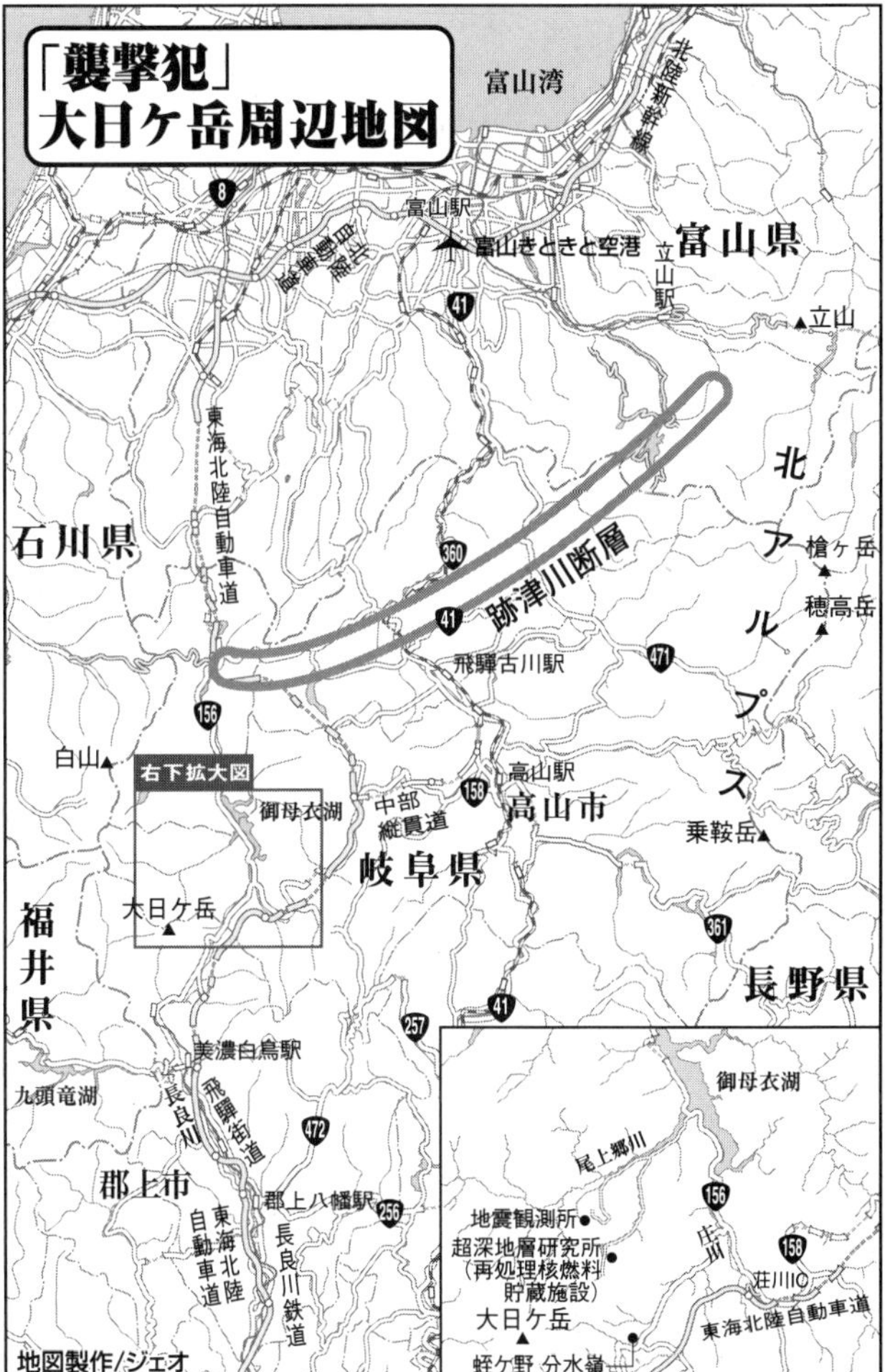

「襲撃犯」
大日ケ岳周辺地図
富山湾
北陸新幹線
富山駅
北陸自動車道
富山きときと空港
富山県
立山駅
立山
41
8
東海北陸自動車道
北アルプス
石川県
360
跡津川断層
槍ヶ岳
穂高岳
41
飛騨古川駅
471
156
白山
右下拡大図
高山駅
158
御母衣湖
中部縦貫道
高山市
乗鞍岳
岐阜県
大日ケ岳
福井県
361
長野県
41
257
美濃白鳥駅
九頭竜湖
長良川
飛騨街道
472
郡上市
郡上八幡駅
256
東海北陸自動車道
長良川鉄道
地図製作/ジェオ
御母衣湖
尾上郷川
156
地震観測所
超深地層研究所
（再処理核燃料貯蔵施設）
庄川
158
荘川IC
東海北陸自動車道
大日ケ岳
蛭ケ野 分水嶺

六月二十三日付
東日本新聞朝刊

二十一日から日本を訪れていたアムスラー国務次官補は、たった二日という滞在日程の中で、片山《かたやま》総理、梶塚《かじづか》官房長官、防衛省幹部などと精力的に会談を行った。席上、北東アジアの情勢分析と安全保障上の懸案事項に関して意見交換が行われた模様で、中でも中国並びに北朝鮮問題が重要な議題だったと政府筋は認めている。

アムスラー国務次官補は離日直前に記者団のインタビューに応え、「詳細については話せないが、今回の訪日は大変有意義なものだった。米国は日米韓のトリニティを最重要視している。今後もこの地域で日米の安全保障に影響をおよぼすような事態が発生すれば、我々は直ちに行動を起こす準備があることを総理に伝えた」と語った。

序章

七月四日　日曜日　午後九時二十三分
岐阜県　飛驒山中

白山《はくさん》を挟んで石川県に接する岐阜県高山《たかやま》市荘川《しょうかわ》町、御母衣《みぼろ》湖に近い山中。

天上から叩《たた》きつける雨粒はワイパーを無力化して、トヨタ・ランドクルーザーのフロントガラスを覆い尽くし、前方の視界を奪って行く。曇るフロントガラスに額が擦れるほど身を乗り出した八神憲章《やがみのりあき》は、アクセルを踏み込んだ。

白山から南に連なる峰々の一つ、大日ケ岳《だいにちがだけ》の北麓へ通じる山道は、台風九号に刺激された梅雨《ばいう》前線がもたらす豪雨のカーテンに霞《かす》んでいた。

国道156号線と分かれ、尾上郷《おがみごう》川《がわ》に沿って走る道は、狭くて急なカーブが連続するのに、街路灯はもちろんのこと、ガードレールさえ設置されていない。無理なスピードでハンドルを切り損ねれば、右の谷底を流れる尾上郷川が口を開けて待ち構えている。

　悪天候の中、岐阜の町を出て通称『飛驒街道《ひだ》』と呼ばれる国道156号線を北上して、四時間が経《た》った。美濃《みの》市を抜けると、長良《ながら》川沿いの谷幅は次第に狭まり、中央構造線の西側にあたる急峻《きゅうしゅん》な山岳地帯では、稜線《りょうせん》から駆けおりる斜面が長良川まで一直線に続いている。千メートルを超える切り立った山稜を仰ぎ見ながらの道程には、美濃白鳥《しろとり》駅を過ぎたあたりから人の気配も消え失《う》せた。

　大日ケ岳山腹の新しい地震観測所まではあとわずかだ。

　雨にむせぶ前方の闇に、うっすらと赤いテールライトが浮かび上がった。先発していた恩師の坂上《さかがみ》教授と令子《れいこ》の車に間違いない。ようやく追いついた。

　教授のスバル・フォレスターを追う八神が次の急カーブを曲がろうとしたとき、助手席に置いていた荷物が床に雪崩《なだれ》を打った。マックブックが壊れでもしたらセーブしてあるデータがパーになる。学会へ投稿した論文が査読結果によっては書き直しもありえるのに、原稿のバックアップを取っていない。八神は慌ててブレーキを踏んだ。

　シートベルトを外した八神は、散乱した鞄《かばん》の中身やマックブックを拾い上げようとした。

　シートを通して臀部《でんぶ》に伝わる振動に、今までと違うなにかが混ざり込んでいる。

アイドリングの揺れではない。顔を上げた八神はコンソールの時計にちらりと目をやった。

午後九時四十三分。

八神は、オーディオのボリュームをそっと下げた。

耳をすまし、雨音の彼方《かなた》に忍び寄る不吉の前兆を聞き取ろうとした。ワイパーの反復音が室内にこもる。

取り越し苦労だったか……。

再びアクセルを踏もうとしたとき、足下から噴き上げた地鳴りとともに、八神の体は一瞬宙に浮いた。

大地がうねりながら、ゆっくり動き始めた。

左斜面の遥《はる》か上から、あたりを揺るがす轟音《ごうおん》とともに、黒い影が覆い被《かぶ》さってきた。滑る森、飛び散る礫石《れきいし》。雪崩のごとき黒い流れが斜面を駆けおりてくる。

その先端がフォレスターを捉えた。雨のなかに浮かんでいた赤いテールライトが蛍《ほたる》のように揺らめいた。次の瞬間、ふわりと浮き上がったライトはそのまま右方向へ流され、あっというまに谷底の闇へ消えていった。

髪の毛が逆立ち、恐怖が全身を貫く。

本能的にギアをバックに入れた八神は、思いっきりアクセルを踏んだ。

ランクルのホイールが、悲鳴を上げて逆転する。

今度はすぐ頭上で、もっと大きな鳴動《めいどう》が轟《とどろ》いた。

近い！

八神は目を見張った。信じられない巨大な影が、頭上を覆い尽くす。

幾千幾万の悲鳴にも似た地響きとともに、土石流が礫《れき》や杉の大木を巻き込みながら、津波のごとく一気に斜面を崩れ落ちてくる。

のたうつ土砂のうねりが路上をなめ尽くし、あっというまにランクルの前輪を持ち上げた。フロントが右に流される。八神は夢中でハンドルを左に切り返してカウンターを当てようとした。擦るような金属音を響かせ、車体が激しくロールする。

コントロールを失ったランクルは、テールから道端の土砂にめり込んだ。

後頭部がヘッドレストに叩きつけられた。目の前で無数の光点が弾《はじ》けた。

エンジンの鼓動が止まり、静寂がほんの一瞬訪れた。

車体が歪《ゆが》むきしみ音が聞こえると、ランクルが動き始めた。引きずられるように向きを変えた車体は、そのままじりじり崖に向かって滑って行く。

八神は慌ててエンジンキーを回した。一回、二回、さらにもう一度。セルは目を覚まさない。フロントガラスが押し寄せる土砂で真っ黒に塗り潰《つぶ》されていく。その闇の先にあるのは、尾上郷川の荒れ狂う濁流だった。

時間が妙にゆっくり流れ、すべての動きが緩慢に思えた。

八神は両手で顔を覆った。

突然、なんの予兆もなく、車が動きを止めた。

黒い邪悪な影は右の闇へ吸い込まれ、地鳴りもどこかへ消え失せた。

ワイパーの間抜けな機械音が規則的に響く。

何事もなかったように雨粒がフロントガラスを叩いていた。

恐る恐るドアを開けて、右足を地面にそっとおろした。足下の先、数メートルのところで道路が跡形もなく消えている。土石流に大きく削り取られた斜面が尾上郷川の濁流に落ち込み、この世の果てを思わせる崖が口を開けていた。

体の震えが止まらない。雨を吸い込んだシャツが重く、両肩にまとわりつく。

踵《きびす》を返した八神は走り始めた。明かりを探した。真っ暗な山道を麓に向かってひた走る。口からなにかが噴き出した。足がもつれて何度も転んだ。頬を地面に擦りつけ、口の中が泥で溢《あふ》れた。

どこをどう走ったのか、ようやく前方に明かりが一つ見えた。揺れてぼやける視界の中で、かすかに輝く明かりだった。

道端に積み上げられた石垣の上に立つ一軒家。

坂を這《は》い上がった八神は玄関へ転がり込んだ。人の営みの匂いが鼻孔をくすぐると、安堵《あんど》の思いが胸に湧き、疲労感が体の芯から溢れ出す。八神はその場に両膝から崩れ落ち、土間に両手をついて四つん這いになると、かすれ声を絞り出した。

「……助けて下さい。車が、……車が土砂崩れに巻き込まれて川へ流されました」

奥から姿を現した女性が、ぎょっと目を見開いて立ちすくんだ。

「お願いです。助けて下さい」

立ち上がろうとした八神の前で、女性の姿がぐるりと百八十度回転した。なぜか彼女が天井を歩いていた。

そこで意識が途切れた。

同時刻

長野・群馬県境　国道18号線旧道

群馬県の松井田《まついだ》町から長野県の軽井沢《かるいざわ》町へ抜ける国道18号線の旧道は、森の中を抜け、全部で百八十四カ所もカーブが続く。そんな峠道を、陸上自衛隊東部方面隊の後方支援隊に所属する07式重装輪運搬車《じゅうそうりんうんぱんしゃ》が、碓氷《うすい》峠に向かって坂をのぼっていた。五百四馬力のベンツ製ディーゼルエンジンが積荷の重さで喘《あえ》ぎ声を上げる。三軸駆動装置を装備した最新のトレーラーだ。銀色に塗られた円筒形の収納容器を支えるキャリアには、接地圧を一定にするため合計四十八輪のタイヤが装着されている。長さ二十メートル、幅二・八メートルの巨体だった。

午後から天候は急速に悪化していた。大粒の雨がフロントガラスを叩く。ローギヤーのうなりがくぐもり、およそ車とは思えない数の計器で埋め尽くされた運転席で、すこぶる座り心地《ごこち》の悪い硬質のシートに痛めつけられた尻をさすりながら、岡崎《おかざき》二等陸士は独り言を呟《つぶや》いた。

「これは荒れますね」

助手席で命令書へ視線を落とす樋野《ひの》陸士長に、岡崎は無視された。任務以外のことには無関心な堅物な態度。十二旅団の木仏《きぶつ》とはよく言ったものだ。

「まだ先は長い。しっかり前を見ていろ」

相変わらず感情の起伏を感じさせない声だった。

気詰まりなことこの上ない。「了解しました」と、岡崎はカップソーサーのコーヒーカップに手を伸ばした。

この密室で、この堅物と、あと九時間も一緒と思うだけでぞっとする。

午前五時に茨城県の鹿島《かしま》港で荷物を積み込んでから、はや十六時間になろうとしている。朝の九時に鹿嶋《かしま》の町を出て国道355号線で石岡《いしおか》市を経由、笠間《かさま》市から国道50号線に進路を取った。田園の中を走る平坦《へいたん》な国道の両側には、大型のパチンコ店、紳士服の量販店、ファミレスなどが立ち並び、どこにでもある郊外の風景が延々と続いていた。その中で岡崎たちの車列は異彩を放っていた。前後をカーキ色の軽装甲機動車《けいそうこうきどうしゃ》に守られた重装輪運搬車。道行く人々や対向車線の運転手たちが、めったにお目にかかれない光景に、物珍しそうな視線を向けてきた。

昼食も取らず、国道50号線をひたすら西進して栃木県足利《あしかが》市を抜ければ群馬県に入る。このあたりまでくると通行車両も増えて、走行車線を慎重に走る岡崎たちの隊列をわずらわしそうに追い抜いて行く車が目立ち始めた。

日も暮れかける頃に前橋《まえばし》市を通過、国道18号線に入って、ようやく碓氷峠の手前までたどりついた。

なぜか高速道路も、バイパスも、一切使用しない、おそろしく気の長い輸送経路だった。

樋野の仏頂面を横目で見ながら、岡崎はカップに口をつけた。

そのとき。

濁った前方の闇からなんの前触れもなく、押し潰すような衝撃波が襲ってきた。

カップのコーヒーが大きく波打って、節くれ立った右手にまき散らされた。

岡崎は両目を見開き、悲鳴を飲み込んだ。

顔を上げた樋野の両手から書類が床にするりと抜け落ちた。

二十メートル前方で、先導の軽装甲機動車、通称ライトアーマーが炎に包まれた。硬質な爆発音に続いて、四つのドアとボンネットが噴き飛び、さらにそこから紫色の火炎《かえん》が噴き上がる。

訓練で叩き込まれた岡崎の右足が、考えるよりも早くブレーキペダルを踏むと、全車輪がロックした。

車体がきしみ、ヒステリックにタイヤを鳴らしながら重装輪運搬車が急停車した。まるで息を潜めた猟犬のように、低くうなるエンジン音が暗闇に消えていく。

「各部ロック確認！　全計器モニターオン。非常灯点灯。暗視装置オン」

樋野が室内灯を切り替えながら叫んだ。

赤い非常灯に照らされた運転席に、計器の橙《だいだい》色の明かりがぼんやり浮かび上がる。

別の爆発音が運搬車の上を飛び越し、続いて頭上から火の粉が舞い落ちた。

暗視装置の光量を調節していた岡崎は首をすくめた。

「後方の機動車炎上！」

岡崎の目はバックモニターに釘《くぎ》づけになった。バクバクと脈を打ち始めた心臓が口から飛び出しそうになるのを、奥歯を嚙《か》み締めてこらえた。

四・五トンもある軽装甲機動車が、炎に包まれながら横転した。

めらめらと燃え上がる火炎の向こうで、幾つかの黒い影が素早く機動車へ駆け寄る。

「後方に敵！　発進しろ」

両足を踏ん張り、伸ばし切った上半身を捻《ひね》り込んで背後の防弾窓から状況を確認していた樋野が絶叫する。

岡崎は車を発進させた。

エンジンのうなりが山々にこだまする。

無線のマイクを摑《つか》み上げた樋野が、遥か彼方の司令部に叫んだ。

「メーデー、メーデー。こちら第十二後方支援隊、38－5409。138発生。至急、救援を乞う。聞こえるか。至急、救援を乞う。オーバー」

無線は沈黙したままだった。

樋野がマイクを握り締めたまま、怯《おび》えた目を岡崎に向けた。

左方向から糸を引くような飛行音が接近してくる。

一度も聞いたことのない、シュルシュルという蛇の這い回るような飛行音。

窓の外を確認するより早く、背後から耳をつんざく轟音が襲いかかり、激しい衝撃が運転席を揺らす。

「誘導弾！　左側面後方……、左側面後方で火災発生」

「緊急信号。急げ」

樋野の怒声が連続する爆発音の中にちぎれ飛ぶ。

緊急信号発報ボタンのカバーを外した岡崎は、親指の腹で赤いボタンを押し込んだ。

「軽装甲機動車が進路を塞いでいます」

「そのまま排除しろ！」

炎上する軽装甲機動車へ、重装輪運搬車が正面から突っ込む。

重装輪運搬車のバンパーが軽装甲機動車の残骸を巻き込み、シャーシがそれを押し潰す。金属の擦れる音。潰された軽装甲機動車が道路脇へ押し退《の》けられ、路肩から谷底へ転がり落ちて行った。

「司令部、聞こえるか。何者かに攻撃されている。至急救援を乞う」

樋野が応答しない無線に怒気をぶつける。

車の左下部から噴き出す炎がミラーに映る。

外板パネルが溶けて捲《めく》れ上がる音が耳に響いた。

塗料が、オイルが、タイヤが焼ける臭いが混ざり合って、エアコンの吹き出し口から室内へ流れ込んできた。咳《せ》き込みながら岡崎は口を押さえた。

「行け！　もうすぐ峠だ。行け」

パラベラム弾の二十五発入り弾倉を装着し、安全装置をオフにした9ミリ機関拳銃を樋野が構える。そのあいだも彼の右目は決してバックモニターから離れなかった。

出力百二十パーセントまで燃料を吹き込まれたエンジンが、うなりを上げて重装輪運搬車の巨体を引っ張る。炭素繊維、高強度鉄板とガラス繊維を幾重にも重ねた特殊装甲のエンジンルームと運転席だけが、かろうじてダメージを免れていた。

ミラーに映るキャリア部の炎が勢いを増す。溶け出したアルミ合金が白煙をまき散らし、満身創痍《まんしんそうい》の重装輪運搬車が峠をのぼって行く。

運転席に異臭が漂い始め、室内の温度が三十五度を超えた。

「岡崎二士。もっとアクセルを踏め」樋野が叫んだ。

デジタルメーターパネルに組み込まれた故障監視モニターで、車輪のランプが一つ、また一つ点灯する。

炎に炙《あぶ》られたタイヤのゴム部分が焼け落ちたらしい。

ホイールがアスファルトを切り刻み、車体が激しく揺れ始めた。

「車輪の損傷甚大《じんだい》。車体をコントロールできない！」

もはやモニターを見るまでもない。暴れるハンドルにはじき飛ばされそうな腕を岡崎は懸命に押さえ込んだ。

モニターに『WARNING』の文字が点滅する。けたたましい警報が鳴り響く。

「油圧が下がっています。ブレーキが効きません」

「損耗率報告」

「損耗率七十五パーセント。もう限界です」

損耗率が七割を超えれば、もはや機械ではない。動いていることが奇蹟《きせき》だった。

「行けるところまで行け。最後は路側《ろそく》に突っ込む」

樋野が前方の闇を睨《にら》みつける。

カーゴ部分の下周りから噴き上がる炎があたりを照らし、舞い上がる白煙が山腹をなめるようにたなびく。

不気味な破断音のあと、硬いものをなにかに擦りつける音が車体の底から漏れてきた。

駆動用シャフトの故障監視モニターが点灯する。

車体全体が大きく左へ傾き始め、ノッキングの振動が不吉な未来を予言する。

「キャリア部はもうだめです。切り離しますか」

「ばかを言うな！　積み荷をなんだと思っているんだ」

樋野の怒声が岡崎の頬を叩く。

突然、目の前のフロントガラスに小さな染み模様がついた。

一つ、二つ……。

雪の結晶を思わせる模様がみるみる数を増し、ガラス全体が白く変色していく。

「徹甲弾《てっこうだん》……ばかな」樋野の喉が鳴った。

鋼鉄製の礫《つぶて》が白く、そして放物線の軌道を描きながら次々と襲いかかる。

全面が弾痕で覆い尽くされたフロントガラスが、じりじり内側へ向かって湾曲を始めた。車のフロントガラスは外へ膨らむ曲面で風圧に抵抗するよう設計されている。その形が崩れていく。

ピンという軽い破裂音とともにガラスの一部に貫通孔があいた。その瞬間、雷に打たれたかのごとく体をくねらせた樋野が、左胸を押さえながら突っ伏した。

額がコンソールに当たる鈍い音が響く。

胸の傷口を押さえた両手の指の隙間から、鮮血が噴き出していた。

「陸士長！」

樋野の口から、べろりと舌が垂れ下がる。うなだれた首を乗せた上体がコンソールを擦りながら、岡崎の方へ倒れ込んできた。ハンドルから離した左手で上官の体を支えた岡崎は、首筋の頸動脈《けいどうみゃく》に親指の腹を当てた。

脈動はすでに途絶えていた。

樋野の右手から抜き取ったマイクを口元に寄せようとした岡崎の左腕が、ガラスの弾ける音とともに、ありえない方へ折れ曲がった。

激痛で一瞬、意識が遠のいた。

運転席の床に、天井に、窓ガラスに、鮮血が飛び散る。傷口から噴き出す血液が、岡崎の命をまき散らしていく。

それでも、動かせる右腕でなんとか車をコントロールしようと、懸命の努力を続ける。

ヒュンという風切り音を残して曳光弾《えいこうだん》が左側頭部をかすめた。

薄れ行く意識、足下から這い上がる死の予感。

——こんなところで、俺は、俺は……。

「ちくしょう」

車体が左右に蛇行を始める。

もはや車を捨てるしかない。運転席のドアを開けた岡崎は、道路へ飛びおりた。

樋野だけを乗せた重装輪運搬車が坂をのぼって行く。やがて道路が大きく右にカーブし始めると、車は左のガードレールに車体を引っかけ、その反動でフロントが右を向く。道路を斜めに突っ切り、右路側の擁壁《ようへき》へ車体を擦りつける。

断末魔の金属音を発しながら暴走する重装輪運搬車が横転した。

路面に横たわる岡崎は激痛を堪《こら》えながら、ただ呆然《ぼうぜん》とその光景を見つめるしかなかった。大量の出血で意識が薄れ始め、耐えがたい寒気に全身が震える。

焼け焦げたタイヤの破片が舞い上がり、引きちぎられたドアやフェンダーの金属片が飛び散る。

ようやく車体の下部で続いていた爆発が収まった。

やがてカラカラと空回りしていた駆動輪が動きを止めると、あたりは静寂に包まれた。

岡崎は起き上がろうと、残された右腕を路面についた。

両足の感覚はすでに消え失せた。

口からなにかが吹き出した。

背後から足音が近づいてきた。

音の方向へ振り返った岡崎は、額になにかが食い込む痛みを覚えた。

第一章　陰謀の扉

七月四日　日曜日　午後十一時三十五分
静岡県　御殿場市　陸上自衛隊板妻駐屯地

陸上幕僚監部運用支援・情報部に所属する溝口貴弘《みぞぐちたかひろ》三等陸佐は、御殿場《ごてんば》にある第一師団の板妻《いたづま》駐屯地から市ヶ谷《いちがや》の陸幕監部へ急遽《きゅうきょ》呼び戻された。九月中旬に行われる陸自と米国陸軍の合同軍事演習の打ち合わせを控え、日曜から前日入りし、談話室で連隊の幹部らと談笑中のことだった。呼び出しの電話を切る頃には、迎えのヘリパイロットから〈十分後に到着〉との連絡が入るほど手回しがよかった。

洗面所へ行き、アルコールで赤くなった顔を水で冷やす。見慣れた四角い顔が鏡に映っていた。そういえば、情報部のモアイ像などとふざけたことをぬかした奴《やつ》がいた。そう見えたのは髪型のせいだ。自衛官だから筋肉質ではあるけれど、百七十五センチしかない身長もあって目立つ体軀《たいく》ではない。スーツを着れば、普通のサラリーマンにしか見えないだろう。

急いでまとめた書類を愛用のジュラルミンケースに押し込んだ溝口は、宿舎脇の松林を切り開いて作られたヘリポートへ出た。なんとなく気乗りしなかった。

もっとはっきり言えば悪い予感がした。

見送りに出た木之本《きのもと》一等陸尉が「もうきましたよ」と頭上を指さした。制帽を押さえながら仰ぎ見ると、東京よりも遥《はる》かにきらめく星空を切り裂いて、ＯＨ－６Ｄヘリの丸いボディが降下してくる。

「三佐、残念です。次は三佐がお好きな〆張鶴《しめはりつる》を用意しておきます」ダウンウォッシュに飛ばされそうな帽子を片手で押さえながら、木之本がヘリのドアを開けた。

パイロットは溝口に左手で敬礼したが、その右手はサイクリック・ピッチ・スティックを握り締め、エンジン出力も離陸回転数ぎりぎりのレベルを維持したままだった。

急いでくれ、いかにもそう言っているようだった。

「世話になったな」副操縦士席に乗り込んだ溝口は、シートベルトを腰に回した。

「三桶《みおけ》によろしくお伝え下さい」木之本がドアを閉め、外から敬礼した。

溝口は微笑《ほほえ》みで返礼した。

「よろしいですか」パイロットが横から、溝口の耳元に口を寄せた。

「行ってくれ」溝口は木之本を見たまま頷《うなず》いた。

パイロットはコレクティブ・ピッチ・レバーを一気にアップして、メーン・ローター・ブレードのピッチを上げると、同時に左ペダルを踏み込んだ。OH－6Dは弾《はじ》かれたように大地を離れた。

――おいおい、お手柔らかに頼むぞ。

溝口は思わず両足を踏ん張った。

座席に押しつけられるような、激しい最大パフォーマンス離陸だった。

高度が三千五百フィートに達すると、パイロットはスロットルを最大にして水平飛行に移行した。超過禁止速度で東京を目指す。なにが起きたのか。こんな時間に静岡から呼び戻すなど尋常ではない。

離陸して十分も経《た》たないうちに、前方の稜線《りょうせん》の彼方《かなた》がぼんやり白み始めた。

東京の明かりだった。

ヘリが丹沢《たんざわ》の最後の峰を越えた。その途端、目の前に宝石箱をぶちまけたような関東平野の明かりが広がった。まばゆいばかりの光の粒が地平の彼方まで続き、ヘリのフロントガラスを埋め尽くした。

息を飲む光のモニュメント。眼下に広がる夜景は言葉にならないほど美しかった。

米軍厚木《あつぎ》基地を北に迂回《うかい》して東京都へ入り、新宿《しんじゅく》上空をかすめたOH－6Dは、市ヶ谷を目指して靖国《やすくに》通り沿いに東へ飛ぶ。足下を東京の輝きが猛スピードで通過して行った。やがて前方に巨大な通信塔と四角い茶色のビル群が浮かび上がる。

目的地のA棟は防衛省の中枢であり、地下四階地上十九階の高層ビルで、延べ床面積は官庁の中で最大を誇る。ＯＨ－６Ｄは、A棟屋上に設けられたヘリポートへ急角度進入による着地態勢に入った。

スキッドが地面につくやいなや、ドアが外から開け放たれた。

「お待ちしておりました」

出迎えた若い一尉の頬が引きつっている。

「ご苦労」ヘリからおりた溝口は言葉少なに答えた。

御殿場では想像もしなかった張り詰めた空気を感じた。

「皆様、お待ちです」と、一尉が硬い表情のまま先を歩き始めた。

「どうした、ずいぶん緊張しているじゃないか、なにがあった」

「申しわけありませんが、詳しいことは聞いておりません」

溝口の問いに一尉が言葉を選ぶ。二人はエレベーターに乗った。

「十三階か」

「いえ、中央指揮所で皆様お待ちです」

溝口は耳を疑った。通常の会議なら十三階の省議室が使われる。それが有事《ゆうじ》でもあるまいに、地下三階にある中央指揮所で会議を行うとはどういうことだ。

分厚いコンクリートで覆われ、万全のセキュリティシステムを有する国内の地下施設の中で最も強固な空間。それが中央指揮所だった。

溝口は今、その扉の前に立った。

七月五日　月曜日　午前零時三十一分
防衛省A棟　中央指揮所

日付が変わった。

指揮所に足を踏み入れた溝口は目を疑った。深夜にもかかわらず室内では、統合幕僚監部の防衛計画部長、陸幕監部より陸上幕僚長、陸上幕僚副長、監理部長、防衛部長が円卓を囲んで顔を揃《そろ》えていた。

おまけになにが気に入らないのか、仏頂面のオンパレード。密閉された室内には息苦しいほどの鈍重な空気が充満していた。

「座りたまえ」

寺田《てらだ》豊彦《とよひこ》陸幕長が自らの正面に用意された椅子を指さした。

「失礼します」軽く一礼した溝口は席に腰をおろすと、制服の身だしなみを今一度整えた。背もたれに身を委ね、足を組んで聞く話ではなさそうだ。

寺田が右隣の男に頷いた。白髪混じりの男が頷き返す。統合幕僚監部防衛計画部長の大山賢三《おおやまけんぞう》陸将がそこにいた。通常は将補クラスが座るポストに任命された陸将。それだけで他への睨《にら》みの度合いが違っていた。

「君が溝口三等陸佐か、噂《うわさ》は聞いているよ」

大山が丸い眼鏡《めがね》を鼻にのせると、手許《てもと》の資料に目を落とした。

「昭和五十五年五月生まれの四十一歳。広島県出身。平成十五年、防衛大学校を優秀な成績で卒業。陸上自衛隊に入隊後、一貫して情報部門に所属。そのあいだ、第三級賞詞《しょうし》を始めとして表彰十二回」溝口の胸の防衛記念章に視線を送ってから、大山が眼鏡を外し、ファイルを閉じた。

「若いな。しかし見事な経歴だ、なぜ情報本部に行かなかった」

溝口は沈黙で答えた。

それでは、と寺田が切り出した。

「こんな時間に呼び出してすまない。もう察していると思うが非常事態だ。君の力を借りたい」

寺田が一冊のファイルを、溝口へ投げてよこした。

「失礼します」と断ってからファイルに手を伸ばした溝口は、『極秘』の印が押された封を切ってファイルを開いた。

唇を軽く舐《な》めてから、溝口は中身に目を通す。

ページをめくるに従って、溝口の乾きは唇から喉の奥へ広がっていった。

「要点は飲み込めたか」寺田が口を開いた。

「はい、おおよそは……」

溝口は静かにファイルを閉じた。

寺田が言葉を続ける。

「三時間前、長野・群馬県境で何者かに強奪されたのは、輸送中のMOX、つまりプルトニウム燃料五十キロだ。目的地は岐阜県大日ケ岳に新しく建設された再処理核燃料貯蔵施設。施設の目的は原発行政の変更にともない、国内に分散していた再処理核燃料を一カ所に集めて保管することにある。テロなどの攻撃に対して万全の保安体制を敷いた最新の地下貯蔵施設に向けて、今回の燃料輸送が第一陣だった。ところが事案が起きた。襲撃犯たちは燃料輸送中の07式重装輪運搬車を攻撃、大破させたあと、収納容器の電子ロックを解除、計三体のプルトニウム燃料のキャスクを持ち去っている」

「あのような山中から、どのようにして持ち去ったと」

溝口の問いに身を乗り出した寺田が、居並ぶ将官たちの一番奥に腰かけたスリムな一尉へ指を立てた。

　無言で立ち上がった男が、こちらを一瞥《いちべつ》してから、寺田に向かって軽く会釈した。

「車両によると思われます」

「緊急配備はかけなかったのか」

「旅団司令部が状況を把握するのに手間取り、警察への連絡が遅れた模様です」

　尉官は淡々とした口調だった。

「そのあいだに襲撃犯は堂々と国道を使って逃走したと」

「ご推察のとおりかと」

　前を見据えたままの溝口に、視界の隅で尉官が答えた。

　すると、額に手を当てた陸幕の篠原《しのはら》防衛部長が二人の会話へ割って入った。

「そんなことより、プルトニウム五十キロで、長崎型の原爆が四個作れる。我々から奪った核燃料を使って、テロリストが核爆弾を製造する事態など許されない」

「そうでなくても、奥利根《おくとね》や丹沢の水源池にばらまかれれば影響は計りしれない」

　大山が言葉を足す。

「そのような大量のプルトニウム輸送に、護衛が軽装甲機動車二台だけですか」

「軽装甲機動車は単なる先導車にすぎない。07式重装輪運搬車そのものが完全な装甲車なのだ。あれで不十分と言うなら10式戦車を護衛につけるしかない」

「しかし、三時間前にその装甲が完全ではなかったと証明されたわけですね」

一瞬、室内の空気が凍りついた。

「言い過ぎだぞ、溝口三佐」寺田が静かに溝口を諭す。

「失礼しました」

今は鉄屑《てつくず》となった運搬車の写真を、溝口はそっと円卓の上に置いた。

大山が眼鏡のレンズをハンカチで拭い始めた。

「三佐。襲撃犯を洗い出せ。襲撃犯さえ特定できれば、彼らの拘束とプルトニウム燃料の奪回はこちらでやる」

「それは無理です」

溝口は即答した。

室内のメンバーが唖然《あぜん》とした目を向けてくる。

溝口は、呆《あき》れと怒りが滲《にじ》んだ彼らの視線をはねつけた。

プルトニウム燃料の襲撃犯を自衛隊自らが捜索するなどばかげた妄想だ。そんな任務規定がどこにある。これは警察の仕事だ。

「陸上自衛隊自ら調査に乗り出す法的根拠がありません」

「自衛隊法第七十九条の二を適用する」

自衛隊法第七十九条の二『治安出動下令前に行う情報収集』

ありえない。

両の拳を机に置いた溝口は、テーブルを挟んで鎮座する出席者たちを見返した。

「お言葉を返すようですが、現状で許されるのは防衛省設置法第四条第十八号の規定に基づく、平素からの所掌《しょしょう》事務の遂行に必要な情報収集のみと考えます」

「おいおい、なんだ、この堅物は」「噂どおりだな」

室内がざわついた。同時に、幾つもの溜《た》め息《いき》が追いかけてくる。

「こんな非常時でも組織の決め事をばか正直に守る。つまりそういうことか、三佐」

大山の恫喝《どうかつ》。さすがは『第二師団の猛牛』と呼ばれただけはある。

「部長。お言葉を返すようですが、車両が三台攻撃されただけで、治安出動命令が発令される事態に発展するとは思えません」

「なぜ、そう言い切れる。かつて、国内で重火器によるテロ事案が発生したことはない。最悪を考えるということだ」

大山が苛立《いらだ》ちを強めながら、溝口が机に戻したファイルを指さす。

「三佐、状況を考えろ。すでに片山総理を長とした対策本部が内閣に設置された。

テロ対策だけでなく、放射性物質の輸送中に発生した事故ゆえ、原子力災害対策特別措置法に基づいた原子力災害対策本部も兼ねている。まことに由々《ゆゆ》しき事態だ。敵が再度、原子力施設に攻撃を仕かけてきた場合は、対抗措置として直ちに治安出動の発令が検討される」

「SATの出動では不十分だと」

「MP5や89式小銃だけで、これだけの相手に対抗できると思うか」

大山の口調は、もはや査問会を思わせた。

なぜそう決めつける。事案が起こったのは、ほんの数時間前で、犯人像さえ摑《つか》めていないはずなのに。

「ということは、警察と合同で調査に当たるのですね」

「我々だけで事を処理する。被疑者の取り調べも同じだ」

溝口は思わず、「えっ」と声を上げた。

「三佐。警察への引き渡しは、こちらで必要な取り調べを行ったあとだ。今回にかぎるという前提で、対策本部も了承している」

大山の言葉に、溝口は反らせた上体を背もたれに預け、天を仰いだ。自衛隊で被疑者の取り調べを行ってから警察へ引き渡すことに問題がないわけなどない。

要するに法令違反を行いながら、極秘の犯人探しが溝口の任務らしい。

「私には納得できません」

「もういい！　下がれ」

突然、大山の怒声が室内に響いた。まるで溝口に非があるかのような大山の剣幕。侮蔑の視線を投げながら、溝口はこれ見よがしに首を回してみせた。

気色ばんだ大山が背もたれから起き上がる。

まあまあ、と右の掌《てのひら》を上げて寺田が大山をなだめる。

「溝口三佐、これは命令だ。お前が納得できるかどうかなど問題ではない」

「陸幕長。諜報《ちょうほう》活動の基本は柔軟性のはず。なんだね、この男は。他にもっとましな佐官がいるだろう。規則だ、隊法だ、要するに腰抜けじゃないか」

収まらない様子の大山が寺田に当《あ》て擦《こす》る。そんな大山を無視した寺田が机の上で指を組んだ。

「溝口三佐。我々はプルトニウム燃料五十キロを奪われただけでなく、優秀な隊員を八名失った。この事態に対処できるのはお前しかいないという私の結論は間違っているか」

室内に満ちる苛立った沈黙。溝口を取り巻く尖《とが》った幹部連中。

溝口は不承を沈黙で表した。

「防衛計画部長。そういうことです」

寺田の仲裁に、大山があさっての方向を向いた。

「溝口三佐が動くのはよしとして大山部長、現状で襲撃犯についてのお考えは」

場を取りなす篠原防衛部長の質問に、大山が先ほどの尉官を指さした。

「まだ彼を紹介していなかったな。情報本部の高岡《たかおか》一尉だ。彼の下に集まった情報は統幕長だけでなく、我々にも届けられる。篠原部長の質問について、委細を彼から答えさせよう」

尉官が鋭い視線を篠原へ向けた。

「想定される襲撃犯としては北朝鮮工作員、イスラム過激派、並びに北朝鮮以外に米国国務省が指定するテロ支援国家、つまりイラン、シリア、スーダンの三カ国が考えられます。国内の情報は公安調査庁、並びに警察庁警備局に、海外の情報はDIA、つまり米国国防情報局に照会済で、リエゾン・オフィサーにはいつでも連絡が取れる状態を確保しています」

思い出したぞ、その顔。高岡裕二《ゆうじ》、情報本部統合情報部の情報官だ。

今度は高岡が大山に顔を向ける。

「大山防衛計画部長。私からも一言、お聞きしてよろしいですか」

溝口に向けていたそれとはまるで異なる表情で、大山が高岡を受け入れる。

「調査班の動きがマスコミに感づかれる恐れは」

「ない。正確に言うと感づかれても漏れる心配はない。国家機密の漏洩《ろうえい》を防ぐため、本日より政府は国家情報に関する厳重な統制を敷く。それを前提に国内要所への警護出動、領域警備、そして治安出動、どの命に対しても即応できるよう、全部隊は第三種の即応態勢に入った。そして襲撃犯の居場所が特定できた場合、国内のどこであろうと一時間以内に第一ヘリコプター団を使って特殊作戦群を投入する」

特殊作戦群は、千葉県船橋《ふなばし》市の習志野《ならしの》駐屯地に拠点を構える中央即応集団に属する陸上自衛隊初、かつ唯一の特殊部隊だ。

「せいぜい小隊クラスの襲撃犯相手に自衛隊総出で治安出動ですか」

溝口にしてみれば、嫌みの一つもぶつけたくなる。

大山が、催促するように指先でとんとんと机を叩《たた》いた。寺田が応じる。

「三佐。その電話から秘匿無線を使える。部下を非常呼集しておけ」

「いいえ、すでに待機命令は下してあります。こんなことだろうと思いましたから」

床に置いていたジュラルミンケースに、溝口は手の内で整えたファイルを押し込む。

「垣内《かきうち》一佐を知っているか」

突然、寺田が思いもしない名前を口にした。

溝口は手を止めた。

「はい」

「彼が警護の軽装甲機動車に同乗していた。その姿が見当たらん」

「連れ去られたと」

「彼はこの輸送計画の責任者として陸自初の核燃料輸送に帯同していた。懸念されるのは彼がある国家機密にかかわっていたことだ。その機密が第三国に流れることだけはなんとしても阻止せねばならない。もちろん一佐が、簡単に自白するとは思えないが」

溝口はケースを床に戻した。

「一つお聞かせ下さい。垣内一佐の持つ国家機密とはなんですか」

「一佐はもって一週間だろう。だから、一日も早く襲撃犯の正体を割り出せ。状況は逐次報告。以上だ」

溝口の質問を突き放した大山が立ち上がる。他の出席者もそれに続く。一言も発することなく、呆《あき》れた目線と冷めた目線を溝口へ送りながら一人、また一人、指揮所をあとにし始めた。

指揮所を出ようとした大山が、扉の手前で振り返った。

「溝口三佐。おりるなら今だぞ」

溝口はたった一人指揮所に残された。室内に満ちていた溝口への怒りと嫌悪が、内なる屈辱と胸糞《むなくそ》悪さに形を変える。

最初から喧嘩腰《けんかごし》の幹部たち。特に大山だ。あれだけ悪態をつきながら、なぜ自分なのか。

それにしても、寺田は溝口の性格を知り尽くしているはず。

登庁はきっかり八時、鞄《かばん》は左の足下、デスクに置いた筆立ての位置はいつも右端と決めている。

そんな溝口に、寺田は法を犯してでも結果を出せと強いた。

謎と矛盾が頭の中でぶつかり合っていた。

午前二時四十二分
防衛省Ａ棟　陸上幕僚監部　運用支援・情報部

陸幕監部の運用支援・情報部の情報分析室に戻った溝口は、机にジュラルミンケースを乱暴に置いた。椅子が壊れるほどの勢いで腰かけ、脚を組む。まだ頭で血が沸騰している。

広さが十五畳ほどの情報分析室は、愛想のない内装で統一され、実務的で、殺風景で、無機質な空間だった。

三桶一等陸尉と女性自衛官の君島《きみしま》三等陸尉が、並んで溝口を迎える。

「三佐。どうかされましたか」

虫の居所が悪いことを、どうやら三桶に見透かされている。

溝口より一回り大きく、陸上の短距離選手を思わせる体格の三桶は、外見とは真逆で常に思慮深く、決して感情に走ることなく、溝口の女房役に徹する副官だった。

一方の君島は、部活後、山手線《やまのて》へ駆け込んでくるテニス部の女子高生を思わせる。ベリーショートの髪に、化粧気のない顔。ただ、笑うと女性らしい愛らしさが瞳に溢《あふ》れる。

「やさしい任務だ」と、ケースから取り出した書類を溝口は二人へ手渡した。

「作戦の目的は一つ。碓氷峠でプルトニウムを強奪した犯人を特定すること。敵の正体を突き止めたら、我々で焼きを入れてから警察へ引き渡す。それだけだ。なにか質問は」

三桶がにやりと笑い、君島はぐっと背筋を伸ばした。

「なにかまずいことが起きても、上の連中で俺たちを補佐してくれる者はいない」

動かない組織と口だけ出す上官しか周りにいないのに、列車は動き始めた。

まず質の高い情報が欲しかった。的確な状況判断を下せる情報が必要だった。襲撃の方法、被害の程度、それらが発生した時系列、地理的な状況、現場での残《ざん》置《ち》物などの情報を精査して、そこから推定される敵の交戦能力と部隊規模を浮かび上がらせる。襲撃現場から断続的に送られてくるスクランブルのかかったＰＤＦデータは、内容別にファイリングを行い、机上の端末へ送信されてくるデータはフォルダで仕分けする。それでも、たった五時間で集められた資料の量など知れていた。これでは昨夜起こったことを確認できても、そこから先へは進めない。

夜中の三時を回る頃、ようやく襲撃地点の部隊から現場の状況が届き始めた。情報端末のディスプレイ上に現地の映像を映し出しながら、溝口は三桶を呼んだ。

「核燃料を収納したキャスクを取り出すことなど簡単なもんだな」溝口はハッチが開け放たれたまま、道路脇に転がっている収納容器の写真を指さした。

「ロックのコード番号を知っていたとしか思えませんね」

電子ロックのキーボード、ハッチ、蝶番《ちょうつがい》周辺の拡大写真を丹念に照査しても、どこにも傷一つついていなかった。

「知っていたのではない。知っている人間に聞いたんだよ」

「誰……」

そこまで言いかけた三桶が口をつぐんだ。

「陸幕長らが一等陸佐の救出を急ぐ理由がわかるだろう。一度、口を割らされた人間は、すでに落ちたも同然だ」

三桶と君島が顔を見合わせる。

「襲撃に使われた武器のリストをくれ」

溝口は君島を呼んだ。

現場から届いたばかりの報告書を君島が溝口に手渡した。トレーラーの襲撃に使われたのは9K115メチス対戦車ミサイル。旧ソビエト連邦が開発した個人携行の有線誘導対戦車ミサイルだ。トレーラーのフロントガラスを粉砕したのは口径12・7ミリのNSV重機関銃だ。

「NSVはT－72やT－80などのソ連軍の戦車に対空用として装備されていた重機関銃です。テロリストの携帯するマシンガンなどAKが関の山なのに、こんなものまで持ち込むなんて本事案の犯人はすごいと思います」

君島が顔をしかめる。

「面白いな。銃弾は徹甲弾だ」

溝口は指で書類を弾いた。

三桶が溝口の手許を覗《のぞ》き込む。

「とおっしゃいますと」

「なぜ連中は運搬車の防弾ガラスを破るのに、徹甲弾が必要なことを知っていた」

「運搬車の防弾構造が漏れていたということでしょうか」

「敵は、どこで07式重装輪運搬車の情報を手に入れた？　スーパーには売っていない。つまり、我々のファイアーウォールは穴だらけということだ」

「並のテロリストではないようですね」

「二流のテロリストならミサイルを手に入れた途端、生き神にでもなったつもりで舞い上がる。あげくに後先考えず、そいつをぶっ放すだけだ。しかしこの連中は違う。こいつらの作戦立案、並びにその遂行能力は軍隊レベルだ」

溝口は紙コップの底にへばりついた冷め切ったコーヒーを口に含むと、コップを右手で握り潰し、ディスプレイに映し出された現場の写真に視線を戻した。そしてマウスをクリックしながら、写真を一枚ずつ進めた。

ディスプレイに映し出される光景、それは紛れもない戦場だった。演習時の写真ではない。フラッシュの明かりに浮かぶ惨状を、冷徹で底無しの闇が覆っていた。そこで仲間が八人殺されたのだ。

突然、祖国のど真ん中に戦場が現れた。鋼鉄の骨組みだけになって焼け焦げた軽装甲機動車の残骸。アメのように曲がったL型鋼が火炎の凄《すさ》まじさを教える。乗車していたはずの自衛官は、骨のかけらさえ残さずに蒸発していた。

運転席が無残なまでに破壊されて、横転した07式重装輪運搬車。護衛の自衛官とは違って、乗員の遺体はなんとか識別することができた。しかし一人は運転席で押し潰され、もう一人は左腕と頭部を噴き飛ばされている。もはや遺体と呼べないほどの損傷で、ただのぼろ切れだった。

溝口は、写真のファイルデータを先へ進めた。恐怖や怒りではなく、やりきれない思いが胸に溢れる。これが自衛官にとっての死なのか。やがて画面上に映し出された一枚の写真から、溝口は目を逸《そ》らした。

そこには、自衛隊の否定しがたい現実が映し出されていた。

溝口は背もたれに体を預けて、髪をかき上げた。

「厳しいな」

「この写真がなにか」

現場に出動した自衛官の写真に、君島がけげんそうな表情を向ける。

それは、普通なら情報本部へ届けられる前に処分される、お粗末な失敗写真だった。救援目的で現地に派遣された自衛官と、右端に横転した運搬車が写っている。

「連中の表情を見てみろ」溝口は画面の左端をペン先でさした。

横転した運搬車を遠巻きに取り囲んで、呆然《ぼうぜん》とたたずむ隊員たち。誰もがうつむき、肩を落とし、地面に突き刺したスコップに体を預け、気抜けて立ち尽くしている。青ざめた表情は疲労のせいではなかろう。

「よほどショックの様子ですね」

「彼らは戦死という現実を思い知らされた。自分たちの将来に待ち構えているかもしれない現実をだよ。君島三尉。お前がこの場にいたらなにを感じる」

「怒り、恐怖、それから……」

「もし自分がこの車に乗っていたら、とは思わないか」

頬を強張《こわば》らせた君島が目を伏せる。

「それが戦争だ」

実戦経験のない彼らが初めて見る戦場の痕跡。戦いで人が死ぬとはどういうことなのか、彼らは思い知っただろう。野外演習での模擬銃撃戦など、子供のお遊びだ。血が飛び散り、体が裂け、肉が焼けるのが戦場なのだと彼らは教えられた。病院のベッドの上で、家族に見守られて、安らかに、眠るように息を引き取るのとはわけが違う。

「余計な話だったな」と、溝口は仕切り直した。

脇見をしている暇はない。まず知りたいのは、襲撃犯の正体とその人数、彼らが外国人ならその潜入ルート、なによりも奪った燃料の搬送先と一等陸佐の安否だった。

　連中が俗物のテロリストなら、今ごろは全世界へ向けて、高らかに勝利宣言している。しかしすべては沈黙したままだ。物陰から自分たちの狼狽《ろうばい》ぶりを嗤笑《ししょう》されている不快感に襲われた。

「まず、敵の正体を摑まないかぎり動きようがない。ＤＩＡからの返事を待とう」

　米国のＤＩＡ、つまり国防情報局は、陸海空三軍の情報機関から上がってきた情報を整理し、分析する機関だ。ここでは、世界中のテロリスト、反政府組織などの動向を常に監視している。

「日本に潜入しているテロリストの一覧がまもなく届くはずだ。届き次第、こちらの資料と照らし合わせるぞ」

　三桶が椅子から立ち上がる。財布から抜き出した五千円札を君島に手渡した。

「君島三尉、購買でブラックの缶コーヒーとミネラルウォーターを買ってきてくれ」

「三本ずつでよろしいですか」

「買えるだけ買ってきてくれ。しばらくは泊まり込みの長期戦になるぞ」

　五千円札を丁寧に財布へしまってから、小走りで部屋を出て行く君島を、三桶が見送る。

　長いつき合いの副官が切り出した。

「それで、三佐。なにがあったのですか」

「なんの話だ」

溝口のおとぼけに、三桶が涼しい顔で腕を組んだ。

毎度のことだが、食えない奴だ。

「隊法を犯しても犯人を追い込めとのことだ」

「ずいぶんと思い切った指示ですね」

「俺たちはトカゲの尻尾《しっぽ》らしい」

三桶が、なるほどと相槌《あいづち》を打つ。

「自衛隊車両からプルトニウム燃料を強奪した犯人を尻尾に追えとは命じません」

「なら捨て石か」

「この事案について私が指揮官なら、状況に応じて臨機応変な判断ができる者、決して秘密を外部に漏らさぬ者、なにより任務遂行に強固な意志を持つ者、この三つで人選するでしょうね」

「俺はジャック・バウアーじゃない」

「たしかに。正直申し上げて、三佐は彼より遥かに頑固で融通が利かない。その点は上も懸念しているでしょうね。誰が三佐をチョイスしたのですか」

「寺田陸幕長と大山防衛計画部長だ」

「後者が問題ですね」

「お前なら受けるか」

「それは愚問ですね」

「なぜ」

「すでに三佐は腹を決めているからです」

溝口は自嘲の笑いを口端《くちは》に浮かべた。

「この任務が終わる頃、俺は立派な犯罪者だ」

「さすがの私も刑務所まではご一緒できません」

「冷たいじゃないか」

「人情なんてそんなもんです」

あっけらかんと三桶が顎に手を当てる。

「ただ手がないわけでもない。遵法《じゅんぽう》と違法、ぎりぎりのところで勝負してみましょう」

「難しいな」

「はい。しかし、もともと困難な任務です。ただ君島は今のままでよろしいですか。半端ではない風当たりを受けながらのハードな任務になりますよ」

「お前なら、彼女を使うか」

「知識はあります。熱意も……。ただ」

「ただ?」

「優等生ですね。英語と中国語が堪能《たんのう》な才媛。ただ、満点をもらうことに慣れているから、無意識のうちに失敗を恐れる。答えが用意されているテストならまだしも、そもそも情報分析の仕事に満点などない。完璧を求めるがゆえに判断が遅れることもあれば、しくじったときに、無意味な言いわけがつい口をつくかもしれません。我々がうまく引っ張ってやらないと」

「ずいぶんと優しいな」

「あいつには期待していますからね」

まるで父親を思わせる柔和な物言いだった。

くるりと椅子を回した溝口は、壁にかけられた中部地方の地図を見上げた。

「三桶一尉。指揮所の出席者を聞いてなにも感じなかったか」

「と、おっしゃいますと」

「なぜ、あそこに内局の者が一人もいなかった? しかも統幕からの出席者も陸自の大山部長だけだ」

三桶が軽く唇の端を嚙む。防衛省の内部部局、通称『内局』は、政策的・行政的な面から防衛大臣を補佐する組織で、構成員の大半が文官で占められる。

丁度そのとき、「ただいま戻りました」と両手にはち切れそうなレジ袋をぶら下げた君島が戻ってきた。

二人の会話はそこで途切れた。

時刻は午前四時四十分。

陸自にとって屈辱の夜が明けた。

午前八時三十五分
岐阜県　郡上市　白鳥町

いきなり目の前が光で満たされた。

――眩《まぶ》しい。

朦朧《もうろう》とした意識の中で、両手が宙をまさぐる。指の隙間から見える光景は白一色だった。

壁、天井……。潮のように満ちてくる意識が、八神を闇から連れ出した。

知らない部屋に八神はいた。白い天井と白い壁に囲まれた六畳ほどの小部屋。装飾品は一切ない。脇には小さな袖机と水差し、14インチのテレビが載った銀色のキャリア、そして八神が横たわっているのはパイプ製のベッドだった。かすかに薬の臭いが鼻をついた。

――ここは病院だ……たぶん。

ベッド脇の窓ガラスにかかるカーテンの隙間から、入道雲の湧き上がる夏空が覗いている。耳なりが遠ざかると蟬《せみ》の鳴き声が聞こえてきた。うら悲しいヒグラシの鳴き声だった。

夏。

右手に、チクリと痛みが走る。関節の静脈に点滴用の注射針が刺してあった。

八神は左手を顔の前にかざし、親指と人さし指で鼻根《びこん》をつまんで、記憶の糸を手繰った。

空白の彼方から、一つ、また一つ、記憶の断片が蘇《よみがえ》る。

自分の名前は八神憲章。東亜《とうあ》大学理学部付属地震研究所の准教授で三十四歳。七月四日の夜、白山連峰大日ケ岳の地震観測所へ車で向かっていたはずだ。東京から岐阜に入ったのが六月二十九日。岐阜大学の研究室で開催された合同ゼミに参加したあと、レンタカーで白山連峰へ向かった。ゼミの終了後に合流した坂上教授は「なんとしても日曜日のうちに観測所に入りたい」と言いはった。外は台風の影響でひどい天気だった。八神は気乗りしなかったが、教授の意志は固かった。

令子。

八神はベッドから跳ね起きた。その勢いで右手から注射針が抜け落ちた。激痛が走り、針を押さえていた包帯が血で滲んだ。

「だめじゃないですか、寝てなきゃ」扉のノブを回す金属音とともに、聴診器を首からぶら下げ、スリッパを引っかけた若い医者が入ってきた。眼鏡の奥の目が優しく笑いかけてくれる。

「ここはどこですか」

少し焦点がぼやけたかすみ目で、八神は医者を凝視した。

「国保病院ですよ、白鳥の」

「白鳥」

「そう郡上《ぐじょう》市白鳥町ですよ」

頭の中で記憶が弾けた。夜の闇。助けを求めて飛び込んだ民家の明かり。顔に叩きつける雨滴《うてき》。闇へ繋《つな》がる一本道。不気味な轟音《ごうおん》とともに襲いかかる土砂。最後に取り戻した記憶は、尾上郷川へ消えた赤いテールライトだった。

「令子たちはどうなりました」

「令子さんというのは」

「前を走る車に乗っていた女性です」

「もしかして、土砂崩れで行方不明になっている車の方《かた》ですか」

八神は小さく頷いた。

「それなら、警察と消防が総出で捜索しています」

「なら、私も行かなければ」

「無理ですよ」脈を測りながら、医者が諭す。

カルテに脈拍数を記入した彼が、枕元につり下げられたボタンを押す。ほどなく現れた看護師が右手の包帯を取り替え、左手に点滴の注射針を打ち替えてくれた。

「今のあなたに必要なのは、まずその傷を治して、体力を回復させることですよ」

医者がそう言い残して部屋を出て行った。


昼過ぎまで、じっと天井パネルの幾何学模様を見つめて過ごした。昼にはお粥《かゆ》と梅干しだけの病院食が配膳されたが、食欲など失《う》せたままだった。すべての記憶が蘇り、頭の中に昨夜の出来事が何度もよぎる。独りきりの時間と空間の中で、後ろめたさに胸が張り裂けそうになった。

時計が午後一時を回ろうとしたとき、それまで静かだった扉の向こうが急に騒がしくなった。男の言い争う声が、扉の隙間から病室内へ流れ込んできた。八神は仰《あお》向《む》けのまま、首だけ扉の方へ向けた。

「困ります」という苛立った声を遮って「お願いします。ちょっとだけですから」

と甲高い声が混じり合う。

何度かの応酬があって、医者と瘦せぎすの男が病室内へなだれ込んできた。

「あなたもしつこいですね、患者さんは人に会って話をできる状態ではありません」

「それはよくわかっていますが、大事な話なんです。捜査に協力願います」

瘦せぎすの男も突っ張った。医者を無視してこちらを向いた男が、胸の内ポケットから警察手帳を取り出した。

「郡上警察署の小林《こばやし》といいます。昨日の事故の件で二、三お伺いしたいことがあります。いや、決して時間を取らせません」小林は目元だけで微笑んでみせた。

「私は知りませんよ」

語尾に力を込めた医者が、白衣を翻しながら立ち去った。頭をかきながら医者の後ろ姿を見送った小林は、頰がこけ、少し前歯の出っ張った顔を、再び八神へ向けた。

「体調が優れないところ、申しわけございません」

八神はベッドの上で半身を起こした。

「構いません。それよりも私の前を走っていた車は発見されましたか」

「あなたの前？」

「そうです。私の研究室の教授が運転していました」

「そうですか」小林が気の抜けた返事をする。

お気の毒ですが、その一言で始まる告知を覚悟しながら、八神は小林の次の言葉を待った。

「残念ながらまだです。自衛隊の応援も得て捜索を続けていますが、お仲間の車は発見できていません」

「事故の原因は、はっきりしたのでしょうか」

「その辺は私の専門外ですから……。ただあのあたりは土砂崩れの危険性が以前から指摘されていて、補強工事が進んでいたと聞いています」

「いつ、あのような災害が起きても不思議ではなかったと」

「いや、困りましたな。そういう意味ではありません。まあ、ご安心ください。行方不明の車は必ず探し出しますから」と取り繕ってから、小林が話を続ける。「実は、私ではなく国土交通省の方が、昨日の事故について是非、八神さんから話を聞きたいとのことでお連れしたのです」

八神の返事も待たず、小林は廊下へ向かって声をかけた。

「室伏《むろふし》課長補佐。どうぞ」

体を少し屈《かが》めた大男が扉を抜けてきた。身長はゆうに百八十を超えているだろう。

ラグビー選手を思い起こさせる体格。水平に張り出した両肩の中央には太い首が盛り上がり、髪の毛はきれいに五分刈りにされている。えらの張った頰。柔道で鍛えたのか、両耳が潰れていた。太い眉に大きな鼻と分厚い唇。日焼けしたその顔はにこりともせずに、鋭いまでの威圧感を放っている。

この男が役人だというのか。

「よろしいですか」

低く、太い声だった。ぞんざいな喋《しゃべ》り方ではないが、その声調《せいちょう》にはこれからの質問を拒否することは許さないという脅しが滲《にじ》む。揺れない瞳で心の襞《ひだ》を見事なまでに覆い尽くし、無表情という甲殻《こうかく》をまとった男が目の前に立っていた。

「昨日はどこへ向かわれていました」室伏の言葉に一切の装飾はない。

「大日ケ岳の地震観測所です」

「あのような天候のときにですか。よほどお急ぎの用らしい」

こちらから視線を外さないまま、室伏が八神の傷んだ心を逆撫《さかな》でする言葉を投げつけた。八神は反射的に目を逸らした。悪い癖だと自分でも思う。他人と軋轢《あつれき》が生じようとしたとき、自分から引いてしまう癖が、いつのまにか体へ染みついていた。自分さえ我慢すればなんとかなる、という内向きの思考がいざというとき心を覆う。

「……急ぎの用かどうかなど、あなたに関係ないでしょう」

「近くを走っていたのは、川に転落したもう一台の車だけですか」

「いえ、誤解なさらないで下さい。他にも被害に遭った方がいないか、それをたしかめる術《すべ》が我々にはありません。場合によっては、室伏さんに応援を要請する必要があるのです」

無粋な大男の背後に控えていた小林が慌てて仲裁に入った。

「もう一度お聞きしたい。あなたたち以外の車を見かけませんでしたか」

警官の取りなしなど無用だ、と室伏が八神の心へ土足で踏み込んでくる。執拗に事故前後の状況を問い質《ただ》す。事故原因の説明など一切ない。道路管理者としての説明責任など忘れ去ったのか、この役人は一点を攻めてきた。

「どうなんだ！　昨日のことだぞ」

室伏が怒鳴りつけた。

口の中に苦い唾液が溢れた。屈辱の味がする。

「帰って下さい」

「出発前の教授になにか変わった様子はありませんでしたか。どんな些細《ささい》なことでも構いません」

室伏を押し退《の》けた小林が、なだめる口調で食い下がった。

八神は両の拳を握り、激しくかぶりを振った。

八神を冷めた目で見つめていた室伏がぷいと横を向いた。

「失礼しました」

おざなりに頭を下げた室伏が、さっさと病室をあとにする。

目を丸くした小林一人が残った。ばつの悪そうな表情を浮かべていたが、やがて
「では私もこれで」と踵《きびす》を返した。

二人が消えた。八神は肩で息をした。

すると、廊下から言い争う声が聞こえた。

(困りますな。もうちょっと被害者の気持ちに配慮して頂かないと。事件の容疑者に対する尋問じゃあるまいし。彼に恨みでもあるのですか)

小林の声だった。

(あの男は重要な容疑者です)

(ばか言っているんじゃないよ、あんた国土交通省のお役人だろうが。なにが容疑者だ)

午後二時二十分
東京都　千代田区　日比谷公園

日比谷《ひびや》公園の一角にあるベンチに腰かけた溝口は、着馴《きな》れないスーツに身を包んで夏の空を見上げていた。そよ風が夏焼けした木々の緑を揺らしながら、森を駆け抜けていく。公園の西側には日本の心臓部ともいえる霞《かすみ》が関《せき》の官庁が立ち並ぶ。財務、外務、経済産業などの各省は、国防を担う防衛省にとって気後れの対象になる役所だった。

近くのコンビニで仕入れたサンドイッチの残りで、溝口は鳩《はと》たちのご機嫌を取り始めた。こういうふうに日がな一日、なにも考えずに過ごせる時間が宝物に思える。溝口は入隊してから、キャリアの殆《ほとん》どを情報畑で積んできた。自分なりに陸幕内では第一人者の自負がある。ただ自衛隊の情報収集は、所詮、対岸の火事に高みの見物を決め込んでいるところがあった。机上のシミュレーションのネタにはなっても、自分たちがその当事者になることなどありえない。情報を集める方も分析する方も、そこに潜んだ真実を見誤れば方面隊の運命が、ひいては国家の運命が左右される情報分析に取り組んだことはない。

どこか中途半端な組織だった。やがて国際紛争の状況変化に危惧を抱いた上層部の意向で、防衛省の情報部門を集約する動きが具体化した。その結果、内部部局、陸、海、空幕監部の情報部門は防衛大臣直轄の情報本部へ統合された。当然、異動の話もあったが、陸幕への愛着と自身の経歴への意地から、溝口は縮小された陸幕の情報部に残る道を選んだ。

組織改編によって防衛省の情報収集に関する中枢は情報本部へ移った。対等の組織ではない。溝口たちの任務は防衛省の中央情報機関である情報本部へ報告を上げることであり、それをまとめて防衛大臣へ進言するのは情報本部の任務だ。

それが溝口の現実だった。

「お久しぶりですね」

顔を上げると、長身の男がにこやかにたたずんでいた。ショートで七三の髪型に、フレームがオーバル型の眼鏡、筋肉質ではないが目鼻立ちのくっきりした顔立ち。警察庁の警備局外事情報部外事課の日向《ひなた》課長だった。

「申しわけない、急に呼び出して」

「いえ、他ならぬ溝口さんの頼みですから」

そう言いながら日向が溝口の横へ腰かけた。

「課長。今回の件ではご迷惑をおかけしています」

「で、ご用の程は」

「色々とご意見を伺いたいことがあって」

「それは自衛官としてのお願いですか。それとも二十年来のダチとしての頼みか、溝口」

日向が笑う。

溝口も目元で微笑んでみせた。

「後者だな、日向」

「いいだろう。ただし、その前に教えろ。防衛省からの無理強いはなんのためだ」

日向が外事課長として筋を通そうとしている。当然といえば当然だ。

溝口はコンビニのレジ袋を丸めてゴミ箱へ放り込んだ。

「俺にも詳しくはわからん。しかし治安出動時の協定をたてに、うちの上層部は調査も取り仕切ろうとしている」

「ばかを言うな。お前が言っているのは昭和三十六年に合意された協定のことだろう。しかも、その発効は自衛隊への治安出動命令が前提だ。すでに命令が下ったのか」

「まだだ」

「協定にいう治安を侵害する勢力が存在するのか」

「断定はできん」

「なら、今は平時だ。テロリストが国内に潜入した可能性は俺も認める。だから治安出動下令前の情報収集活動まではやむをえないとしても、容疑者に対する捜査権は、あくまでもこちらにある」

「お前の言うとおりだ」

前屈みになった溝口は膝の上で掌を合わせ、目線を地面に落とした。

「で。話とは」

「日向。今回の件をどう考える。例えば国内の過激派による犯行の可能性は」

「国内の活動家が関係するなら、反原発運動、特に核燃料輸送阻止への実力行使だろうな。ただ、国内の過激派にあんな派手なドンパチは無理だ」

「他に襲撃犯の心当たりはあるのか」

日向が一息おいた。

「溝口。世の中はギブアンドテイクだぞ」

「今後入手した情報は可能なかぎりそっちへ流す」

「可能なかぎりだと」

思えば警察庁が手持ちの情報をそう簡単に防衛省へ渡すはずがない。それにこれはサッチョウが主体の捜査でもない。ましてや今後の捜査協力を睨んで、どちらが主導権を握るかはっきりしていないときに、汗水垂らして集めた情報を、易々《やすやす》と手渡す気などないだろう。情報を与えるということは相手に手の内をさらすこと。もし自衛隊が治安権限の拡大を狙っているなら、軒を貸して母屋を取られるようなことなど、もってのほか。外事の幹部がそう判断するのはもっともだ。

「国家の非常時だ。ここは組織を横断して協力してくれ」

「組織を横断して動け。日本の行政組織を揶揄《やゆ》するときに使い勝手の良い台詞《せりふ》だ。だがな溝口、縦割りされているからこそ組織は統率され、情報が守られる。横断的とお前は言うが、しくじったときに誰が腹を切る。俺に言わせれば無秩序でしかない。どこへどう流れるか、こちらでコントロールできない他人へ機密情報を渡せるわけがない」

「もらった情報は俺で止める」

日向が顔の前で立てた指を左右に振った。

「情報機関が持つ三つの情報。耳元で囁《ささや》かれる情報、金で買う情報、血と引き換えの情報。初めの一つだけなら考えよう」

「俺たちはすでに八名失った。ある者は焼かれ、ある者はボロ布のように引き裂かれた。このままなら彼らは犬死にだ」

遠くから鳩たちが、愛想よく首を振りながら、諜報員たちを眺めている。

溝口の手から抜き取ったパン切れを日向が足下へまき始めた。目の色変えて、鳩たちが一斉に近寄ってくる。

まとわりつく鳩たちに目を細めていた日向が小声で囁いた。

「北朝鮮の朝鮮人民軍偵察総局に新しい動きが出ている。四カ月前に我々は、面の割れていない偵察総局所属の工作員が極秘任務で我が国に潜入した、との情報を摑んだ。今年に入ってから、外事でマークしている者以外が、我が国へ潜入したという記録はない。ということは、その男は偽造パスポートを使って入国したか、沖合の船舶などから不法入国したことになる」

外事は色めきたった。過去にも、新たな工作員が潜入したあとでは、必ず大きな事件が発生している。なんとしてもその工作員の行方《ゆくえ》と目的を摑む必要があった。全工作員とその協力者である通称『土台人《どだいじん》』を対象に、徹底した固定、並びに流動視察が張りつけられ、外事技術調査室、通称『ヤマ』では北からの短波無線を完璧に傍受し、暗号化されたメールのやり取りを監視した。そして、三カ月が過ぎた。どの網にも問題の工作員は引っかからなかった。公安調査庁が視察を行っている連中とも接触を図らない。完全に単独行動で、見事に潜り続けている。その徹底ぶりが余計に外事を不安に陥れた。

「我々はあらゆる情報を集めた。ようやく、ほんのわずかな事実が明らかになった。その工作員は仲間内では『イタチ』と呼ばれている。しかし、それ以外はすべてが闇に包まれたままで、どこで網を張ろうと、どこで罠《わな》を仕かけようと、獲物は決して暗闇から姿を現さなかった」

残された道は、根気よく他の工作員と接触する機会を待つことだけ。三カ月におよぶ盗聴記録の中にそれはあった。工作員たちの全通話について、内容、身元など、すべてを洗い出した結果、どうしても相手を特定できない通話が三本残った。
鞄《かばん》から取り出した一枚のメモ用紙を日向が溝口へ手渡した。
「これがその通話記録だ」
外事の『イタチ』に対する追跡捜査の成果は、たった数行の通話記録だけだった。

極秘記録　第４３８９号　区分：完全秘匿　採取日六月十二日　一八：五三
工作員１９４－５：「友人たちはいつ到着するのですか」
工作員９９９－１：「数日中だ」
工作員１９４－５：「身の回りの品は揃いましたか」
工作員９９９－１：「すでに手配済だ」

極秘記録　第４８１２号　区分：完全秘匿　採取日六月十九日　一八：四八
工作員９９９－１：「品物の輸送日に変更は出ていないか」
工作員１９４－５：「予定どおりです」

極秘記録　第５０７５号　区分：完全秘匿　採取日六月二十九日　一九：一一

工作員９９９－１：「教授は東京を出たか」
工作員４８－２：「四日に出発予定です」
工作員９９９－１：「准教授は」
工作員４８－２：「予定どおり岐阜に入りました」

工作員９９９－１は携帯も通話場所も頻繁に変更している。会話の内容からは、それなりの地位にある人間と推定され、それが日向の言う極秘任務を帯びて日本に潜入した工作員、通称イタチではないかと外事がみる理由だ。

「この会話を、我々は覚醒剤の闇取引に関するものと推定していた。しかし、今となれば友人を襲撃部隊、身の回りの品はその装備品、品物はプルトニウムと言い換えれば、なにをか言わんやということらしい」

日向が通話記録の最初の行を指さす。

「襲撃犯の入国ルートを探るなら、六月十二日から数日ということだ」

「身の回りの品を手配済ということは、日本国内で調達したのか」

「おそらくな」

「このあたりの事情に詳しい人間は」

「おいおい、勘弁してくれ」

日向に驚いた鳩たちが一斉に飛び立つ。

「溝口。そもそもなぜお前が選ばれた。規律と自制が制服をまとったごとき男に白羽の矢が立った理由はなんだ」

「防衛省も人材難ということだ」

「お前のボスの人選か」日向が親指を立ててみせる。「お前しかいないと御輿《みこし》に乗せられたんじゃないだろうな」

「陸幕長はそんな人じゃない」

「ずいぶんと肩を持つじゃないか。公用車でゆったり重役出勤できる陸将だろうが」

「お前になにがわかる」

日向が顎を上げた。

「気をつけろよ。自衛隊だって所詮、群れにすぎない。お前の今回の任務は相当、危ない橋を渡ることになるはずだ。善人の悪意に足を引っ張られるぞ」

「善人の悪意？」

「お前の肩を叩く激励の手は冷たく、見送る連中に笑顔はない。気安く人に助けを求めるな。無情の意味を知るだけだ」

「日向。俺に説教しているのか」

「人の道を説いているだけだ。お前が信じるのはA棟の車寄せで公用車のドアを開けてくれる部下か。なら気をつけろ。そんな奴にかぎって、塀の上を歩くお前を見た途端、棒で突ついて向こう側へ落とそうとする」

「ばかばかしい」溝口は横を向いた。

「うまく立ち回ることだ。連中はロバと同じ。拍車《はくしゃ》で蹴っても機嫌が悪ければ動かない。だから耳元で優しく囁いてやるんだ。餌はすぐそこにあると」

「考えておくよ。それより、北の工作員は大学の先生にもダチがいるのか」

「身分を隠して知識人へ近づき、言葉巧みに取り込むのは工作員の常套《じょうとう》手段だ。知識人の中にはなにも知らないまま彼らに利用され、情報を流している者もいる。お仲間の別班に聞いてみろ」

「交信に出てくる教授や准教授もその一人なのか」

溝口の質問に答えず、日向が夏空を見上げた。

「それよりも溝口、本気で北とやり合うならこれだけは覚えておけ。そこに正義はない。どんな手を使おうと生き延び、最後に相手の息の根を止める。それが工作員の掟《おきて》だ。一度でも彼らと向き合うことになれば、躊躇《ちゅうちょ》するな。慈悲など捨てろ。もしかして、などと迷うな。それを考えている隙に棺桶《かんおけ》の蓋が開くぞ」

午後五時七分
防衛省A棟　陸上幕僚監部　運用支援・情報部

事案解決に向けて当然、国は動いている。

警察、外務省、公安調査庁など、国内の情報機関を総動員した捜査が続いている。報道協定のおかげでマスコミは沈黙していた。世間に事実が隠蔽《いんぺい》されているため、国内は平穏さを保っているが、それもいつまで持つかは怪しいものだ。軽井沢の近くで輸送中のプルトニウムが武装勢力に奪われた。奪われたのが自衛隊で、奪った者の正体は不明という事実が漏れた瞬間、マスコミは沸騰し、人々が狼狽するのは間違いない。

たった一日で、室内は雑然の極みだった。机上のいたるところに紙コップが転がり、丸められたメモ用紙のすぐ脇には空のコンビニ弁当箱が投げ出されている。休む間もなく用紙を吐き出すプリンターの間をすり抜けて君島が駆け回り、鳴り続ける電話の脇で、「その資料はこっちだ。あのファイルを取ってくれ」と三桶が声を上げる。

結果が求められていた。対策本部宛の一日三回の報告は必ず前進していなくてはならない。会議に出席する大臣へ新しい情報を流すため、大臣官房長からは矢のような催促が飛んでくる。

犯行声明はなし。現場周辺での目撃情報も皆無。霧のごとく消えた襲撃犯の手がかりとなるのは、わずかな遺留品と溝口たちの勘だけだった。

日向の意見から、溝口は迷うことなく国内の過激派を調査対象から外し、ターゲットをＩＳＩＬやアルカイダなどのイスラム過激派、並びにイラン、シリア、スーダンから支援を受けるテロ組織、そして北の特殊部隊に絞り込んだ。

壁際の自席で溝口は机の上に足を投げ出し、目を閉じてコーヒーカップを口に押し当てる。

泥船のように危うく、浮き草のように漂う曖昧な可能性の羅列から、なにかを摑み取らなければならない。

マルクス・レーニン主義が滅び去って、地上のイデオロギー論争に決着がついても、貧困、民族紛争と宗教対立は、半永久的に存在する紛争要因だ。今このとき、ＩＳＩＬの残党が、守りの手薄な日本を狙って攻撃を仕かけたのか。プロパガンダ、金、それとも純粋にプルトニウムが必要だったのか。テロ掃討《そうとう》作戦時には欧米へなびく姿勢への見せしめか、起こってしまえば動機はいくらでもある。

「三佐、一尉。各国の情報がまとまりました」

君島の声に、溝口と三桶が中央のテーブルに集まる。

「ではイランからまいります」

米国はイランをテロ支援国家、革命防衛隊をテロ組織に指定している。さらに君島が要領よくシリアとスーダンの状況を報告していく。

「北朝鮮はどうだろう」

「北朝鮮は、これまで六回の核実験を実施したように、大量破壊兵器や弾道ミサイル開発を急いでいます。さらにサイバー部隊によって、軍事機密情報の窃取や他国の重要インフラへの攻撃能力の開発を行うと同時に、大規模な特殊部隊を保持しています。加えて、北朝鮮がテロ組織へ武器を売却している噂がいまだにくすぶっています」

「襲撃犯として最も可能性が高いのは。君島三尉、お前の意見は」

「ＩＳＩＬではないでしょうか」

君島が、ピンク色のナイロール眼鏡を鼻から少し持ち上げた。

ＩＳＩＬは、アブイブラヒム・ハシミ指揮の下、イスラム国家樹立運動を行う元アルカイダ系のイスラム過激派組織だ。近年、イラクやシリアでは退潮傾向だが、欧米やアジアへの進出を狙っている。

「反対に、北朝鮮の可能性を裏づける根拠はなにかないか。三桶一尉、どうだ」

「核兵器を製造するには、国家規模での施設が必要です。イスラム過激派と北朝鮮、どちらがプルトニウムを必要としているかを考えたとき、やはり北朝鮮を疑うべきです」

三桶の意見が続く。

「ＩＳＩＬが日本国内へ密《ひそ》かに上陸し、これだけのテロ活動を実行したという仮説はピンときません。なんと言うか……襲撃の方法が鮮やか過ぎる。ゲリラ戦の鉄則に照らしても、敵は実に理にかなった作戦を立てています。まず一次攻撃で護衛の車両を破壊。その後、運搬車を攻撃しています。この二次攻撃では運転席に見向きもせず、襲撃犯はミサイルでキャリアを攻撃。それもキャリアのシャーシ周りに攻撃を集中させた。全輪にブレーキが装備されている構造を熟知した上で、ブレーキの油圧パイプを破壊し、次に駆動シャフトをへし折っています。これで運搬車の制御機能が完全に失われた。慌てずに車両が減速するのを待って、仕上げは運転席への集中攻撃です。運搬車の構造と対戦車誘導弾の能力を熟知した上で、最大限の攻撃効果を狙っている。さらに、襲撃犯の攻撃は『ヒット・エンド・ラン』と『潜伏』に徹することで、正面切った戦いを挑んでいない。完璧な統率力。卓越した戦術と攻撃能力。とてもイスラム過激派の戦い方とは思えません」

「いいだろう。プルトニウム燃料襲撃は北の犯行と断定する。彼らをあぶり出すために、まず支援者を狙う。イタチを追い込むぞ」

事案発生から丸一日。溝口の狙いは北朝鮮一本に絞られた。

「ちょっと陸幕へ行ってきます」

三桶が席を立つ。

分析室には溝口と君島だけが残された。

溝口はずっと張りつめていた気持ちを少しだけ緩めた。椅子にもたれかかって頭の後ろで手を組む。思わず口から溜め息が漏れた。

気を利かせた君島が、壁際のポットから注《つ》いだコーヒーを溝口の横に置く。

「君島三尉。なぜお前は今回の事案をＩＳＩＬの犯行と推定した」

「私なりに状況証拠を整理し、各テロ組織の動機を推定した結果です」

「自分の結論に自信はあるのか」

溝口は口元に寄せたカップからコーヒーをすする。

「はい」

強い声だった。

「なら、なぜ俺が北の犯行と結論づけたときに反論しない」

「それは……。それは三佐がそう判断されたからです」

一転、君島が言葉を濁す。

「なんだ、その答えは。重要なのは、誰に決定権があるかではなく、なにが真実かだ」

「でも、私の意見に耳を傾けて下さるご様子は、三佐にはありませんでした」

「お前の意見が、頬杖《ほおづえ》つきながらキーを叩くだけで手に入るレベルだからだ。薄っぺら過ぎて真剣に考慮するに値しない」

「そんな……」

「結末が用意されたRPGをクリアするのとはわけが違うぞ。俺たちが向き合っているのはカオスだ」

「わかっています。でも私があえて主張しなかったのは、三佐が先に判断を下されたからです」

「上官が判断を下した瞬間、思考停止するのか。お前の言葉からは、なんとしても犯人を突き止めようという情報分析官の気概が感じられない。自分がミスっても誰かがなんとかしてくれると、高を括《くく》っているんじゃないだろうな」

「三佐。もしかして私が女だから、そうおっしゃるのですか」

君島の声が尖《とんが》る。

「くだらん。男も女も関係ない」

「この任務の重要性は十分に認識しています」

「では、なぜ自分が女かどうかを気にする」

「それは……」

君島が次の言葉を飲み込む。

「無意識にお前は、世間で言われる職場での女性差別うんぬんを責任逃れに使っていないか。情報分析に女性かどうかなど関係ない。能力があるかどうかだ」

「私に能力がないと」

「能力がないと思う人間に、国の運命を左右する情報分析を任せると思うのか」

「私はまだ新米です。経験のなさは考慮して下さらないのですか」

「成し遂げる力を決めるのは、何年やってきたかじゃない。どれだけ本気で向き合うかだ。経験の浅さを言いわけに使う暇があったら、一切の反論を許さない理詰めの答えを持ってこい」

「私はただ……」

君島が涙声になる。

そのとき、三桶が分析室に戻ってきた。

室内の尖った雰囲気に気づいたのか、三桶がけげんそうに溝口と君島の間で視線を行き来させる。

三桶から顔を逸らしながら、君島が足早に部屋を出て行った。

三桶がその後ろ姿を目で追う。

「三佐。どうかしましたか」

「いや。なんでもない」

腰に右手を当てた三桶が、溝口に向かって少しだけ上体を傾けた。

「やってしまったようですね」

ちらりと溝口は三桶に視線を投げる。

「頭はいい。まさに俊英だ。課題を与えれば、頭の中で状況を分析し、推論を組み立て、すべてを咀嚼《そしゃく》して結論を導き出す能力は大したものだ。しかし、それだけではこの世界で飯を食って行けない」

「ずいぶんと高いハードルですね。どこが不満ですか」

「彼女は教科書的なルーチンで満足してしまっている。プロセスの情報が生きてなければ結論に意味はない」

「なんだかんだ言っても、まだ半人前です」

「膨大なデータベースと、様々な情報分析ツールが揃っている時代だ。ケネディ暗殺犯さえ突き止められる気になるだろう。ただ、最後の判断では分析官の生き様が出る。君島は生きた情報を取ることの怖さを知らない。泥にまみれたこともない」

「それはちょっと酷かと」

「もちろん、君島にそんな道を歩ませることに迷いはある。陸幕監部や内部部局へ行けば、彼女が能力を発揮できる仕事はいくらでもある」

「でも、今のところ彼女の希望は情報部門です。なら、いずれ彼女も知ることになる。生きた情報を取るのは、キツネとタヌキの化かし合いだと。彼女はどっちですか」

「少なくともタヌキではない」

「もう少し気長に見てやりましょう。ほめて育てるか、叱って育てるかですね。どちらを選ばれます？」

「俺に聞くな」

「老婆心ながらお伝えしておきます。三佐は一つだけ大事なことを忘れている」

三桶が溝口に小首を傾《かし》げてみせた。

「能力に男女の差はありませんが、感情はちがいますよ」

午後十時四十二分
防衛省A棟　陸上幕僚監部　陸幕長室

木目の内装で仕上げられた執務室。床の絨毯《じゅうたん》も樫《かし》の木で作られたデスクも重厚で、風格に溢れているが、それは逆に陸幕長なる立場の重責の裏返しでもある。壁に掲げられた歴代陸幕長の肖像が見おろす寺田の執務室。

溝口は扉を後手に閉めた。

そのとき、寺田の机の電話が鳴った。溝口へ応接セットのソファを指さしながら、寺田が受話器を取った。

「はい寺田です」

相手の声を聞いた途端、寺田が額を押さえた。

「ええ、まだ坂上氏の生死は確認されておりません。そうです。行方不明のままです。生き残ったのは准教授一人です。……、それはありえないと。彼に対する対応は指示済みです。……、場合によってはしかるべく動きます」

寺田の声が聞き取りづらくなった。

「了解しました。十分に承知しております。……失礼します」

相手が受話器を置くのを待っていた様子の寺田が、そっと電話を切った。天を見上げてしばらく思案していた陸幕長が、デスクを回り込んで溝口の正面に腰かけた。

溝口はでき上がったばかりの報告書を陸幕長へ手渡した。

やがて報告書に目を通す寺田の表情に、困惑と狼狽の影が浮かび始めた。

「容疑者を北に絞り込んだというわけか」

寺田の語感。不満なのか。

「それ以外に考えられません。９Ｋ１１５メチス対戦車ミサイルが、イスラム過激派に渡った可能性は低い。さらに小隊規模であの襲撃を成功させた作戦遂行能力の高さ。やはり北の特殊部隊の犯行と考えるべきです。合わせて朝鮮人民軍偵察総局が動いているという事実は重大です」

「容疑では不十分だ。襲撃犯を特定できるか」

「やってみます」

「やってみます？　それでは話にならん」

報告書をテーブルに放り投げた寺田が立ち上がった。溝口に背を向けて窓を向く。彼が考え事をするときの癖だ。

溝口は弁解もせずに、じっとそこに座っていた。

「陸幕長。襲撃犯を割り出すためにも、根本的な疑問があります。つまり、どうやって朝鮮人民軍偵察総局はプルトニウム燃料の輸送日、ルート、警備態勢を知ったのでしょう」

「隊内に穴が幾つもあいているということだ。だからお前を呼んだ。穴はあいたままゆえに、お前が孤独な調査を強いられるのは必然なのだ。今後も誰に、なにを伝えるか、細心の注意が必要になる」

「動けば動くほど、核心に近づけば近づくほど、私は孤立していくのですね」

「ずいぶんと弱気だな」

寺田の背中が少し揺れた。

溝口はふっと視線を足下に落とした。

「……あれだけ中央指揮所で叩かれれば、誰だってへこみます」

「お前は組織に足を引っ張られるとぼやいているのか。そんな愚痴は四谷《よつや》の居酒屋へ行けばそこらじゅうに転がっている。勘違いするな。私たちが直面しているのは自衛隊ゆえの闇だ」

「闇？」

「過去にも闇は幾つかあった。ところが今回は闇が真の闇を覆い尽くしている」

寺田が半分だけ顔を溝口に向ける。

「具体的にどうするつもりだ」

「ターゲットは明確です。イタチを追うとともに、彼の支援者を洗い出します。問題はその調査方法についてです」

溝口は『捜査』という言葉をあえて避けた。

「今回の件で確認させて頂きたい点があります」

「なんだ」

「治安出動下令前の情報収集活動の解釈についてです。大山部長の発言は支離滅裂過ぎて話になりません。陸幕長はどのようにお考えですか。昨夜の会議で私は確認しました。被疑者を警察へ引き渡すのは、私が取り調べを行ったあとで問題はないと。変更はありませんか」

「ない」

「私には納得できません」

「その議論は終わったはずだ」

「我が国で犯人捜査を行えるのは司法警察職員と検察官、自衛隊なら警務官だけです。なにより逮捕権を持たない私がどうやって被疑者を連行するのですか」

「現行犯逮捕という手がある」

「現行犯人にはその定義がきちんと定められている。今回の被疑者がそれに該当することなどまずありえません」

「被疑者が、刑事訴訟法で言う現行犯人に該当するかどうかの判断などあとづけで十分だ。重要なことは同法の第二百十三条で定められている現行犯人は、何人でも、逮捕状なくしてこれを逮捕できる点だ」

「しかし、現行犯人は、直ちに検察官または司法警察職員へ引き渡さなければなりません。我々に尋問を行う権利など認められていません」

「お前に後始末までは頼んでおらん。こちらに任せておけ。そんなことより溝口三佐、本件は陸自内部でケリをつけねばならんのだ。理由は二つある。一つは、自衛隊が核燃料の輸送に失敗したということだ」

寺田の表情が険しくなる。

「一九九九年に発生したＪＣＯの臨界事故後、日本の原子力防災体制が大幅に見直されたのは知っているか」

溝口は頷いた。

「原子炉以外での臨界事故はもちろんだが、放射性物質の輸送中に緊急事態が発生した場合でも、必要とあれば内閣総理大臣を本部長とした原子力災害対策本部が設置される。今回の一件はそれほど重大な問題だ。それが表沙汰にならないのは、政治的判断から事案が伏せられているからにすぎない。自衛隊はあってはならない失態を犯したのだ」

「二つ目は」

「某国が、奪ったプルトニウムでなんらかのテロ行為を行うことだ。新たな国際紛争の火種を我々が作るわけにはいかない」

溝口には寺田の考えがよく読める。長いつき合いだ。的確な情勢判断から最善の答えを導き出す能力はピカ一だが、今の寺田は自分の言葉に百パーセントの信念を持っていない。

目線を外したままの寺田が、低く押し殺した声で言った。

「先ほど大臣と統幕長が官邸へ呼ばれた」

溝口は頬がこわばるのを感じた。その事実が意味するのは、治安出動に関する自衛隊の態勢が確認されたということだ。

「時間がない。官邸はプルトニウムの国外への持ち出し、並びに同様の襲撃事案が発生することを懸念している。かといって、相手の正体や目的がはっきりするまでは部隊を動かそうにも動かせない。現状で、不安に駆られた政府から治安出動命令が下れば、全国レベルで大規模な部隊投入を行わざるをえない。そうなれば、もはや四日の事案を隠し通すことはできないだけでなく、国内が大混乱に陥る」

「自衛隊は追い込まれたと」

「そうだ」

「それにしては、大山部長の指示は曖昧過ぎます。具体的なタイムリミットはいつですか」

「官邸とマスコミが、我々に与えた猶予は九日、つまり七月十四日に予定されている第二回の核燃料輸送日までだ。溝口、この調査は厳しいものになる。決して我々が動いていることを知られてはならない。違法すれすれで不自由な調査を強いられ、相手が北の工作員なら命の保障もない。それでも私はお前に託した。それにふさわしい気宇《きう》を整えろ」

寺田が顎に手をやった。

「実はな。あの夜、燃料が運び込まれる予定だった大日ケ岳の再処理核燃料貯蔵施設へ通じる道路で大規模な地滑りが発生した」

「それが襲撃事案となんの関係が」

「事案とは無関係だ。ただこの事故も、ある事情から表沙汰にするわけにはいかない。いいか溝口三佐、お前の任務は事案の真相を突き止めることではなく、襲撃犯を特定することだ。犯人に関するあらゆる可能性を捨てるな。それを忘れてはならない」

ようやく見えた方向性を報告にきたはずなのに、なぜか寺田は溝口をはぐらかし、翻弄《ほんろう》する。

言葉が足りない。

「このまま収拾できるとお考えですか」

「お前次第だ」

「私ですか」

「そうだ、お前だ。第二、第三の犯行で民間人に死傷者が出て、それを世間が知るところとなる。奪われたプルトニウムが国外に持ち出されて某国の核兵器開発に利用される。いずれの事態が起きても自衛隊は崩壊する」

「私には、協力者も後ろ盾もなくですね」

「後ろ盾？　なにを期待している。それどころか、もしお前による違法調査の事実が漏れれば、我々はお前を切り捨てねばならない」

寺田が最後の言葉を伝えた。

「すべてを失うことになっても決して怯《ひる》むな。身を切られる悲しみ、烈火の怒りに我を失うな。お前が自衛官である以上、そして私に選ばれた以上、お前がこの国を守るのだ」

第二章　暗黒への階段

七月六日　火曜日　午前九時　事案から二日後
東京都　大田区　東麹谷《こうじや》四丁目

四本の滑走路から離発着するジェット機の機体が、建物の陰から見え隠れする大《おお》田《た》区の工場街。トタン板の外壁で覆われた三角屋根の建家《たてや》がくすんでいるのは、天気や古さのせいだけではなさそうだ。

この界隈《かいわい》には廃品回収工場が立ち並んでいる。工場の敷地はブロック塀で仕切られ、うずたかく積み上げられた自動車部品から、赤茶けて錆《さ》びついた汚水が流れ出し、所々に水溜《た》まりをつくっていた。

「ここですね」

三桶がスマホの地図情報と看板を照らし合わせながら右の建物を指さした。

『朝日《あさひ》自動車工業』と書かれた色褪《いろあ》せた看板の文字だけ見れば、営業しているかさえ怪しかった。隣の工場との隙間から駆け出した野良猫が、人通りのない道路を悠々と横断して行った。

闇の武器取引なら、この会社の社長である橋田《はしだ》は知られた存在だ。

「行くか」

「三佐。噂《うわさ》をお聞きになりましたか」

先を行こうとした溝口の背中に、三桶が問いかけた。

溝口は立ち止まった。

「噂？」

「三佐がヤバいことに首を突っ込んでいる、溝口三佐はもう終わりだ、と陰口を叩《たた》く連中がいます」

「あながち嘘《うそ》でもない」

溝口は額を指先でかいた。

「三桶。お前、棒の使い方はうまいか」

「棒ですか？」

「ああ、特に長いやつだ」

三桶がきょとんと首を傾《かし》げる。

「いや、なんでもない。行こう」

溝口は開けっ放しのゲートをくぐり、敷地の中へ足を踏み入れた。油とアセチレンの臭いが染みついた敷地内には湿っぽい空気が漂う。スクラップの山をすり抜けた二人は、敷地の一番奥に建つトタン張りの工場らしき建物の前で足を止めた。

「こんにちは」三桶が声をかける。

中からは返事がない。

背後に人の気配を感じた溝口は思わず身構えた。振り返ると、歳《とし》の頃が五十前後の小太りの男が、油で汚れた手をタオルで拭きながら近寄ってきた。

「どちらさん」

男の顔は溶接焼けで浅黒く、おまけに頭はパンチパーマ。町ですれ違えばその筋の者と見間違う面で、うさん臭そうにこちらを眺めていた。

「溝口といいます。陸上自衛隊の……」

陸幕長の角印が押された『陸上自衛官身分証明書』を示しかけたとき、男が「事務所で話そう」と目線で工場の二階をさした。

「大丈夫ですかね」

男に従いながら、すっと体を寄せた三桶が囁《ささや》く。溝口はちらりと横を見て、わずかに眉を動かしてみせた。

外階段を上がり、溝口たちを事務所に迎え入れた男は扉を閉め、窓のブラインドをおろした。

「もう少し、場所をわきまえて話してくれ。表から丸聞こえじゃないか」

男がふて腐れた。

小さな会釈で溝口は詫《わ》びを入れた。

「あなたが橋田さんですか」

「そうだよ。で、防人《さきもり》がなんのご用件かな。どうせまともな話じゃあるまい」

「ちょっと教えて欲しいことがある」

「あんたたちが信用できるという保証は？　表の車と入れ替わりで、パトカーがくるんじゃないだろうな」

「この世界のルールはわきまえている。もちろん謝礼もだ」

溝口は上着の内ポケットから、丸めた万札の束をちらりと見せた。

何度か髪の毛をかきむしった橋田が小さく舌打ちした。

「まあいい。とりあえず話は聞こう。俺にワッパをかけるつもりなら、こんなしちめんどくさいことはしないだろうからな」

溝口は単刀直入に用件を切り出した。

「最近、国内に大量の武器が持ち込まれたという話を聞いていないか」

「ないね。このところ、動いているのは拳銃だけだ。それもトカレフなんぞの安物ばかり。ちょっと値が張ってもベレッタやグロックの方がずっと性能も良くて安全なのに、安物買いの銭失いの連中ばかりだ」

橋田が年代物の冷蔵庫にもたれかかりながら、ハイライトに火をつけた。

「景気の良かった頃は、暴力団あたりからバズーカを流せって話もあったけど、最近はとんとご無沙汰だね」

「過激派は」

「干上がった連中にそんなものを調達する余裕なんかねーよ。連中のポリシーちゅうやつに合わないんじゃないのかね。せいぜい工事現場から盗んだ単管で迫撃砲のおもちゃを作るのが関の山……。おっと。そっちはあんた方が専門じゃないか」煙草《たばこ》の煙を吐きながら橋田が続ける。「それに、俺がなんでも知っていると思われても困るしな」

これを見たことあるか、と鞄《かばん》から取り出した9K115メチス対戦車ミサイルとNSV重機関銃の写真を三桶が橋田に手渡した。写真を受け取った橋田が口笛を鳴らしながら目を丸くした。

「すげーな。これを一ダースさばけば、当分遊んで暮らせるぜ」

「心当たりはないか」

「これを扱った奴《やつ》のことか」

「そうだ、しかも北朝鮮と関係がある人物だ」

三桶の言葉を聞き流しながら、橋田は冷蔵庫から取り出した発泡酒のアルミ缶を溝口らに勧めた。「勤務中なので」とやんわり断る二人に「つき合いの悪い奴らだ」と肩をすくめ、橋田が発泡酒を喉へ流し込む。

橋田がアルミ缶を机に置く。

「相当困っているようだな」と、口元の泡を袖口で拭った橋田が、鉛筆で走り書きしたメモを溝口へさし出した。

「そんな品物を俺たちは扱わない。国内にそんな物騒なものを欲しがる奴はいないよ」

溝口は手渡されたメモに視線を落とした。ミミズのような汚い字で、カタカナの名前が書き込まれている。

「その男が現れてから武器取引の流れが変わった。過去のルートは干上がった。男の名前だけは漏れ聞こえるが、正体は仲間内でも謎だ。強引な手口で縄張りを広げ始め、逆らった連中が何人も東京湾に沈んでいるらしい。奴の仕事のモットーは早く、安く。顧客は外国人や暴力団など、千客万来とのことだ」

「外国人とは」

「国内に縄張りを持つ中国マフィア、テロリスト、そして傭兵《ようへい》部隊と聞いている」

「傭兵部隊だって？」

「そいつのもう一つの特徴は、大量のブツを調達できることだ。現に、四月に拳銃五十挺《ちょう》、六月には下田《しもだ》港で相当量のブツを荷揚げしたらしい。日本国内で使うかどうかは別として、数が必要となる傭兵連中にはありがたいはずだ」

橋田がメモを指さす。

「そんな大量の武器をこの男はどこから持ち込む」

「こういう輩《やから》は、それぞれがルートを持っているのさ」

「こいつのルートは」

「そこまではわからん。この世界で飯食ってる者なら、それは企業秘密だからな」

メモをポケットに押し込んだ溝口は、懐から取り出した万札の束を、灰皿の下に敷き込んだ。

「お役に立ったかな」

「助かったよ」

三桶に目配《めくば》せした溝口は、「今日のところはこれで」と告げた。

外階段の踊り場へ出た橋田が、あたりの様子をうかがってから、「出てもいいぞ」と手招きする。隣の塀に寝そべった野良猫が、目を細めてこちらを眺めていた。

爆音を残してジェット機の機影が通り過ぎて行く。

「早く害虫駆除してくれ。この世界にも一応仁義があってな。日本人なら半島へ武器は売らない」

　ほんの少しだけ真実が姿を現した。

同時刻
岐阜県　郡上市　白鳥町

　八神はちぎれかかった心を繕うこともできず、自分を責め続けていた。わが身に起こった悲劇と己の失態に気持ちの整理をつけ、すべてを胸の奥へ仕舞い込むことなどできない。

　独りは慣れっこだった。小学生のときに相次いで両親を病気で失い、叔父《おじ》夫婦に預けられてからは、いつも独りだった。叔父夫婦は良くしてくれた。我が子同様に愛情を注いでくれた二人のために勉学には精を出した。恩返しのためではない。叔父夫婦に自分を引き取ったことを後悔させたくなかったからだ。奈良は小さな町だ。八神の身の上など、近所に知れわたっていた。

　軋轢《あつれき》を好まず、自分を抑えて人づき合いする癖が、いつのまにか身についてしまった。

東京の大学に合格したときも、叔父夫婦は実の息子同然に喜んでくれた。なのに八神はどうしても越えられない壁を感じていた。それが証拠に東京へ出て一人暮らしを始めた途端、すべてから解放された安らぎを覚えた。

叔父夫婦に迷惑をかけないため、生活費はすべてバイトで工面した。金がないからと帰郷も控えた。でも本当は、心の奥で引け目を感じながら二人と同居することに疲れ、わざと疎遠になろうとしていたのだ。四年生からは研究に没頭した。休みになっても、それを口実に帰郷しなかった。申しわけないと思いながら「次は必ず」と自分をごまかし続けた。

そんなある日、研究室に警察から電話が入った。滋賀県で叔父夫婦の乗った列車がダンプトラックと衝突して、二人とも亡くなったとの連絡だった。事故現場へ出かける準備のため、急ぎマンションまで戻ると、郵便ポストに叔父からの葉書が届いていた。

『元気にしているか。研究は進んでいるか。次の正月は帰ってこられるか。明日から母さんと一緒に焼物を見に行ってくる。いい茶碗《ちゃわん》が見つかったら送るよ。くれぐれも体に気をつけて』

玄関に立ち尽くした八神は葉書を握り締め、泣き声を押し殺した。まじめに、誠実に、一生懸命生きてきたつもりが、本当は、自分はばかで、ずるくて、救いようのない親不孝者だと思い知った。叔父夫婦には心の中で何度も頭を下げていた。心の中で幾度となく呟《つぶや》いた。

ありがとう、と。

でも口には出せなかった。出すべきだったのに。二人の思いから逃げているうちに、二度と得られないものを、決して手放してはいけないものを、八神はなくしてしまった。

あの日以来、八神は笑うことを忘れてしまった。

十二年前のことだ。

そして今、かけがえのない人を再び失った。八神に天の仕打ちは陰湿だった。

静寂の中に一人、身を置くことなど、とても耐えられない。病室のつけっ放しにしたテレビの前に座った八神は、新聞を広げ、時折扉に視線を送り、じっと警察からの連絡を待った。

チャンネルを合わせるのはニュース番組だけだ。朝、正午、夕方、ニュースの集中する時間にはチャンネルを替えながら、どこかの局で八神が巻き込まれた事故のニュースを流していないか、そればかり気になった。しかし、マスコミは高山市荘川町の土砂災害をまったく取り上げなかった。ニュースソースとしての価値はゼロに等しいらしい。

病室の窓から山々を眺めていると、時間のヒダから顔を出すのは後悔の念だけだった。新しい情報が入るのではないかという期待を丸一日引きずったまま、なんの変化も起こらない。

つい今しがた保険会社から車の修理と入院の治療費に関する連絡が入ったものの、相手の話をまじめに聞く気にはなれなかった。邪険に電話を切ると、ベッドに寝転がって天井を眺めた。

八神は叫びたくなる衝動を飲み込んで、ひたすら耐えた。

そのとき、軽いノックの音とともに小林が姿を見せた。

郡上警察署

地下一階にある霊安室の冷ややかで滞留した空気を感じながら、八神は立ち尽くした。十度前後に保たれた室温にもかかわらず、自分の額から汗が流れるのを感じていた。

「竹内《たけうち》令子さんに間違いありませんか」

傍らの小林が声をかけてきた。こんなことは何度も経験してきたらしい。特別な感情を含まない職業刑事の声だった
目の前のストレッチャーに寝かされた遺体は、もはや令子ではなかった。洗浄されたあととはいえ、腐敗が始まり、皮下にガスが充満して膨れ上った顔は別人だった。前頭部に四センチほどの切創《せっそう》と部分的な表皮剝脱《ひょうひはくだつ》、左側頭部には打撲痕とその周辺の皮下出血が認められるものの、これらの傷は車内の突起物に頭部をぶつけたときにできたものと推定された。

監察医が死体検案書に記入した死因は『溺死《できし》』だった。

口元にこびりついたわずかな泡沫《ほうまつ》がその根拠だった。溺れて水を吸い込むと、水と肺にあった空気、気管・気管支粘膜の粘液が肺の中で混合して泡沫ができる。

――さぞや苦しかったろうに。

八神は唇を嚙んだ。

目の前に横たわる令子の顔に、八神の愚痴を微笑《ほほえ》みながら聞いてくれた面影はない。肩を抱き寄せたときに、うつむいてはにかんだ面影もない。これが八神の愛した令子だとは思いたくなかった。

「間違いありません」

変えがたい現実を認めた途端、八神の中からなにかが溢《あふ》れ出した。握り締めた拳

はきしみ、奥歯を食いしばったけれど、瞳から流れ出る涙を堪《こら》えることはできなかった。

「お気の毒でした」

小林がお悔やみの言葉をかけてくれた。

「すでにご両親の意向は伺っておりますが、一応あなたの意思も確認させて頂きます。当方としては、外表検査だけで死因の特定は十分と判断しておりますが、念のために司法解剖に回すことも可能です」

小林の言葉に八神は小さく首を振った。

——令子を切り刻まないでくれ。

令子は現場の下流にある御母衣湖で、捜索中の消防団員に発見された。引き続き、ボートとダイバーによる川底、湖底の捜索が続けられているものの、教授は車とともに行方不明のままだった。

「事故現場に連れて行って頂けますか」八神は絞り出すように言った。

小林の瞳の奥に、なぜか一瞬困惑の影がよぎった。視線を床に落とし、明らかに躊躇《ちゅうちょ》する素振りを見せたが、すぐに顔を上げ「お待ち下さい」と言い残して出て行った。

霊安室に一人残された八神は、令子の顔に白布をかけてやると、部屋の隅にぽつんと置かれたパイプ椅子に腰かけた。

五分ほどで、携帯を胸ポケットに仕舞い込みながら小林が戻ってきた。

「許可が出ました」

――許可？

なんの許可だ。当事者の八神が事故現場へ戻るのに、いったい誰の許可が必要なのか。

「ただし我々の車でご案内します」

先程までとは打って変わって、小林が警官特有の命令口調で告げた。

県警のパトカーは長良川に沿って、八神が通い慣れた国道を走った。あの夜、八神たちは破滅へ向かってこの道をのぼって行った。今にして思えば「どうしても行かねばならない」という教授の申し出を断るべきだった。あの夜でなければならない理由などなかったはずなのに。思いを巡らせれば後悔ばかりが頭をよぎった。

塞ぎ込んだ八神の様子を気にかけて、しきりに世間話を持ちかける小林の声も次第に意識から遠ざかっていった。

車は蛭ケ野《ひるがの》の分水嶺《ぶんすいれい》を過ぎて、つかの間の下りに入った。ここから先は富山湾へ流れ込む庄《しょう》川に沿って道は走る。地理的にはもう日本海側だ。

やがて視界に御母衣湖の濁った湖面が飛び込んできた。左側には鬱蒼《うっそう》とした山稜《さんりょう》の樹木が、右側には泰然とした湖が広がる。あの水底で令子が見つかった。

パトカーは国道156号線から、大日ケ岳への山道に入る。目的地はもうそこだった。八神は思わず足下へ目線を落とした。

「着きましたよ」

小林の声で、八神は我に返った。

そこは事故現場だった。

青々とした針葉樹で覆い尽くされた両岸の斜面は、見事なまでの急角度で尾上郷川に落ち込んでいる。このあたりは、基盤となる花崗岩《かこうがん》の上に崖錘《がいすい》と呼ばれる表土が堆積《たいせき》した地形のため、地滑りが起きやすい。そんな崖錘を切り取って山腹を縫うように走る山道。改めて見れば、いつなにが起こっても不思議はなかったのかもしれない。

二日前の夜、暗闇の中ではまったく気づかなかったが、右岸側の斜面を大きく削りとって地滑り対策らしき工事が行われていた。土砂崩れを起したのはその先端にあたる最も標高の高い部分で、そこはまだ工事が終わっていない。

今年の四月に地震計の調整で訪れたときには、なにもなかったのに。

事故現場では入念な立ち入り禁止措置が取られ、工事用の仮設ヤードにはダンプやバックホーなどの建設機械に混じって自衛隊の人員運搬用の大型トラックが十台ほど駐車していた。

「ずいぶんと大規模な復旧ですね」

思いもしなかった光景に、八神は戸惑いを隠せなかった。

小林も感心したような表情を浮かべた。

「おっしゃるとおりですな。しかも思った以上に素早い対応だ」

施設科部隊まで投入した作業が行われている。こんな辺鄙《へんぴ》な場所を走る道路の復旧工事に自衛隊まで投入するとは何事か。

八神は気持ちを落ち着けるために、川風を何度も吸い込んだ。それから、緩慢な足取りで坂をのぼり切り、途切れた道路の縁にたたずんだ。

目の前に無惨で残酷な光景が広がった。

表層滑りを起した斜面に沿って、八神は足下の尾上郷川の流れを目で追った。地滑りの幅は、およそ六十メートルはあるだろう。見上げれば、その始まりは遥《はる》か百メートル頭上の山頂だった。所々に根こそぎ引き抜かれた大木が引っかかり、崖錘特有の茶色の地肌と一抱えもありそうな玉石が剝《む》き出しになって、寸断された山道の切れ端が彼方《かなた》の斜面に張りついていた。

美しい川面《かわも》はかつての表情を覆い隠し、すでに面影はない。

この流れが一転して悪魔の手先となり、令子たちを飲み込んでいった。

「ここですか……」

後ろから小林の声が聞こえた。爪先で慎重に路面の安全をたしかめながら、そろりと近づいてきた小林が、地滑り跡を覗《のぞ》き込みながらうなった。

背後で甲高いクラクションがこだました。振り返ると、H鋼《こう》を山積みしたトレーラーが二台、山道をのぼってくる。その後方には、大型の杭《くい》打ち機と発電機を積んだ別のトレーラーが続く。

「やっこさんたち、仮設の橋を架けるつもりだな」

小林が県警のパトカーに道を開けろと大きく手を振りながら、坂を駆けおり始めた。

たとえ仮設とはいえ、この場所に橋を架けるなど並大抵ではない。それほどこのルートを復旧させる決意は並々ならぬものらしい。こんな山奥で、大して重要でもない道路の復旧になぜここまでこだわるのか、役所仕事は気が知れない。

黒煙を噴き上げながら坂道をのぼってきたトレーラーが、パトカーを追い越したところでウィンカーを出し、その巨体を路側《ろそく》に寄せて停車した。すると今度は、その脇をかわして一台のランクルが姿を見せた。目立つ黄色のボディに赤色灯を載せた国交省のパトロール車だった。パトカーの脇でトレーラーをやり過ごしていた小林がランクルへ駆け寄り、助手席から顔を出した男に、こちらを指さしながらなにかを告げている。助手席の男は一旦顔を引っ込め、無線でどこかに連絡を入れている様子だったが、やがて車をおりて小林と坂道をのぼってきた。

「国土交通省の大下《おおした》さんです」小林が紹介してくれた。

青色の作業服を着た男のヘルメットには緑の二本線が入り、『国土交通省』と横書きされている。

「この工事の責任者の大下です」男は無愛想に自己紹介した。

八神は無言で大下を迎えた。なにを聞けばよいのか。もしこの男があの夜の事故原因を作ったなら、答えは簡単だった。今すぐこの崖から突き落としてやるだけだ。

「東亜大学の八神と申します」

「四日の夜は大変な目に遭われたようで、ご無事でなによりでした」大下は形ばかりの詫びを入れながら、小さく頭を下げた。

「しかしひどい崩れ方ですな。八神さんはよく助かったものだ」慰めのつもりか、単純に驚いているだけなのか、小林が中途半端な合いの手を入れる。

八神は自分が知りたい核心を大下に投げかけた。

「四日の土砂崩れは斜面の過大な切り取りが原因ということはありませんか」

「絶対にありません。工事を発注した県に確認しましたが、あの程度の降雨量で崩壊する切り取り計画にはなっていないとのことです」

　表情を硬化させた大下がきっぱり言い切った。しかも刺《とげ》のある言い方だった。

　八神は両耳が熱くなるのを感じた。ろくに原因の究明も進んでいない段階で、ましてや人の命が絡んでいることなのに、そこまで不躾《ぶしつけ》な返答ができるのはなぜだ。

「お言葉を返すようですが、これだけの大規模な切り取りを行っている最中に、あのような大雨が降れば、それが原因となって斜面が崩壊することは十分にありえると思います」

「ありえませんな。四日の斜面崩壊は大雨のせいで、地滑り地盤の有効応力が低下したことによる自然災害です。議論の余地はありません」

「しかし……」小林があいだに入ろうとした。

「申しわけありませんが、我々は復旧を急がなくてはなりませんので、これで失礼します」

　強引に会話を打ち切った大下が、待機していたトレーラーにのぼってこいと手招きした。自分たちは忙しい。用がなければさっさと帰ってくれ。そんな愛想尽かしが見え見えの邪険な態度だった。

　八神は胸の内で怒りのやり場を探した。自分が失ったものの重さなど、彼らにとっては……。

「それにしてもなんで国交省が出てくるんだろう。郡上市白鳥町向小駄良《むかいこだら》と白川村《しらかわ》大字《おおあざ》小白川《こじらかわ》、つまり富山県境までの間は、岐阜県の高山土木事務所が管理しているのに変だな」

腕時計に目を落とした小林が呟いた。

「八神さん。戻りましょう」

いつのまにか、陽《ひ》は西に傾いていた。黄昏《たそがれ》の中で、霧が緩やかにうごめきながら山腹を這《は》いおりてきた。今夜も天気が崩れるのかもしれない。


事故現場から病室に戻った八神は、わずかな身の回りの品をバックパックに詰め込んだ。中味は事故の夜に着ていた衣服と、ズボンのポケットでふやけていた財布と免許証だけだ。ベッドから立ち上がり、扉のノブに手をかけたところで振り返った。

なに一つ良い思い出がない病室に漂うのはくたびれた八神の臭いだけだ。

廊下へ出た八神が扉を後ろ手に閉めると、主治医がやってきた。

「よかったですね」

「色々お世話になりました」

「お連れの方はお気の毒でした」

八神は、自分の意志とは無関係に冷めた笑みが口元から漏れるのを感じた。思えばこの二日、親身になって世話してくれたのは、この若い医者だけだった気がする。もっと謝意を伝えねばならないのに、塞ぎ切った心では別辞の言葉さえ思いつかない。

「失礼します」

それだけ言い残して、八神は背を向けた。

ロビーで会計を済ませ、玄関の車寄せを回り込んで正門を抜けた八神は、表通りへ出た。飛騨の山あいに抱かれた小さな町だ。国道沿いに並ぶ郊外型のスーパーや外食店、間口の狭い理髪店、それらの前を通り過ぎる。

コンビニで買った缶コーヒーを飲みながら、八神は虚《うつ》ろな視線で町並を捉えていた。

――帰ろう。

美濃白鳥の駅前からバスに乗り、岐阜市を目指した。

令子のことはすべて彼女の両親に任せた。令子は鳥取の出身だ。両親は鳥取市内で大型ショッピングモールを経営している。彼女が東京の大学の、しかも理学部に進学したいと打ち明けたとき、母親は反対したそうだ。地方の都市で何不自由なく育った娘に、東京で一人暮らしさせることなど想像もできなかったに違いない。

「卒業したら戻ってくるから」と母親を説得した令子だったが、彼女は結局、大学院に進学しただけでなく、そのまま研究室に助教として残る道を選んだ。大学院に進学したことを許した時点で、両親はもはや娘を手許《てもと》へ呼び戻すことはあきらめていた節もある。そんな令子のわがままを両親が認めた理由の一つに、常に暖かい目で彼女を見守っていた兄の存在があった。

兄と令子は、母親が違う。

父親と前妻との子である兄は、父の再婚相手である令子の母親と折り合いが悪く、高校卒業後に家を出て、実母の姓に改名した。

そんな事情のためか、令子は兄について詳しくは触れなかった。それでも兄の話をする彼女の目は甘えた妹のそれに変わっていた。八神は令子の兄へ嫉妬すら覚えたこともあった。

小林の話では、事故の一報を聞いた両親は、すぐに鳥取から駆けつけた。しかし、八神の前には姿を見せなかった。小林と事故現場へ向かうために霊安室を出たとき、偶然、顔を合わせた両親は八神を避けようとした。なにか言葉をかけようと近づいた八神に、「今は二人だけにして欲しい」と父親が懇願する目を向けた。その場に立ち尽くした八神は、去って行く二人の背中を黙って見送った。もう一歩を踏み出せなかった。

お気の毒でした、申しわけありませんでした、と謝罪したかった。そして、今回の不幸が自分のせいではなかったことを知って欲しかった。八神にはどうしようもなかったのだと。

しかし願いは叶《かな》わなかった。令子の遺体を引き取った両親は、八神に一言も告げることなく、明日、鳥取へ帰る。

令子は八神の下を離れ、遥か彼方の故郷へ去っていく。

渓谷の景色が車窓に流れ、サンシェードガラスを通して陽の光が頬を照らす。川面を眺めながら、座席で思った。

このままバスごとあの川へ転落すればすっきりするだろうと。

尻のポケットあたりがむず痒《がゆ》くなって、手を突っ込むと、しわくちゃの紙が一枚出てきた。その紙を手に取ったとき、八神の脳裏に小林の言葉が蘇《よみがえ》った。

「お住まいの町で、災害障害見舞金の交付を受けることができますので、被災証明書をお渡ししておきます」

そう言いながら一枚の紙切れを自分に手渡した小林が、一息おいて続けた。

「今回の件は誠に不幸な事件で、我々も慙愧《ざんき》の念に堪《た》えません。しかし、まさか行政訴訟などはお考えではないでしょうな」

面倒は勘弁して欲しい、という組織防衛の顔が出た。

八神はわずらわしくて仕方なかった。こんなときにどうでもいいじゃないか。小林を早く追い払いたくて、八神は深く考えもせず同意の意向を伝えた。

「では、失礼します」と途端に小林の表情が安堵《あんど》の色に変わったことを覚えている。

釈然としないまま八神は思いに沈んだ。今回の事故が公にならない理由、警察の不自然な動き、ろくに使われない道路の大規模な対策工事、すべてが不自然だった。

そして室伏とは何者なのか。彼が八神にぶつけた質問が、頭の中に引っかかったままだ。

午後八時
防衛省A棟　陸上幕僚監部　運用支援・情報部

早くも事案から二日が過ぎ去ろうとしている。

溝口に残された時間はあと八日。

謎は謎のまま沈殿し、危機は日増しに膨張している。

「K&Cトレーディングの情報を持ってきてくれ」

今朝の報告書をファイルしながら、溝口は背もたれから身を起した。強度の肩こりが偏頭痛となって、溝口を苦しめていた。

K&Cトレーディング。所在地、港区六本木《みなとろっぽんぎ》四丁目。資本金五千二百万円、設立は五年前、従業員三十二人、昨年の年商は百二十億七千万円。代表取締役はハシム・ランジャン。スペインとの間でマグロ取引を行う水産物専門の商社だ。大型の冷凍船を使い、ジブラルタル海峡周辺で揚がるマグロをスペイン漁船から直接買いつけ、下田港へ陸揚げする。それだけで年商百二十億円。日本人はマグロが好きだ。

ランジャンは、橋田が情報を与えてくれた新顔の武器商人だ。そして、イタチの支援者ではないかと、目をつけた男だった。

「ランジャンの身元をDIAに照会してみたか」という溝口の問いに、三桶が届いたばかりのブリーフィングメモを手渡した。

『ハシム・ランジャン。本名：ベルガト・ワディフ、リビア国籍、六十二歳。二〇〇五年までヒズボラに関係していたと推定。一九九五年からイスタンブールにて水産物の貿易商として活動。過去の容疑：一九九八年シリアのPIJにAKライフル二百挺を売却、二〇〇三年ヒズボラに旧ソ連製の対戦車ミサイル五十発を売却、二〇〇七年ハマスに約三百キロのチェコ製セムテックス爆薬を売却』

八年前まではイスタンブールを拠点にした武器商人だった。ずっと水産物取引を隠《かく》れ蓑《みの》にして、主にシリア国内のテロ組織に武器を流していたが、同時多発テロ以降、トルコ国内の取締りが強化されたために出国している。その後どこでなにがあったのか、狡猾《こうかつ》なハゲ鷹《たか》の舞いおりた地が日本だった。

「裏筋の人間はそれぞれの闇ルートを確保している」と橋田は言っていた。

ならば、この男のルートは海を渡ってくる冷凍船だろう。トルコも、レバノンも、そして日本も、商業用の港であれ漁港であれ、海からのアクセス方法はいくらでもある。船を持っていれば運搬に問題はない。あとは陸揚げ時の検閲だけだ。金で検査官を抱き込むか、さもなくば小型船でも雇い入れて、沖合で荷物を積み替えるか、方法は多種多様だ。日本なら小型船による積み替え方法だろう。目の前に現金をちらつかせれば、荷物の中身などお構いなしに運搬を請け負ってくれる者など一人や二人ではない。

しかも、トルコ時代からワディフの偽装と情報収集は完璧で、過去に何度も臨検《りんけん》に遭いながら、一度として尻尾《しっぽ》を摑《つか》まれたことがない。

溝口はブリーフィングメモをデスクの上に放り投げた。

三桶がもう一枚のメモを、溝口へさし出した。

「こちらも興味深い情報です」

ワディフは二カ月前から北朝鮮の工作員キム・パクジョンとコンタクトを取って

いた。

キム・パクジョン。初めて聞く名だった。

溝口は、日向から手に入れた工作員リストを一ページ目からせわしなくめくったが、キム・パクジョンという名前は公安のリストには存在しない。

『イタチ』か——。

それにしてもDIAと国家安全保障局（NSA）を中心とした米国の情報収集能力には舌を巻く。かつて、元CIA局員のエドワード・スノーデンが、あらゆる通信情報が米国政府によって盗聴されていた事実を暴露した。そんな米国を中心に構築された軍事目的の通信傍受システム『エシュロン』と、上空の監視衛星を使って、NSAが北朝鮮の秘匿暗号を逐次、解読していることは間違いない。

ただ、溝口たちがどれだけ欲しても、情報がNSAから直接流れてくることはありえない。あくまでもDIAを通した情報管理が行われる。米国のスタンスは、必要最低限の情報は与えるが「そこから先はお前たちで探せ」というわけだ。

「同盟国の危機を救うためなのに、DIAはなぜ必要な情報を必要なだけ出してくれないのでしょうか」

君島がふくれっ面を作る。

「情報そのものが武器なのだ。ステルス戦闘機と同じで、情報はブラックボックスだらけなのさ。どの程度の情報を持っているのか、どうやって入手したのか、情報収集能力は特秘事項だ」

「三佐。情報という武器を持たないために同盟国が撃たれてもですか」

「自国が撃たれないことが重要なのだ」

「そんな駆け引きのあいだに人が死んで行きます」

「人の命を守れなかったとき、最良の言いわけは、代わりに別の多くの命を救った、だ」

「切り捨てる人を選ぶのが情報ですか」

「諜報の世界では情報という銃弾で人を守り、人を撃つ」

「そんな」

「自身が残酷な任務に就いていることを自覚しろ。引き金を引かないまま、何万もの人々を死に追いやれるのが情報だ。諜報の世界で生きていれば、いつか自分の掌《てのひら》を見たとき、知らぬまに血に染まっていることもある」

「……そんなことなしに、情報分析を行える方法はあるはずです。きっとあります」

「君島、お前は情報分析官だ。任務の意味を考えるな。従え。俺が求めるのは命令への忠誠だけだ。議論の余地はない。これは上官としての命令だ」

目を逸《そ》らした君島がうつむいた。

そのとき、卓上電話の着信ランプが点滅した。

すかさず三桶が受話器を取り上げる。

「誰だ」

「高岡一尉が大至急とのことです」

三桶がさし出した受話器を、溝口は渋々受け取った。

〈すみません。お忙しいところ〉

そう思うなら、至急などと連絡してくるな。

高岡の用件は、今日付の報告書を対策本部へ上げる前に、重要な情報を伝えておきたいので情報本部まできて欲しいというものだった。

溝口は気のない返事に終始した。すべての情報は自分たちでまとめ、総合的な判断を下したい、対策本部へ情報を上げる前に自分たちも目を通しておきたい、というプライドが滲《にじ》み出ているからだ。

ただ、丁寧な言葉遣いながらも高岡は引かない。

「わかった。十分後に顔を出そう」

三桶に「今日の報告書を携えて情報本部へ同行しろ」と告げた溝口は立ち上がった。

午後九時十三分
防衛省C棟　情報本部

情報本部の会議室に足を踏み入れた溝口は目を疑った。

室内では本部長を除く計画部、分析部、そして統合情報部の部長を務める佐官たちが、溝口たちを待ち受けていた。高岡が電話で伝えた主旨を、内々の下打ち合わせと勝手に思い込んだ溝口が迂闊《うかつ》だったらしい。

会議室の中央に置かれた長テーブルの反対側に溝口と三桶は腰をおろした。

「本題へ入る前に、現在までの調査状況をそちらからお願い致します」

高岡一尉がすまし顔で口を開いた。この面子《メンツ》の前で隠し事ができるはずがないというあざとさが鼻をつく。

溝口は無言で高岡を睨《にら》みつけた。

隣に腰かけた三桶が溝口の足を軽く蹴った。

「では私から」

鞄から取り出した書類を三桶が全員に配布する。

まず国内の過激派に関する情勢分析から始まった。彼らの犯行ではないと判断した根拠。次に海外のテロリスト集団に関する分析結果。こちらは関与が認められる決定的な情報は得られていない反面、関与を否定できる根拠も存在しないこと。

最後に北朝鮮の関与について、三桶が「まだ調査中です」と述べるに留《とど》めた。

ポイントは隠蔽《いんぺい》しながら、溝口たちが懸命の調査を行っていると印象づける巧みな言い回しだった。

「国内の過激派の可能性については、ネガティブという判断ですね。では、イスラム過激派のテロリストについてはいかがですか」

そんな高岡に溝口は白けた顔を向ける。

三桶が答える。

「現在、彼らが国内で活動している痕跡は見当たりません」

「我々も同様の情報を得ています」

「高岡一尉。これは口答試験なのか。そちらですでに情報を得ているなら、最初からそう言え。この忙しいときにもったいぶるな」

背もたれから身を乗り出した溝口は皮肉った。

一瞬、眉を寄せ、高岡が表情を曇らせた。

「消去法的に北朝鮮の関与が最も疑わしいと情報本部は判断しています。それについてお二人のご意見はいかがですか」

なぜか自分ではなく情報本部という三人称を使った高岡の声が少し淀《よど》んだ。どうした一尉。なにかが腑《ふ》に落ちない。そんな意思表示なのか。

沈黙したまま溝口は高岡を凝視した。

高岡がこちらの返答を待っている。

「我々も、そう考えています」と三桶が溝口に代わって同意した。

「それだけですか」

「それだけ、とはどういう意味だ」

「あまりにも簡単に肯定されるものですから……。他にもなにか情報をお持ちなのかと」

「一尉。そちらのシギント能力をもってすれば、なんでもお見通しなんじゃないのか」

「別班のヒューミントに期待していたのですが」

売り言葉に買い言葉。しだいに互いの言葉が毛羽立っていく。

溝口の斜め前から咳払《せきばら》いが聞こえた。

「二人とも少し頭を冷やしたまえ」

統合情報部長の中山《なかやま》一佐だった。

「申しわけありません」と高岡が小さく会釈した。

「三佐、失礼な物言いであったなら許してくれ。陸幕で入手された情報との整合を取ってから、こちらの情報を伝えたかったのだ」と中山が取りなす。

高岡が涼しい顔で一枚のペーパーを二人に配布した。手に取ると襲撃現場の報告書だった。

ようやく溝口は人の話を聞く気になった。

懸命の捜索にもかかわらず、現場で発見された遺留品は、9K115メチス対戦車ミサイルの破片と口径12・7ミリのNSV重機関銃の薬莢《やっきょう》のみだった。薬莢が散乱していたのは峠を見通せる藪《やぶ》の中一カ所のみ。さらに、回収された銃弾の線条痕がすべて一致したことから、襲撃犯の使用したNSVは一挺。その場所で四人分の足跡が採取され、最初に軽装甲機動車が攻撃を受けたと思われる地点近くで、三人分の足跡が採取された。

推定される襲撃犯は七人。……たった七人だった。

指揮官と重機関銃担当の四人は峠付近に潜み、残りの三人が対戦車ミサイルで側面から先制攻撃を行ったと思われる。近くの脇道に、ホイールベースと車輪間隔からして、国産ワンボックス車と四トントラックのものと思われる轍《わだち》が残されていた。彼らは移動と運搬にこれらの車両を使用したと推定される。

「国道18号線といえば一級国道だぞ。旧道とはいえ、よく一般車両が事案に遭遇しなかったもんだ」溝口は首を回した。

「連中は群馬県側と長野県側の峠へ続く道路を閉鎖したようです。事案前後に峠へ入ろうとした何人かの運転手が、旧道がバリケードで封鎖され、碓氷バイパスへの誘導表示が立てられていたと証言しています」

「そんなことが簡単にできるのか」

「もともと、国交省の規定で時間雨量が120ミリを超えると、旧道は通行止めになる決まりでした」

「あの時刻、まだ通行止めになるほどの雨は降っていなかったはずだ」

「たしかに。しかし国交省と書かれた誘導表示が出ていたことや、台風が近づいていた状況から、誰も不思議に思わなかったようです」

「現在、二百名を現地に派遣して、周辺の事情聴取に当たらせていますが、その範囲を広げるつもりです」

　高岡が要領よく議事を進行させる。次は偵察衛星KH－12からの情報だった。

　事案前後に北朝鮮から工作船が出航した事実はないとの報告が続く。朝鮮半島の西海岸にある南浦《ナムポ》港、東海岸にある清津《チョンジン》と元山《ウォンサン》の三港が工作船の母港として知られているが、どの港からも出港した形跡はないとの情報をDIAが送ってきた。

「一つ気になることがあります。北朝鮮が乱数放送を久しぶりに再開しました」

「平壌放送《ピョンヤン》か」

「そうです。これをご覧下さい」

高岡が小さなメモを溝口に手渡した。そこには、ある数字が書き込まれている。

G－152。

「連中が北朝鮮軍特殊部隊を示すときに使う数字です。七月二日の傍受記録にありました」

襲撃事案の二日前だ。溝口と三桶は顔を見合わせた。

「NSAに裏は取ったのか」

「まだです。本件に関してはすべてDIAを通してくれという米軍の依頼もあり、確認は遅れています。それに北朝鮮相手の無線傍受についてなら三沢《みさわ》安全保障作戦センターの助けを借りなくとも、われわれのシステムで十分です」

「傍受だけになんの意味がある。内容が解読できなければ意味はない」

溝口は高岡の言葉を突き返した。もっと実のある話をしろ。自衛隊ご自慢の設備で手に入れた情報が空回りしているぞ。

「北の関与について、三佐はどのようにお考えですか」

唐突に高岡が切り出した。探るような視線が溝口だけに向けられている。

なぜそこに拘《こだわ》るのか。

「一尉と同じ考えだよ。それよりも、米軍の動きはどうだ」

「もし北朝鮮の犯行が裏づけられれば、彼らは動くでしょう。現に、米軍嘉手納《かでな》基地から、今朝、米第五空軍に所属するRC135電子偵察機が日本海を目指して離陸しています」

米国にはアジア・太平洋地域全体の安全保障に関する明確な戦略が存在する。再三の警告や首脳会談を経てもなお、核兵器開発を疑われる北朝鮮が犯人なら、米国は深刻に受け止めるはずだ。

喉元に突き刺さる二本の棘《とげ》。イスラム過激派と北朝鮮。

アムスラー来日はその露払いだったのか。

ふと時計を見ると午後十一時半を回っている。ずいぶんと長居をしたものだ。

「申しわけありませんが、まだ仕事が残っていますので、今日はこれで失礼します」と溝口は中山一佐に敬礼を向けた。

「溝口三佐。忠告しておく。君が任官した頃と時代は様変わりした。今や、すべての人々が、防犯カメラ、ネット、あげくに情報衛星といった手段で、様々なところから監視され、チェックされる時代だ。人混みに紛れ、誰にも気づかれることなく行動することなど不可能だ。君は必ずどこかで見られている」

一佐が冷ややかな敬礼を返す。

「ご忠告ありがとうございます。しかし、一佐。一人だけ例外がいます」

中山が小首を傾げた。

「私が追う相手です」

ようやく長い会議が終了した。


「三佐」

三桶と廊下に出た溝口を高岡が追いかけてきた。

「二人だけでお話しできませんか」高岡が廊下の反対側にある小会議室へ視線を投げる。

お前と二人で内緒話か。

ちょっと待っていてくれ、と三桶に言い残して溝口は高岡に続いた。

扉の向こうは狭い部屋だった。

「すみません。お忙しいのに呼び止めまして」

「そう思うなら、さっさと用件を言ってくれ」

中山一佐の捨て台詞《ぜりふ》のせいもあって、溝口は正直苛《いら》ついていた。

「一つ気になることがあります」

「なんだ」

「襲撃犯がヘリを使用していた形跡があります」

「ヘリだと。北が日本国内でヘリを使ったというのか」

「はい。現在、周辺地区への聞き取り調査も行いながら、詳しく調べております。もう少しお待ち下さい」

それから……と一瞬、高岡が次の言葉を躊躇した。「五日の午後、碓氷バイパス近くを流れる入山川《いりやま》で頭と手足のない焼死体が、猟友会のハンターによって発見されました」

高岡が一枚の写真をさし出した。

「垣内一佐です」

焼かれた皮膚が鱗状《うろこ》にめくれ上がり、カラスかイノシシに突つかれたらしく、腹部から内臓がはみ出た胴体だけの遺体。

これが垣内一佐だというのか。

「発見後、県警で司法解剖に回されていました。先に警察が死体を確保したので情報収集に手間取りました。当方としては、一佐が持っていた情報はすでに先方へ漏れたという前提で動くべきと考えます。次の燃料輸送へ向け、事態は由々《ゆゆ》しき方向へ向かっています」

それだけか。

帰るぞ、と会議室を出ようとする溝口を、高岡が再び呼びとめた。

「もう一つ。内局が事案の原因について調査を始めました。責任の所在をはっきりさせるとのことです。こちらにも資料を提出するよう、先ほど連絡が入りました」

事案を公表しなければならなくなったときの生け贄《いけにえ》探しか。しかも、高岡が極秘情報だけでなく、内局や官房の動きを把握できる立場にいるとの示唆が見え隠れする。

「それがどうした」溝口は背中で答えた。

「デリケートな問題です。できるだけ速やかに情報を上げることで、トップを刺激しないことが得策です」

「上のことはお前たちの範疇《はんちゅう》だ。そのための情報本部だろうが」

「それはわかっていますが、そちらも協力をお願いします」

「これ以上、なにをしろと言うのだ。部下たちは不眠不休で走り回っている。寝ぼけたことを言うな」

溝口はポケットに手を突っ込んで、高岡に背中を向けた。

もうまもなく日が変わる。

一階へおりた溝口は、C棟のエントランスから表に出た。

無性に外の空気を吸いたかったからだ。

「どうもやりにくいですね」三桶が天を仰いだ。

夏の熱気が抜け切れぬ夜空に、円い月がぼんやり浮かんでいた。明滅するビルの明かりが重なり合い、時折、濠端《ほりばた》からそよいでくる夜風が心地《ここち》よく頬を撫でる。諸人《もろびと》に夜は等しく、静かにやってくる。平和で安らぎに満ちた東京の夜。しかしこの夜空の下に、それもそう遠くない場所に忌《い》むべき闇が息を潜めている。目を背けようとしても、それは確実に存在する。そして今、その闇を嗅ぎ取らなければならないのは、他ならぬ自分たちだ。

追うべき真実は大きく、拾うべき事実は小さい。

なにかが溝口の内側に引っかかっていた。

七月七日　水曜日　午前八時　事案から三日後
防衛省A棟　陸上幕僚監部　陸幕長室

寺田はデスクを挟んで大山部長と対峙《たいじ》していた。どちらがなにを最初に切り出すのか、それを探り合うように二人は無言だった。同じ陸将でも立場的には陸幕長の寺田が上位者になる。しかし二人きりの場では、一期上の大山を寺田は立てた。

「調査は順調か」

大山がしびれを切らしている。

寺田は苦笑した。

「まだ三日しか経《た》っていません。そう急《せ》かさないで下さい」

「もう三日だ。猶予は一週間になった。大丈夫だろうな」

「先日申し上げたとおり、この事案は溝口に任せるしかない」

「生け贄にふさわしいと」

一転、寺田は目を尖《とが》らせた。

大山が扉に視線を投げてから、慎重に口を開いた。

「本来の目的とは別に、ある意味、今回はチャンスかもしれんな」

大山が含みのある言い方をした。

寺田の反応が期待したものではないせいか、大山が念を押すように言葉を続けた。

「各部隊は治安出動待機状態にある。特に同僚を惨殺された東部方面隊第十二旅団は弔い合戦だと士気も旺盛だ。結果として警護出動であろうと、治安出動であろうと構わない。とにかく実績を作ればよい。もう一度彼らが攻撃してくれれば、こちらとしても迷わず部隊を動かせる」

こんな非常時に大山が余計な思案を巡らしている。

「まさか部長は、今回の事案を別の目的に利用する腹ではないでしょうな」

「我々のステイタス、指揮権の見直しに良い機会だ。……考えてもみろ。我が国の文民統制など、世界中どこを探しても見当たらない」

椅子の背にもたれかかった大山が指を組んだ。

我が国におけるシビリアン・コントロールは、事実上、制服組に対して文官が優越的な地位を占める『文官統制』型だ。政策的な方針について制服組が口を挟むことは、よほどのことがないかぎり許されなかった。大山はそこが気に入らないらしい。

「しかし、それが我々の不文律のはず」

「それを変えるチャンスだと思わないか」

「世論が許しますまい。テロ対策特措法を筆頭に同様の事案に対する法整備はそれなりに整いましたが、大規模な部隊運用はまだ時期尚早と考えます。特に過去に一度も発令されていない治安出動に対する広範なコンセンサスが得られている状況とは言いがたい」

大山がぎろりと寺田を見た。

「官邸もすでに治安出動やむなしで固まっている。関係省庁との調整も順調だ。もう一度攻撃を受ければ、片山総理は即断するだろう。今回ばかりは我々も引くわけにはいかん。敵を鎮圧することで、我々のミスを帳消しにして、なおかつ部隊出動の実績を作るのだ」

「本気ですか」

「二回目のプルトニウム燃料輸送は予定どおり実施する。全ルートに陸自の総力を結集して網を張り、もし敵が再び襲ってくれば袋のネズミだ」大山が顎を引く。「陸幕長、考えてもみろ。過去、治安出動に関する議論は尽くされた。そしていつも我々が引かされてきた。なぜ国を守る人間が、野党やマスコミに遠慮しながらこそこそ行動しなければならないのか」

大山の目は自衛隊のステイタスに注がれていた。

「いいか、一度事が起こって国民に被害がおよべば、一転、自衛隊はなにをしていたと責められるのだ。一度でもいいから、非常事態に対して我々の存在価値を見せつけることができれば、世間の自衛隊を見る目は百八十度変わる。それは君にもわかっているはずだ。弱気なことを言ってる場合ではない。何事にも最初はある。それに……」

寺田は右の掌を上げて、大山の次の言葉を制した。

「部長。現状を再認識して下さい。異なる敵、内なるリスク。この事案を乗り切れなければ、指揮権の議論など無意味だ。私にはあなたの考えそのものが危機に思える」

午前十時

東京都　文京区《ぶんきょう》　小石川《こいしかわ》

東京文京区小石川五丁目に八神はたどり着いた。

自分のねぐらに戻るのは八日ぶりだった。名古屋《なごや》から夜行バスで東京駅八重洲《やえす》口に到着したのが、午前八時半。

駅前で弁当を買ってから家に戻った。十畳のリビングダイニングに六畳の寝室、バス、トイレ、そしてキッチンがついたマンション。扉を開けて玄関に足を踏み入れた瞬間、よどみ切ってむせ返る湿気が全身を包み、かびの臭いが鼻をついた。慌てて換気扇を回し、窓を一杯に開けて外気を室内へ流し込んだ。

ふと目に入った小石川植物園の森が懐かしかった。

自分はきちんとした性格だと思っている。岐阜へ出かける前には、部屋の隅々まで掃除機をかけ、洗濯をすませ、生ゴミはもちろんのことすべてのゴミを処理しておいた。にもかかわらず、一週間閉め切っていただけでこのザマだ。

八神はバックパックをおろし、一応、留守番電話の再生スイッチを入れた。そう一応だ。そんなに伝言が入っているはずがない。自分は人づき合いの良い方じゃない。いやむしろ避けてきたと言った方が正しい。卒業後、大学に残ったのも、就職して新しい人間関係に煩わされるのが嫌だったからだ。親のいない自分に、親戚から連絡が入ることなどない。

〈記録は全部で十五件です〉留守録の音声がそう告げた。

耳を疑った。

ピッという再生音が何度も反復して流れる。メッセージはなにも録音されていない。着信記録だけが残されていた。記録によると、毎日二回、午前と午後の九時頃にかかってきていた。よほど急ぎの用でもあったのか。

最後にメッセージが入っていた。

〈木村《きむら》と申します。また電話します〉

木村?

そんな名前の男を八神は知らない。

ポットでお湯を沸かし、コーヒーを入れ、食事の準備を整える。弁当をテーブルの隅に置いて、コーヒーをすすりながらポストに入っていた郵便物の整理を始めた。その中に茶色の目立たない封筒が混じっている。日本地震学会からだった。

『貴君の投稿論文。審査委員会にて慎重に審議した結果、今回の論文集には内容がふさわしくないと判断し、掲載を見送らせて頂きます。なにとぞ、ご理解のほどよろしくお願いいたします』


学会へ投稿していた論文の不採用通知だった。ついてないときはなにをやってもだめだ。いや、ついてないなんて言いわけだ。自分の努力が足りなかっただけ。繰《く》り言《ごと》など決して口にすまい。

『跡津川《あとつがわ》断層の微小地震活動について』というタイトルで、大日ケ岳の観測所で採取したデータをまとめた論文。北アルプス周辺では活断層が何本か確認されており、そのうちの一つが大日ケ岳地震観測所の北東五十キロを走る跡津川断層だ。

第一級の横ずれ活断層である跡津川断層付近の地震活動は、三つのグループに大別される。第一は跡津川断層および山田川に沿う線上配列、第二は乗鞍岳《のりくらだけ》から高山市の広い範囲におよぶ塊状《かいじょう》の分布、そして第三は北アルプスに沿う南北方向の分布である。

この地域で発生する地震の特徴は、すべてが深さ十七キロまでで発生していること、そして、最初に到達するP波、つまり縦波は押し波と引き波が混在していることから、地震発生の要因が一つではないと推察されることだ。理由は、北アルプスの脊梁《せきりょう》部の地殻が周りに比べて熱く、深さ八キロ程度で地熱が三百度から四百度に達するため、マグマの活動だけでなくマグマ由来の熱水の運動が関連していることにある。

大日ケ岳の観測所で、未知の微小地震の存在を摑んだとき、八神は興奮に震えた。

「これはいける」そう直感した。

岐阜県北部から富山県にかけては、一八二六年にＭ（マグニチュード）６・２、一八五八年には安政《あんせい》の飛騨地震といわれるＭ６・９の地震が起こっている。また、跡津川断層付近では一八五六年にＭ７・９の地震、最近では一九六一年にＭ７の北美濃地震が発生した。

近年、日本各地における地震活動の活発化から、この地域でも大地震発生の懸念と、それに備えた監視体制の強化が求められているものの、跡津川断層に沿って発生する地震は、逆断層成分を含む横ずれ型であること以外、詳細なメカニズムを知る地殻データが揃《そろ》っていない。

かたや、過去の観測データを分析した結果、跡津川断層の中央部に地震の空白域が存在することが明らかとなっている。そこでは長い年月のうちにひずみが蓄積されている可能性が高く、今後、大地震の震源となる可能性が危惧されている。

そんな跡津川断層内のしかも地震の空白域で、まったく新しい波形を捉えることができたのだ。自身の幸運を感謝した。これだけ震源の近くに観測所を設けることができるなんてめったにない。

しかし、計測結果も、その分析と検討も完璧だったはずなのに、なぜ論文掲載は却下されたのだろう。あの場所で微小地震が発生するはずはないと、査読委員たちは端《はな》から決めつけているのではないのか。坂上教授にしても、編集委員の一人なのに八神の論文が没にされたことを教えてくれなかった。締め切りが迫っていたせいで八神は教授に、内容だけではなく、投稿の了解を得ていなかった。それで気分を害したのだろうか。ならば、ずいぶんと冷たい仕打ちだ。

しかし、もうどうでもよかった。

テーブルの上に封筒を投げ出した拍子に、枕元の写真立てが床に落ちた。

慌てて拾い上げる。

五月に、令子と蓼科《たてしな》へドライブに行ったときの写真。

悠々とした南アルプスの峰々をバックに令子は笑っている。

あのとき、霧ヶ峰《きりがみね》の草原は奇蹟《きせき》のようだった。北岳、甲斐駒ヶ岳《かいこまがたけ》は雄々しく天空を目指し、その稜線から放たれた、透き通る藍色が空に満ちていた。北の彼方には積乱雲が命の息吹《いぶき》を映すように盛り上がり、その麓の地平からは大地の薫りを含んだ風が穏やかに駆け抜けてくる。

取り止めのない会話が心を満たしてくれた。

屈託のない令子の笑顔にかぎりない包容力を感じた。

今なら話せる。八神はずっと胸の内に秘めた苦い記憶を吐露した。誰にも打ち明けたことはない。打ち明けることなど女々しいことだと自分に思い込ませていた。世話になった叔父夫婦の事故のこと、身寄りのない自分に後ろめたさを感じていること、自信のないまま准教授に昇格したことへの不安、そしてそのきっかけとなったあの事件のこと。

突然、すっと伸びてきた令子の掌が八神の口を塞いだ。

「きれいね」

彼女は空を見上げた。

八神も令子の目線を追った。泰然《たいぜん》と頭上を舞う一羽の鳶《とび》が悠々とした時の流れを感じさせる。

令子は首を傾げてこちらを見た。澄み切った奇麗な瞳だった。彼女の長い髪が、そよぐ風になびいた。

「私を愛してる？」

心臓が喉から飛び出るかと思った。

小さく頷《うなず》いた。自分には縁のない言葉だった。自分のような男は女性を愛してはいけないと決めていた。財も身寄りもない男に女性を愛する資格などないと。それが自分の定めだと決めていた。

　令子は八神の頬に掌を当てながら囁いた。

「なら、今生きていることを後悔しないで」

　彼女の瞳に満ちた輝きになんの偽りも感じられなかった。

　時間は止まり、風は薫り、心は動いた。

　初めて知った。人を愛すること、人に愛されることの意味を。

　あのときの令子が写真の中で笑っていた。そこで彼女は永遠に笑っている。思い出とともに、これからもずっと。

　そして今、すべては褪せ、思い出は歩みを止めた。

　苦いものが込み上げた。パソコンの前に座り直した八神は、ネット上で岐阜県のＨＰにアクセスした。尾上郷川の工事がなんの目的で、いつ発注されたのか調べるのだ。国土交通省の大下は、事故現場の工事は県が発注したと言っていた。

『岐阜県公報に掲載された一般競争入札公告をネットでご覧頂けます』と記載された岐阜県入札関連情報のリンクをクリックする。

　すると意外な表示が現れた。

『現在、このデータベースは改修中につき、当分のあいだ閉鎖させて頂きます。公報に関してのお問い合わせは以下までお願い致します。

問い合わせ先：岐阜県総務部　法務・情報公開課　法規係。

また、岐阜県発注の建設工事の入札結果、契約状況については、以下までお願い致します。

問い合わせ先：本庁・本課（県土整備部）、若しくは現地機関』

県のHPから県土整備部の番号を調べた八神は、迷わず電話を入れた。

二回の呼び出し音のあと、男の声がした。

〈建設政策課建設業係です〉だるそうな声がスマホを抜けてきた。

「私は八神と申しますが、高山市荘川町の御母衣湖近くで施工されている法面《のりめん》補強工事について教えて頂きたいのですが」

〈それはすでに発注になった工事でしょうか〉

「そうだと思います」

〈工事名称と発注時期はわかりますか〉

「わかりません」

〈では少し時間を頂きたいと思います。どのような内容をお知りになりたいのです

か〉

「工事の目的です」

〈当方では、工事名と受注会社しかお調べできません〉

「ではどこに、問い合わせればよろしいでしょうか」

〈砂防課にお願いします。電話を回しましょうか〉

「お願いします」

相手は電話を保留にした。待ち受けの『エリーゼのために』が延々と流れる。五分ほど経っただろうか、ようやく別の声がした。

〈砂防課です〉

「私は東亜大学の八神と申しますが、荘川町の御母衣湖近くで行われている工事について教えて頂きたいのですが」八神は同じ用件を繰り返した。

〈荘川町の工事ですか。どのような工事でした〉

「法面の補強工事でした」

〈当課は、あのあたりで工事を実施しておりません。国土交通省の直轄工事だと思います〉

礼も述べないまま八神は電話を乱暴に切った。

国土交通省中部地方整備局のホームページにアクセスする。

なぜか入札・契約情報ページが閉鎖されている。

整備局の河川部へ電話をした。〈あなたのおっしゃる工事であれば、北陸地方整備局の管轄です〉とのこと。次なる北陸地方整備局の返事は〈富山河川国道事務所に聞いて欲しい〉だった。

落ち着けと自分に言い聞かせながら、事務所へ電話をかける。

〈担当の者に代わりますのでお待ち下さい〉と一旦受話器を置かれ、さんざん待たされた挙句に別の人間が電話口に現れ、〈担当者が出張中なので、詳しいことはわかりません〉とつっけんどんな応対を始めた。

「もうたくさんだ！」

電話を切った八神は、肩で息をした。

室伏も、大下も、役所の連中はどいつもこいつもふざけやがって。

八神はスマホを壁に叩きつけようとした手を、すんでのところで止めた。

なにかがおかしい。頭を冷やしてみれば、いくら役所とはいえ、ここまでたらい回しにするだろうか。

もしかして……。

八神は、財布からしわくちゃになった小林の名刺を取り出した。

〈お体の方は大丈夫ですか〉

あの声がスマホを抜けてきた。

八神は胸に溜まった怒りと不満を一気にぶつけた。しゃべり始めると、侮蔑や中傷の言葉がとめどなく流れ出した。小林は〈はあ、そうですか〉〈それは失礼な話ですね〉と絶妙の相槌《あいづち》を入れながら八神の話を聞いてくれた。

山ほどの悪態を吐き出したあと、八神はようやく用件を伝えた。

「室伏さんの連絡先を教えて下さい」

沈黙が流れたあと、小林から意外な答えが返ってきた。

〈実は私にもわかりません〉

電話の向こうで、一旦声が途切れた。

〈先日、報告書をまとめるのに室伏さんの役職を確認する必要がありまして、整備局に電話を入れましたが、そんな人間はいないと言われてしまいました。私も困惑しているところです。いいですか。もし彼が接触してきたら、すぐに私へ連絡して下さい〉

午後二時三十二分　防衛省A棟　内部部局　防衛審議官室

内田《うちだ》防衛審議官が溝口に席を勧めた。

防衛省内部部局の長官官房には五人の防衛審議官がいる。命を受けて、防衛省の重要な政策事務を総括整理する審議官の一人が内田で、彼は江木《えぎ》事務次官の懐刀でもある。

「調査は順調かね」

内田の視線は穏やかな色をたたえている。しかしその奥に潜むものが敵意であることは彼の目を見れば明らかだった。

内田の唐突な質問に溝口は無言で答えた。

少し上体を屈《かが》めた内田が、そういう態度を取るわけだな、と言いたげに「ふん」と鼻を鳴らした。

「事案の発生した夜、つまり七月四日の深夜、君は板妻駐屯地から市ヶ谷に呼び戻されている。なんのためだ」

さり気なく居丈高な態度で押してくる。

溝口はしれっと答えた。

「私の提出した報告書に不備があったからです」

「たかが一佐官の報告書を吟味するために、統合幕僚監部の防衛計画部長と陸幕の主要幹部が雁首揃《がんくびそろ》えたと言うのか」

　生理的に溝口の苦手な男が言葉を続ける。

「自衛隊創設以来の失態だ。情報本部を筆頭に総力を結集するのは当然だ。ただ、君の動きは余計だな。陸幕長の道楽で防衛省全体が危機に陥る」

「ずいぶんと大袈裟《おおげさ》ですね」

「法治国家において、国防を担当する省が違法行為を行うなど許せない」

「審議官としてのお立場はよく理解できます」

「寺田陸幕長にどんな指示を受け、いったい、君はなにをしようとしている」

　内田が机の上で手を合わせた。それが溝口を呼び出した理由らしい。

　溝口はわざと返事を遅らせた。

「言えません」

「言えるか、言えないかではない。言わなくて済むか、言わねばならないかだ」

「では前者です」

　内田が怒りと失望に顔の半分を歪《ゆが》める。その頰が少し引きつっているように見えた。

「噂にたがわぬ頑固者だな。では質問を変えよう。今回の事案についてどこまで解明した」

「本官も陸幕の人間としてなすべきことと、話すべきことを判断したいと思います。このような場所で、二人だけでお話しする内容ではないと考えます」

「そうか。では君を自衛隊法違反容疑で警務隊に拘束させるしかない」

「犯人探しですか」

「そんな風に言って欲しくないね。責任の所在ははっきりさせねばならない。組織とはそういうものだ」

内田が電話に手を伸ばす。

「期限はあと七日。そのあいだに犯人を突き止めねば、事案を隠し切れなくなる。そうなれば半島情勢が緊迫し、同時に対中関係も悪化するでしょう。政府と国会は動揺し、防衛省への追及は厳しいものになる。省としての危機対応はあなたの範疇です。どのように総括整理されますか」溝口は一旦、言葉を切った。「ここで私を拘束してもよし。万に一つであっても私が事案解決の糸口を掴む可能性に賭けて、今から七日間、たかが三佐が独断で調査したあげく、隊法違反容疑で拘束、起訴、懲戒免職処分を受けるまで見て見ぬふりしてもよし。どちらかご判断下さい。一つつけ加えるなら、私が失敗しようと、あなたはなにも知らなかったで済ませることができるはず」

内田が受話器に伸ばしていた右手をおろした。

その顔に驚きの色がありありと浮かんだ。

「君は自信家だな」

「組織の最善を考えているだけです」

「組織？　ばかを言うな。君はジェームズ・ボンドになったつもりか。真実を突き止め、事案を解決するためならどんな違法行為も許される？　大いなる妄想だな。現代の組織は常に外部から監視にさらされ、どのような弁解も許されない。君は防衛省にとってリスクでしかない」

「私が招くリスクなど審議官の首の一つか二つにしかすぎません」

「引く気はないと」

「はい」

「三佐、君は一人取り残される。気づけば君の周りには誰もいない。すべてを失った己に気づいたとき、君は私に跪《ひざまず》く」

「申しわけありません。そろそろ失礼したいのですが」

冷めた表情で溝口は扉に目をやった。

目線を戻すと、内田の表情が石膏《せっこう》像のように白色化している。

「後悔するぞ。とんでもない後悔を」

溝口は運用支援・情報部へ戻るのに、二度、曲がる角を間違い、三度、立ち止まって考え込んだ。

審議官に対して大見得を切った自分に納得しているわけではない。法治国家である以上、法令遵守は当然の義務だ。どんな困難であろうと、法の下で対処法を考え、実行するのが務めと信じているのに、下品なはったりを口にしてしまった。

もう一つある。部下を巻き込む予感が溝口を不安に陥れた。

分析室の前に戻ると、扉に張り紙がしてある。無造作にセロハンテープで留めてあった。

『恥を知れ』

溝口は張り紙を引き剝《は》がした。

くしゃくしゃに丸めた紙をポケットに押し込む。セキュリティカードで扉を開けた溝口が、自席に腰かけると、君島が報告にやってくる。

君島三尉は、防大時代から才媛との誉れが高かった。卒業とともに、迷わず任官している。溝口の同期で情報本部に所属する榎本《えのもと》三佐からの、一年ほど研修の意味を込めて預かって欲しいという申し出を、溝口が二つ返事で了承したのはそのせいだ。

　君島の書類を繰る指先が少し震え、心なしか声が上ずっている。

「以上です」と、一礼した君島が踵《きびす》を返した。

「三尉」

　君島が振り返る。

「なにか気になることでもあるのか」

「いえ。別に」

「迷いがあれば、判断を誤る。言ってみろ」

　君島が言いかけた言葉を何度か飲み込んだ。やがて。

「……仕事に言いわけはしたくありません。ですから、三佐への報告の一回、一回が私にとっては試験と同じです」

「試験？」

「優秀な情報分析官になりたいからです。できれば人の命を救える分析官に。三佐に認めて頂ける分析官に」

　少しだけ頬を赤らめた君島が、情報端末へ戻って行く。

　二人のやり取りを見ていた三桶が、さりげなく溝口の横へ腰かけた。三桶からはなにも言い出さない。相手から本音を口にさせる術《すべ》をこの男は知っている。

「君島を異動させようと思う」

三桶が笑みを返す。

「いい案ですね」

「彼女の経歴に傷をつけるわけにはいかない」

「そうですね。将来ある尉官ですから」

「お前もだ」

「お気遣いありがとうございます」

歯が浮く敬語を使うときの三桶はろくなことがない。

「このまま俺の下にいれば、よくて訓告処分だ」

「たった二人の尉官の行く末が隊の将来より重要だと」

「別にお前たちでなければならない理由はない」

「それはていの良い厄介払いですか」

「なんとでも思え」

少しばかり、溝口はやさぐれてみた。

「気にいりませんね」

「なにが」

「こんな非常時の人情話です」

「すまんな、浪花節《なにわぶし》の人生で」

「人間は感情の動物ですからね」

ああ言えば、こう言う野郎だ。

「たまには俺の厚意に感謝したらどうだ」

「では折衷案で行きましょう」

「折衷案？」

「君島は異動させます。十五日付で榎本三佐のところへ戻るよう手配しておきます」

「お前は残ると」

三桶が真顔を返す。

「格好つけやがって。お前も俺と同じ考えじゃないか」

「違いますね」

「なにが」

「私は冷静に状況を判断しているだけです。この事態に三佐一人で対処できるわけがない」

「俺が折衷案を拒否したら」

「ありえない」

「なぜ」

「そんなことをすれば、自衛隊が崩壊する事態を招くと三佐が一番よく心得ていらっしゃるからです」

溝口は小さく舌打ちした。

「礼は言わんぞ」

「おっと。過去に三佐から礼を言われたことなどありましたっけ」

勝手にしろ、とむくれた溝口は横を向いた。

「それより三桶。今回だけ別班の協力を得たい。連絡しておいてくれ。人数は二人だ」

七月八日　木曜日　午後一時四十五分　事案から四日後
東京都　港区　六本木四丁目

港区六本木。二十階建ての洒落《しゃれ》たオフィスビル。

総ガラス張りの外壁に、夏の陽がまぶしく照り返る。下見で前を通り過ぎたとき、大理石を敷き詰めた一階ロビーの奥、総合受付の横に掲げられたテナントパネルの十階には『K&Cトレーディング』の金文字が光っていた。ここの家賃なら、毎月ちょっとした新車が買えるだろう。

　ワディフがビルから国道246号線沿いの歩道へ出てきた。会社が入居するビルを見上げながら、ワディフが禿《は》げ上がった頭から脂ぎった額、そして二重顎をハンカチで拭った。

　リビアで育ったとはいえ、太った体に日本の夏はこたえるようだ。

　ビルの前にレクサス・LS500hが横づけされた。

　秘書が、深々と腰を折りながら後部座席のドアを開ける。ワディフが乗り込むと、ドアを閉めた秘書が自らも助手席に乗り込んだ。

　溝口と三桶は、二十メートル後方の歩道脇にアルファードを停《と》めていた。

「引っかかったな」

「奴にとって、キムは上得意ですからね」

「三桶。お前、役者になれるぞ」

　上客のキム・パクジョンに成りすました三桶に、ワディフは京王《けいおう》プラザホテルへ呼び出された。二十分ほど前に突然、「会いたい」と電話で連絡を入れた。餌は五十億の武器取引だ。

　溝口のアルファードと別班の二人が乗ったスバル・レガシィがワディフを追う。

外苑《がいえん》東通りから青山《あおやま》一丁目を抜け、国立競技場横から明治通りを経由、代々木《よよぎ》からJR東京総合病院前を通過して西新宿へたどり着いたレクサスが、指定の時間を十分ほどオーバーして京王プラザの地下駐車場に滑り込んだ。

地下一階のエントランスでは、溝口が仕組んだ『一般車は地下二階へお回り下さい』との立て看板が、奥への進入路を塞いでいる。

レクサスがもう一度ランプウェイのループを回り込む。

タイヤを鳴らしながら地下二階へ滑り込んだレクサスが、減速もほどほどに空きスペースを探しながら地下通路を走り抜ける。手前の駐車スペースは、どこもカラーコーンで駐車禁止の措置が取ってある。

一番奥の空きスペースにレクサスが頭から突っ込んだ。

溝口たちは急いで覆面を被《かぶ》る。

秘書が車を降りる。

レガシィが車体を寄せてレクサスの後部を塞いだ。

三桶がアルファードをレクサスの左隣にねじ込む。

車を降りた三桶が秘書の右腕を背後から締め上げ、アルファードのボディに押しつけた。

運転席のドアから車に乗り込んだ別班の三尉が、運転手の頭に拳銃を突きつけた。

溝口はレクサスの後部座席に乗り込んだ。

「遅かったじゃないか。ワディフ」

東京都　新宿区　百人町　陸幕運用支援・情報部　極秘施設

陸自が百人町《ひゃくにんちょう》に密《ひそ》かに保有する施設の地下の尋問室。

打ちっ放しのコンクリートで覆われ、蛍光灯で照らされた室内は空調が利いているのに、中央の机の前に座らされたワディフの全身から汗が噴き出ている。

溝口と三桶はマジックミラーを隔てた観察室にいた。

男が二人尋問室に入る。別班の立山《たてやま》三尉と原田《はらだ》一曹だ。

若い原田がワディフの背後に回る。扉の脇に立てかけてあったパイプ椅子を広げた立山が、背もたれを胸に抱く恰好《かっこう》で椅子に腰かけた。

尋問が始まる。相手との駆け引きが求められる尋問は別班の専門分野だ。ここは、立山と原田のお手並み拝見となる。溝口は期待と緊張で下唇を噛んだ。

手許のファイルを開いた立山が、ワディフの経歴を読み上げ始めた。

「ハシム・ランジャン。本名、ベルガト・ワディフ、リビア国籍、六十二歳。K&Cトレーディング代表取締役……」

「あんたの名前は」

「同じことを二度は聞かん。すべての質問に答えれば、お前は家に帰ることができる。答えるつもりがないなら首を横に振れ。そこで終わりだ。その代わり、お前が家に帰ることは二度とない」

「そんなことが許されるわけがない。何日拘留するつもりか知らんが、私はなにもしゃべらんぞ」

立山がファイルを机に置く。

「わかってないようだな。お前の武器取引の相手、キム・パクジョンは国家反逆罪で裁かれることになった。当然、共犯のお前も、軍事裁判を受けることになる」

ワディフの虚勢が、引き潮のように消えていく。

「共犯？　なんの話だ。私はなにも知らん」

「キムは同志を裏切って、あろうことか、お前から調達した武器を第三国へ横流ししていた。武器の横流しと国費の横領。最低でも管理所、つまり政治犯強制収容所で重労働つきの禁固十年。最高は、もちろん死刑だ。そして、共犯者のお前へ科される刑も同じ。明日、能登《のと》半島から出る船に席が一つ空いている」

「勘違いだ。なにかの間違いだ」

「将軍様の命で、私はキムの容疑を固めなければならない。だから、協力次第では明日の半島行きを見送っても構わない」

「私に脅しは通用しないぞ」

首を横に振った立山が、ワディフの背後に立つ原田に右の掌で首をかき切る仕草を見せた。

ワディフが腰を浮かせて狼狽《うろた》える。

「命だけは助けてくれ！　頼む。全部喋《しゃべ》るから。頼む」

「言ったはずだ。お前の運命を決めるのはお前自身だ。互いに時間を無駄にしたくない」

ワディフが太く短い首を折った。

「今年の六月に、下田港で荷物を陸揚げしているな」

「ああ」

「お前はマグロ運搬用の冷凍船で、中国、ロシア、そして我が国との間で武器の密輸を行っている。『競取り《せどり》』に倣って、漁船を橋渡し役に、日本の領海外で密輸品の受け渡しを行うというわけか。マグロの取引がない月でも、下田港の市岡《いちおか》水産に毎月二百万円の送金が行われているのは、橋渡し役への報酬なんだろ。で、問題はこのときの荷物だ」

ワディフがハンカチで額の汗を拭う。

「六月十五日に台湾《たいわん》沖で北朝鮮の貨物船から乗り込んだ十人の男と四つの荷物を、市岡水産所属の漁船を使って下田港に届けた。荷物は、下田港で出迎えたキムの使いと名乗る連中に引き渡した」

「荷物の中身は」

「それは知らん。大きな荷物だったが、私が段取りしたのではない。キムの荷物を預かっただけだ。本当だ、信じてくれ」

「質問を変えよう。そもそもお前は、どうやってキムに取り入った」

「私からじゃない。キムから連絡してきた。彼は私の経歴を調べ上げていた」

「公安の囮《おとり》捜査と疑わなかったのか」

「一見《いちげん》さんのキムを信用してよいものか逡巡《しゅんじゅん》した私に、彼は取引金額を前金で入金したうえ、今後も専属の仕入先としてつき合いたいと申し出た。願ってもない上客だ。私は腹を決めた。その後も彼は何度か武器以外の注文も入れてきた。常に金払いは良く、納品から一週間以内にロンドンのウォルドルフ銀行を通して代金が振り込まれてきた」

「このブツに見覚えは」

９Ｋ１１５メチス対戦車ミサイルとＮＳＶ重機関銃の写真を、立山がワディフの鼻先に突き出した。

「こっちはある」ワディフがＮＳＶ重機関銃を指さした。

「売ったのはいつだ」

「五月の初めと六月下旬だ」

「二挺売ったのか」

「そうだ」

「相手は」

「それぞれ別の客だ。名前も素性も知らない。知り過ぎないこと。それが俺たちのルールだ」

「お前は、そのうちの一挺がなにに使われたか知っているか」

「そんなこと俺が知っているわけ……」

いきなり立山が、右手の人さし指をワディフの喉仏に叩き込んだ。

踏み潰《つぶ》されたヒキガエルの断末魔を思わせる悲鳴がワディフの口から吹き出た。

三桶が溝口を見る。その目が「止めますか」と言っている。

溝口は首を横に振った。

「それぐらいで済んで幸せだと思え」立山が吐き捨てる。

そのとき、観察室の扉が乱暴に開け放たれた。湿った空気が室内に吹き込む。

四人の自衛官が入ってきた。

「警務隊だ。あの男を預かる」

いきなり、先頭に立つ二佐が命令口調で告げた。四角い顔に、なにが気に入らないのか『ハ』の字を逆にしたような眉、底意地の悪そうな目が溝口を威嚇していた。

敵意の舌打ちを飲み込んだ溝口は、形ばかりの敬礼を送る。

「どういうことですか」

「これは命令だ」

居丈高な声まで気に入らない。

「命令？　ばかな」

「これを見ろ」

二佐が内ポケットから書類を取り出した。

ワディフの引き渡しに関する命令書。発令者は大山だった。

午後八時十二分
東京都　文京区　小石川

午後六時過ぎまで研究室で雑用をこなした八神はマンションへ戻った。久しぶりに根を詰めたせいか、体が重くてしかたがない。帰宅途中に行きつけの食堂へ寄る元気もなく、コンビニで買った弁当と日本茶で味気ない夕食を済ませ、シャワーを浴びるとベッドで横になった。

一日が終わった。

天井を見上げながら、今日という日を思い起こす。

昼間、八神は久々に大学へ出た。

研究室へ戻ったところで気が晴れるわけではないが、いつまでも休んでいられない。

夏休み中の構内は静まりかえっていた。

理学部の事務室へ傷病《しょうびょう》休暇の書類を提出するのは週明けにした。学部長と学科の主任教授に対する事情説明と、迷惑をかけたことへの謝罪は電話で済ませた。

目的もなく学内を歩き、時々ベンチに腰をおろした。

研究室へ顔を出したのは、午後になってからだった。研究室に配属された三人の学生のうち、帰省中の一人を除いた二人が大学院入試の準備で登校していた。

八神が姿を見せると、皆一様に驚いた表情を浮かべたが、すぐにそれは安堵の笑みへ変わった。懸命の捜索にもかかわらず、坂上教授の行方は不明のままだ。教授が不在のなか、代わりに研究室を取り仕切る准教授が姿を見せたからだ。

八神は廊下の反対側にある教授室へ入った。

室内は出かける前と同様、几帳面《きちょうめん》に整理整頓されていた。八神は坂上の椅子に座り、両肘を机について掌を合わせた。

事故前となにも変わらない。

あの事故の記憶だけが、頭の中で異質な出来事として孤立している。

先のことを考えた。これからどうすればいいのか。研究はもちろんのこと、授業、学生の指導。坂上の後任が決まるまでは大変だ。

ふと室伏の顔と彼の言葉が頭に浮かんだ。

自分の知らない秘密が教授にあったのか。なんであれ、坂上に対して疑いを持つのは初めてだった。実直で朴訥《ぼくとつ》な性格ゆえに人当たりは良くないが、陰で邪《よこしま》なことができる人物ではない。

あれこれ考えながら八神は壁際の本棚に視線を移した。地震研究に関する様々な文献や論文集がきちんと項目別、アイウエオ順に並べられている。

ふと、おかしなことに気づいた。

坂上の研究ノートを収めた棚で『シ』の欄の何冊かがごっそり抜けている。

間違いない。岐阜へ出かける朝、あの棚へ別の資料を戻しにきたとき、すべては揃っていた。教授が持ち出したのか。いやあの日、教授は小さな手提げ鞄一つだった。

不審なことはそれだけではない。

研究室へ戻った八神が「留守中に自分たちを訪ねてきた客はいなかったか」と学生たちに尋ねると、一人が答えた。

「教授にお会いしたいとの用件で、文部科学省の職員が二人訪ねてきました」

彼が客の一人を教授室へ案内したところ、もう一人が「研究の内容について色々教えて欲しい」と呼びにきた。

それからしばらくの間、教授室には客が一人だけ残っていたそうだ。

八神は学生の最後の言葉が頭から離れなかった。

「役所の人にしては、目つきの鋭い人でした」

八神はベッドの上で寝返りを打った。

時計を見た。

午後九時を回っている。

義務感だけで過ごした一日が終わろうとしている。体は疲れているのに気持ちが高ぶっているせいか、うとうとするのに八神は寝つけないでいた。

いつのまにか薄暗い大地に立っていた。霧が立ちこめる彼方にぼんやりと二つの人影が見えた。懐かしさが込み上げ、走り出そうとした。なのに、足が地面に吸いついて離れない。急がないと独りで取り残されてしまう。待ってくれと声を上げようとしたときだった。

突然、とてつもなく巨大で黒いなにかが襲いかかってきた。

八神はベッドから跳び起きた。

全身が脂汗でびっしょり濡《ぬ》れていた。胸を押さえて喘《あえ》ぐ。夢だと自らに言い聞かせ、おののく気持ちを鎮めた。最後に安堵の息が胸の内から深く、長く漏れ出した。

枕元の時計を見た。夜中の一時を回っている。

ベッドから起き上がった八神は部屋の空気を入れ替えるため、窓辺に歩み寄った。カーテンのわずかな隙間から、小石川植物園の森が東京の明かりにうっすらと照らし出されていた。ベランダに置いたゴムの木の葉が萎えて、うなだれている。静かな住宅街の車道に人の往来はとうに途絶え、街灯の明かりがアスファルトを照らす。いつもとなんら変わらない夜だった。

一台の路駐の車を除いては……。

黒い日産・スカイライン。

見覚えがある。昨夜もあの車はあそこに停まっていた。部屋の明かりを落とし、カーテンを閉めようとしたとき、あの車が同じ場所に駐車していたのを覚えている。

このあたりは警官の巡回が頻繁で、夜間に路駐している車はない。だから余計だった。

胸の内に気味の悪い小波《さざなみ》が立ち始めた。

暗闇で息を潜め、八神は闇に目を凝らし続けた。ぼんやりとだが、フロントガラスの奥に二つのシルエットが浮かび上がっている。こんな夜中に路駐した車に人が乗っている。待ち合わせか、ただの時間潰しか、それとも誰かを見張っているのか。

まさか、スパイ映画じゃあるまいし。

八神はベッドに戻ろうとした。

突然、闇の中でスマホの着信音が鳴り響いた。

八神はスマホを見つめたまま動けなかった。スマホは八神を呼び続ける。おそるおそる受話スイッチをフリックした。

「もしもし」

〈ようやくスマホの番号がわかりましたよ、八神さん。つけられていることに気づきましたか。マンション前の車で男が二人、あなたを見張っているでしょう〉

聞いたこともない低く落ち着いた声だった。そして、わずかだが関西弁を思わせるアクセントを含んでいた。

「あなたは」

〈明日、お会いしたい。きっかり七時に電話します。私が助けてあげます。あなたがつけられている理由も教えましょう。それから警察に通報しても無駄ですよ〉

それだけ話すと電話は一方的に切れた。ツーツーというビジートーンだけが耳に残った。

誰かが自分をつけている。

窓辺に戻った八神は、姿勢を低くしながらカーテンの隙間に上半身を押し込んだ。体の末端にまで全神経を集中して、自分の気配を消そうとした。そのとき、助手席の男が闇の中からぬっとせり出してきたように見えた。慌てた八神は思わず身を引いた。その拍子にカーテンが揺らめいた。

しまった。

顔から血の気が引いた。気づかれたか。……いや、そんなはずはない。この距離で、この暗闇で先方から自分の姿が見えるわけがない。

車の中で赤い点が灯《とも》っていた。蛍《ほたる》のごとく揺らめき、ゆったり明滅している。助手席の男がふかす煙草のようだった。やがてその赤い点が右に揺れ、窓から投げ捨てられた。男はその手で懐をまさぐり、なにかを取り出した。街灯の明かりに照らされた黒い物体。男はその柄の部分に、コンソールから取り出した四角い棒状のものをさし込んだ。

拳銃だった。

八神は窓から身を離し、壁に背中を押し当て、目を見開いた。少しでも動けば、二度と朝を迎えられない予感がした。

自分の前に横たわる運命に怯《おび》え、これが現実であることを呪った。

流れる脂汗が頬をつたう。

八神はベッドに腰をおろした。

身の回りを覆った不吉な前兆を払いのける手だてを思いつけない。

枕元の電話を摑んだ八神は、大塚《おおつか》署の番号を押した。マンションの住所を告げて、「近くに迷惑駐車の車がいる」と告げた。警察は緊急通報を受ければ、必ず一度は通報の場所まで出動しなくてはならない。

再び窓脇に立ち、そっと外の様子をうかがう。十分ほどしてパトカーがやってきた。ところがスカイラインの横を通り過ぎたパトカーは、そのまま表通りへ走り去った。

八神はその場に座り込んだ。

なぜ……。

どうして巡回の警官は職質《しょくしつ》さえ行わないのだ。もう一度、受話器を取ろうとした手を途中で止めた。もし彼らがグルなら、みすみす自分が尾行に気づいたことを告げるようなものだ。

なにかの影が迫ってくる。

暗闇の中で姿勢を低くした八神は、大急ぎで荷造りを始めた。

七月九日　金曜日　午前七時　事案から五日後
東京都　文京区　小石川

ようやく朝が訪れた。

一晩中張りついていた窓から八神は離れた。急いで顔を洗い、鏡を覗き込んだ。恐怖と疲労のせいで瞳が深い隈《くま》の中へ落ち込んでいる。

恐れていた動きはなかった。電話も沈黙したままだ。しかし、昨夜の出来事は夢ではない。現にスカイラインはまだマンションの前に駐車している。

顔を洗っても疲れは取れない。

目覚ましのコーヒーを入れようと再び窓辺を離れかけたとき、カーテンの隙間から覗くスカイラインのドアが開いた。八神の両足は硬直し、背筋を虫が這った。

車から男が一人おり立つ。

警察を呼ぶんだ……。ただし所轄ではだめだ。

スマホを手に取った八神は、夢中で小林の番号を押した。虚《むな》しく呼び出し音だけが響き、やがて『ただいま電話に出られないか、電波の届きにくいところにいます』というメーセージが流れた。

スマホを切った。

時間がない。顔が火照る。

突然、手の中のスマホが震えた。感電したように全身が反応した。

恐る恐る八神はスマホを耳に当てた。

〈おはようございます。八神さん〉

昨夜のあのイントネーションがスマホを抜けてきた。

相手の妙な落ち着きが八神の動揺を煽《あお》る。

「助けて下さい」

堪え切れずに八神は叫んだ。

救世主が耳元で囁く。

〈わかっていますよ。よく聞いて下さい。これから私の言うとおりに動くのです〉

電話の相手が一方的に指示を出し始めた。追い込まれた八神は黙って聞くしかない。

〈……どうだ、飲み込めたかね〉

「はい」

〈行け！〉

バックパックを背負った八神は部屋を飛び出した。

踊り場でエレベーターのインジケーターを見つめた。

インジケーターの数字が変わり始める。

くる。奴らがくる。

2F……、3F。

今だ。

救世主の指示どおり、非常階段を駆けおりてマンションから飛び出した八神は、全速力で春日《かすが》通りを目指す。

四つ角のカーブミラーの中でスカイラインが動き出す。

出合い頭の若者を突き飛ばし、公園の前を走り抜け、春日通りへ続く坂道を夢中で駆け上がった。坂をのぼり切り、春日通りの角を曲がろうとしたとき、背後からクラクションの悲鳴に続いて、ドンという鈍い衝突音が響いた。

八神は振り返った。

一つ手前の四つ角。今走り抜けてきた公園の角で、スカイラインとダンプが衝突していた。公園のブロック塀まで弾《はじ》き飛ばされたスカイラインは、後部ドアが無惨に押し潰され、車体がへの字に折れ曲がっていた。クラクションを鳴らしながらバックしたダンプが、八神の駆け抜けてきた道をマンションの方角へ走り去る。

あっというまの出来事だった。

胸ポケットのスマホにショートメールが着信した。

〈お会いしたい、新宿の南口までいらっしゃい〉


新宿に出るのは三カ月ぶりだった。

山手線のホームから階段を上がり、人混みに紛れて南口の改札を抜ける。甲州《こうしゅう》街道の横断デッキを渡り、待ち合わせ場所に指定されたサザンテラスへ通じるペデストリアンデッキを歩く。線路沿いに店を構えるカフェはいつものにぎわいだった。右手前方には小田急サザンタワーがそびえる。

ホテルサザンテラス前のベンチに腰をおろした八神は、ハンカチで顔の汗を拭いながら救世主を探した。〈紺色のスーツに黒いビジネスバッグを下げている〉とのメールが届いていた。

新宿の町を南北に貫くＪＲ線に沿って、西にはＪＲ東日本の本社ビル、東には髙島屋タイムズスクエアが向かい合う。山手線や埼京線《さいきょう》など、何本もの路線が平行して走るこのあたりは、都心にしては見通しの良い場所だった。

広場は買い物客や若者などで混雑していた。時計を見ると、約束の時間を五分ほど過ぎている。

あちこち見回しているうち、ふと八神はタイムズスクエアへ続く跨線橋《こせんきょう》に立つ男たちに気づいた。地味なスーツに身を包んだ五人組。その中心の男に八神は目を見張った。

室伏。

忘れもしない。

八神は立ち上がった。

室伏の合図で二人の男がこちらへ向かって歩き始めた。

八神は後退《あとずさ》りする。

逃げろ。誰かが頭の中で叫んだ。

踵を返した八神は走り始めた。脇目も振らず、その場から逃げ出した。

八神は、新宿駅の南口まで引き返した。途中、何度も振り返り、追っ手を確認した。おどおどした目の動きに、前からやってくる通行人が気味悪そうに道をあける。

みんなが八神の命を狙っている気がした。ちょっと油断しただけで、前触れもなく腹に銃弾を撃ち込まれそうな予感に震える。

南口は数え切れない人で溢れていた。

群衆の中に八神を見つめる視線が紛れ込んでいないか。八神は柱の陰で様子をうかがってから、こっそり切符券売機の前に立った。スイカにチャージする。

そのとき、硬質なもので背中を突かれた感触がした。

「やめろ！」

振り向きざまに、八神は背後の男の胸をついた。

重いものが床に落ちたような音が響いた。

券売機に体を預けた八神は肩で息をした。全身の毛穴から冷や汗が噴き出し、首筋を伝い落ちる。右手で口を押さえた八神は、叫び声を嚙《か》み殺した。

床に尻餅をついた学生が啞然《あぜん》と口を開けている。

彼の右手にはペットボトルが握られていた。

「なに……、なにをするんですか」

周りに野次馬が集まり始める。

「すっ、すみません」

券売機からスイカを抜き取り、八神は逃げるようにその場から走り去った。改札を駆け抜け、山手線のホームへ通じるエスカレーターの上までやってきた。乗客を押しのけながらステップを駆けおりる。

代々木方向から電車が近づいてくる。

胸を撫《な》で下ろしながら、八神は振り返った。

すると、たった今、八神がおりてきたエスカレーターの上に例の二人が立っていた。

二人がエスカレーターに乗った。一人は角刈り頭で、一人は金縁眼鏡《めがね》をかけている。

睨みつける視線がこちらを捉えていた。

電車の到着を待つ余裕はない。

逃走ルートは北の方角、中央改札へ続く階段だけだ。

電車待ちの列をすり抜け、キャリーバッグに蹴つまずきながら八神は北へ走った。

「なんだ、お前は」「危ないじゃないか！」「気をつけろ！　ばか」

正面から、右から、左から罵声が飛んでくる。

いきなり、野球帽の男に突き飛ばされた。

くるりと体が一回転した拍子にホームから転落しそうになる。

——なにをする。

野球帽の男がつかつかと歩み寄る。その目。明らかな殺意を感じた。間合いを詰められる。八神は後退りする。ホームの端まであといくらもない。

男がにたりと笑った。

誰かが野球帽に声をかけた。

人混みをかき分けて角刈り頭が姿を見せた。いきなり角刈りが野球帽の襟を摑む。

歯をむき出しにした野球帽がその手を振り払おうとする。

もみ合いが始まった。

——今だ。八神は踵を返した。

「てめえ！」

ホームに怒声が響く。周囲の目が一斉に後方を向いた。

思わず足を止めた八神は振り返った。

野球帽の男が口泡を飛ばしながら、角刈りにわめいていた。

若いが、がっしりした男だった。

角刈りが「邪魔だ」と野球帽の胸を突いた。

野球帽が角刈りに殴りかかる。

二人が激しく揉《も》み合い始めた。

野次馬たちの輪ができる。

殴りかかる野球帽を、腰を屈《かが》めてかわした角刈りが、相手の右腕を摑んで背負い投げする。

電車がホームの端まで進入してくる。

体が宙に浮いた野球帽が、左手を角刈りの首に回してもがく。

首を決められた角刈りが、たまらずホームの端でよろめいた。

体勢の崩れた二人が線路側に倒れ込んだ。

次の瞬間……。

悲鳴を残して野球帽がホームから消えた。

警笛。激しいブレーキ音。

電車が急減速する。

電車の中で乗客が一斉に進行方向へ倒れ込む。恐怖に歪んだ表情が重なり合う。摑まるものを探して乗客の手が空を切る。全員がドミノ倒しになった。

金縁が角刈りの肩を叩いた。

角刈りが敵意に満ちた視線をこちらへ向けたまま踵を返す。

二人が人混みに消えた。

甲高い悲鳴。

「あいつだ」「彼が突き落とした」立ち去ろうとする角刈りを指さすホームの乗客

たち。

警笛を吹き鳴らしながら駅員が駆けてくる。ホームの中央改札側から駆け寄った駅員が、柱のマイクをわし摑みにして絶叫した。

「担架だ、担架！　早くしろ。乗客が電車に巻き込まれた」

八神は転落現場にそっと歩み寄った。野次馬越しにホームと電車の間を覗き込み、生唾を飲み込んだ。

わずかな隙間から見える轢《れき》死体。肘関節から先が切断された腕。そのすぐ脇には不自然な形で両足が車体の下から覗いている。

周りの風景が歪んだ。

八神は、野次馬をすり抜けて中央改札へ続く階段をおりた。改札を抜けると東口へ出る。

新宿の町を抜けた八神は早稲田《わせだ》方面へ走った。

ようやく足が止まった。さすがに息が続かない。周囲を確認した。戸山《とやま》公園の脇だった。

両膝に手をついて、息を整えた。

公園にたむろするホームレスたちが不思議そうに八神を眺めている。体の震えを抑え、沸騰する頭を冷やす。

誰にも気づかれない隠れ場所が必要だ。警察にも追っ手にも気づかれない場所。もはやマンションへ戻るわけにはいかない。

八神に地の利がある隠れ家。

それは……。

武蔵野《むさしの》市にある西都《せいと》大学だ。八神は思い出した。

落合《おちあい》から東西線に乗り、中野《なかの》で中央線に乗り換えた。武蔵境《さかい》で電車をおりた八神は、西都大学へ徒歩で向かった。敷地の西側を塀に沿って歩き、北門から構内へ入る。

構内の北西の隅に目指す倉庫が建っている。去年、学会の準備で訪れたとき、リースの机や椅子の仮置き場として担当職員からあてがわれた場所だ。かつては書庫として使われていたが、今は解体を待つだけと聞かされた。

倉庫横の脇道から裏へ回り込む。あたりの様子をうかがってから、通用口の窓を割った。その隙間から手をさし込んで鍵を開ける。

長い間、人の出入りがないらしく倉庫内はカビ臭かった。床のほこりは積もり放題で、誰かが訪れた気配はない。

ここしかない。

午後五時
防衛省A棟　省議室

もう何度目だろう。溝口の報告を聞くため、四日の深夜と同じく、大山、寺田以下、陸自の五名の幹部が顔を揃えていた。

溝口は寺田の横に腰かけた。鞄から取り出したファイルを机に置く溝口の正面には、大山が腕組みしたまま無言で座っている。

この会議で溝口はお役御免のはずだ。

「では溝口三佐。報告を聞こう」寺田陸幕長が口火を切る。

「その前にお聞きしたいことがあります」

溝口は立ち上がった。

「百人町の陸幕運用支援・情報部の施設から、身柄を確保していたワディフという重要参考人が警務隊を名乗る連中によって連れ去られました。部長、その理由をご説明願いたい」

「なぜ、私に聞く」

大山が組んでいた腕をほどいた。

「発令者は部長でした」

「私は知らんぞ」

「命令を確認しなかったのか」

寺田が聞いた。

「もちろんしました。どうしても部長と陸幕長とは連絡が取れなかったため、止《や》むなく中央警務隊に確認したところ、返事は『押印された命令書なら問題はない。従え』でした」溝口は咳払いを入れる。「ご理解頂きたいのは、違法行為を行っている私に、命令の内容に関する詳細な確認などできないということです。すべてに奥歯にものが挟まったような聞き方しかできないわけですから……。ところが、引き渡し後、なんの連絡も入らないため再度確認したところ、今度は、そんな事実はないとの返事が返ってきた」

「なんという杜撰《ずさん》なチェックだ」

「冗談じゃない。そもそも私の任務は極秘です。隊内にワディフを拘束していることを知られてはいけない状況で、どうやって彼の引き渡し命令が正式なものかどうかを確認しろとおっしゃるのですか」

思い出したくもない屈辱。

他の出席者が顔を見合わせている。

「私がワディフを拘束していることを知っていたのは、一握りの関係者だけです」

「要するに、私が謀略にかかわっているのではという『憶測』の話か」

大山がうそぶく。

突っかかりそうになった溝口を、そっと手をかざした寺田が止める。

「その話はあとだ」

溝口はペットボトルの水をぐいと飲み込む。

寺田のたしなめる目線に、溝口は渋々調査結果の報告を始めた。
・事案発生前後に交わされた北朝鮮の関与をうかがわせる警察庁警備局外事情報部外事課の盗聴記録。
・極秘任務を帯びた北朝鮮の工作員『イタチ』が国内に潜入した可能性。
・キム・パクジョンなる工作員がワディフからNSV重機関銃を調達した事実。
・六月十五日に工作員と見られる十人の男と荷物が上陸したこと。
「キムとイタチは同一人物と思われます。これよりイタチをコントローラーに、事案は北朝鮮軍の特殊部隊の犯行と見るのが自然です」

事案から五日、命令の期日より五日早い調査結果だった。どこか釈然としない、溝口の内側に引っかかった『なにか』は伏せたままにした。

「ご苦労」

溝口の報告が終わると、寺田が労《ねぎら》いの言葉をかけた。

ところが。

「君は情報部員だろうが。話にならん。いったい、いつになったら襲撃犯を捕らえることができるのだ。首相からは、再度のテロ攻撃はなんとしても避けるようにと言明されているのに、こんな中途半端な調査結果を対策本部へ報告しろと言うのか」

いきなり大山に頭から冷水を浴びせられた。

襲撃犯を捕らえる？　そんな下令を受けた記憶はない。

「アラブの武器商人は拘束できたが、襲撃犯に繋《つな》がるキムは大手を振って町を闊歩《かっぽ》している。なぜキムと襲撃犯を追えない」

「それは私の任務ではありません。キムの情報は警備局へ流し、彼らが追っています」

「陸自の別班は」

「当然、動いています」

「ワディフへのメールの発信元から追えないのか」と、篠原が言葉を挟む。

「キムからワディフへ送信されたメールの発信元はブダペストでした。キムはそんな第三国経由で連絡を入れています。現在、キムが使用している複数のサーバーの管理者にコンタクトして、キムの所在を割り出すべく動いています」

思いつくまま脈絡のない質問を繰り出す上層部に、うわべの冷静さを装うだけでも神経がすり減る。

閉塞した会議が鬱々と発酵を始め、いつ自然発火してもおかしくない。

大山が高岡を向いた。

「高岡一尉。プルトニウム燃料を持って襲撃犯がすでに国外へ脱出している可能性は」

「正規の出国ルートは完璧に押さえています。事案後、衛星、海自の哨戒《しょうかい》飛行、海上保安庁による監視が強化されており、船舶による脱出の可能性も考えられません。三佐のおっしゃるとおり襲撃犯は燃料を持ったまま、国内に潜んでいると推察されます」

「ワディフ本人を使って探れんのか」

大山の思いつきもすでに底が見え始めている。

「今朝、死体で見つかりました。激しい拷問を受けたと思われ、全身傷だらけでした」

溝口は吐き捨てた。

「また手がかりが消えたと」

「誰の仕業でしょうかね」と溝口は大山の言葉を遮った。「部長。もし、どこかで、私の知らないところで強引な調査が行われているなら、敵は必ず反撃に出る」

「私の知ったことか」

「そうですか。少しは心当たりがおありかと思いました」

溝口は、あきらめたふりで返してみた。

「三佐。無理なら無理とはっきり言え。すぐにでも情報本部に任せる」

大山が顔を紅潮させる。

「結構な……」と買い言葉を口にしかけた溝口を寺田が遮った。

「溝口三佐、七月十四日に二回目のプルトニウム燃料輸送が予定どおり行われる。囮作戦として陸自の総力を挙げて警備するが、それまでに障害が排除できれば理想的だ。我々は期限を切られた。どんな手を使っても襲撃犯を追い込み、彼らを拘束しろ。あとはこちらで対処する。いいな」

何人かの出席者が、「えっ」と声を上げる命令だった。

ついに溝口の中でなにかが切れた。

「陸幕長。お断りします！　隊法をなんと心得ていらっしゃるのですか。どんな手を使っても？　正気ですか？　あなたは『我が国の平和と独立を守る自衛隊の使命を自覚し、日本国憲法および法令を遵守する』と宣誓された陸自の将官ですよ」

「我々が求めるのは、お前の判断ではなく、事実だ」

「法を犯してまで上官の命令に従う義務はありません」

唯一のセコンドと信じていた男からの突き放しに、怒りと憤慨が体中から溢れ出た。

寺田の命に従い、襲撃犯を追い込むために違法な情報収集を行う。手段を選ばない調査。警備局の情報をよこせと銃で日向を脅すようなものだ。

「命令は絶対だ」

陸幕長の強要に溝口は室内を見回した。他人事のふりをする無表情が並んでいる。ばかども、太鼓持ち、小心者。胸の内でありったけの悪態を吐き出し、連中をなじった。

「では、皆さんの覚悟をお聞かせ下さい。この場の決定にすべてを賭《と》す覚悟はおありですか。陸幕長の命じる違法行為が衆目の知るところとなったとき、まさか、自分は濡《ぬ》れ衣《ぎぬ》を着せられたのだと言い張るおつもりではないでしょうね。警務隊の拘置場で一晩中、私はあなた方が『自分は無実だ』と大声を張り上げるのを聞かされるのでしょうか」

「もう一度言ってみろ！」

大山が激高した。

寺田が右の拳で机を叩きつけた。

「二人とも、いいかげんにしろ！　この非常時に内輪もめしている暇などない。溝口三佐も頭を冷やせ」

鋭い目線で室内を落ち着かせた寺田が、溝口にそっぽを向いたまま口を開く。

「三佐。私はお前をそそのかして破滅へ追いやる。そしてブリキの勲章とともに埋葬し、遺品を質で売りさばいてやろう。甘ったれるな。上官というのは冷酷非道な連中ばかりだ。私たちにつばを吐きかけても、己の責務に背を向けることができるのか。奪われたプルトニウムが悪用されれば、国中に人々の涙が、人々の悲鳴が溢れる」

顔の火照りを感じながら、溝口はこれ見よがしにファイルを閉じた。

しばらくの間、省議室に沈黙が満ちた。沈黙が会議の合意を形成していく。

「私から一つお伝えすることがあります」

場を取りなすつもりなのか、高岡が発言を求めた。

「空母ロナルド・レーガンがミサイル巡洋艦アンティータム、ミサイル駆逐艦カーティス・ウィルバーほか七隻の護衛艦と補給艦を引き連れて、今朝、訓練中の相模《さがみ》湾沖から移動しました。目的地は日本海の模様です」

熊坂昭夫《くまざかあきお》監理部長が憮然《ぶぜん》として、高岡に向き直った。

「北への牽制《けんせい》か」

「そのようです」

「いらぬことを。ますますことが大きくなる。我々が国内の手綱を締めても、これでは米国から事案の内容が漏れるぞ。CNNに嗅ぎつけられたらどうするつもりだ」

「もう一つ。DIAが北に関する情報を求めてきています」

「渡すものを渡したんだから、今度はよこせというわけか。自衛隊の危機も、米国にとっては取引のネタにすぎないらしい」

米国の動きは素早い。アムスラーの言葉に嘘偽りのないことがこれではっきりした。

「他になにか」

「陸幕長。溝口三佐への命令は危険過ぎないか。襲撃犯の特定のみであれば多少の法違反はやむをえないが、そこまで踏み込む必要があるかね」

篠原防衛部長が口を開いた。

いかにも、溝口がなにをしでかすかわからない、という口調だった。

「他に選択肢はありません。全責任は私が負います」

腕を組んだ篠原が黙り込んだ。

「それでは、これで終わりにします」

寺田が閉会を告げた。


幹部たちが退出したあと、書類を片づける溝口の脇に高岡が立った。溝口はわざと高岡を無視した。

「三佐。襲撃犯は本当に北の特殊部隊でしょうか」

「どういう意味だ」

「現時点で他の襲撃犯に関する可能性を捨てるのはいかがなものかと。多方面から……」

「五日だぞ。あと五日しかないのに、呑気《のんき》なことを言っていられるか」

溝口は声を荒立てた。自分の内側に引っかかった『なにか』に触れられたからだ。

「私はただ……」

「一尉。見ればわかるだろう。俺はイライラしているんだよ。あれもこれも頭にくることばかりだ。他の可能性があると思うならそっちで追え。話はそれだけか」

「内局が事案の責任を寺田陸幕長に求める方向で調整に入ったようです」

高岡が声を潜める。

書類を鞄に仕舞い込む手を溝口は止めた。

「理由は」

「これは陸自の問題との見解です。よって統幕議長ではなく陸幕長の更迭でことを収めるべく、官邸と調整するようです」

鞄の鍵を閉めた溝口は立ち上がった。

「高岡、お前は自衛官だ。防衛官僚ではない。パワーゲームに興味があるなら転属願いを出せ」

「私はそんなつもりで言っているのではありません」

高岡にしては珍しく声を荒立てた。

溝口は思った。高岡と内田は似ている。自尊心の高い者は己が見えていない。それ以上に悲しいのは、彼らがそのことに気づいていないことだ。

「そうか。ならば自分の任務に集中しろ。いつから内局と陸幕監部の調整役になった。それに、そんな政治の話を俺にしても意味はないぞ」

高岡がむっとした顔つきを向ける。

「では、私から陸幕長にお伝えします。陸幕長の明日のご予定は」

「俺は秘書じゃない。どうしても話したいなら、陸幕長はいつもの時間に登庁するから、朝一を捕まえればいいだろうが。勝手にしろ」

「もう一つ」

部屋を出ようとする溝口を高岡が呼び止める。

「陸幕長の現状を考えたとき、三佐はこれ以上深入りされない方がよろしいと思います。あえて火中の栗《くり》を拾われなくとも私たちがおります」

「一尉がそこまで俺のことを気にかけていてくれるとはな。礼を言うよ。ただ」

「ただ」

「顔を洗って出直してこい」

溝口は振り返りもせずに、省議室をあとにした。

第三章　死神の羽音

七月十日　土曜日　午前七時二十分　事案から六日後
東京都　新宿区　四谷近辺　外堀通り

寺田陸幕長を乗せたトヨタ・センチュリーは、普段どおり四谷見附の交差点にさしかかっていた。

道は空《す》いている。

昨夜から関東地方に停滞した雨雲が頭上を低く覆い、どんより澱《よど》んだ都心の光景は寺田の心の内そのものだった。

襲撃の日から、寺田は自分の判断と指示が正義であったか自問し続けている。間違いなく人生最悪の日々だ。事案の引き金となったのはあのおぞましい計画ではなかったのか、という予感と危惧が脳裏にこびりつき、一度として安眠できたことはない。

国の正義とは、国是とはいったいなんなのか。

寺田は迷っていた。

車窓を外掘通りの街路樹が流れて行く。連日の猛暑と小雨で生気を失い、萎えたように頭《こうべ》を垂れる木々の葉が痛々しい。しかし、哀れみと慈悲の心にすがりたいのは他ならぬ寺田自身だ。

ルームミラーに映る瞳は隈《くま》の中に落ち込んでいる。寺田は溜《た》め息《いき》混じりにパワーウィンドウのスイッチに左手を伸ばした。

車は本塩町《ほんしおちょう》にさしかかり、防衛省はもう目と鼻の先だった。

昨日までと同じ風景が今日もまた、寺田の横を通り過ぎて行く。

突然、なんの前ぶれもなく車が急停車した。タイヤが悲鳴を上げ、センチュリーが大きくノーズダウンする。一瞬宙に浮いた寺田の体は、急ブレーキの衝撃で助手席の背もたれに叩《たた》きつけられた。

寺田は顎を押さえた。

「なにごとだ」

「申しわけありません。陸幕長、お怪我《けが》はありませんか」

ハンドルを握る倉田《くらた》一士がシートベルトを外しながら振り返る。若い陸士はひどく動転しながらも、その目は別の方角へ流れていた。

ポケットから取り出したハンカチで口元を拭うと、うっすらと血が滲《にじ》んでいる。

「あの車です」

倉田が指さす先、トヨタ・ハイエースがセンチュリーの進路を塞いで、左の脇道から外堀通りへ割り込んでいた。市ケ谷方面の車線を塞ぐ形で車を停《と》めたハイエースが、パーキングランプを点滅させ始めた。動く気配がない。

「少々お待ち頂けますか」

ギアをパーキングに入れ、車をおりた倉田がハイエースへ駆け出す。

右の拳でハイエースの窓を叩いた倉田が、運転手に一言二言なにかを告げた様子だった。

運転席の窓が少しだけおろされた。

UVカットフィルムが貼られた車内の様子はうかがえない。

寺田はドアのコンソールを指先で叩いていた。

突然、前方からパンという乾いた音が飛び込んできた。

寺田は顔を上げた。

こちらに背を向けたまま、倉田がその場に座り込んだ。

力なく頭が前に垂れた。

「倉田！」

寺田は叫んだ。

ハイエースのスライドドアが一気に開け放たれた。

後部座席に据えられた重機関銃の銃口がセンチュリーを向いている。

銃口が火を噴き、死が羽ばたいた。

午前七時五十六分
東京都　武蔵野市　西都大学

カビの臭いで満たされた薄暗い倉庫で、八神はくすんだ窓ガラスから、垂れ込める雲を眺めていた。自分はまだこうして生きている。自分の運命に愛想を尽かしていたはずなのに、こんなところへ逃げ込んで生きている。

どこで自分は間違えたのだろうか。

ひたすら誠実に生きてきた証《あか》しが、今の自分だった。

マンションから持ち出したのは、わずかな日用品と坂上教授の書棚にあった資料を詰め込んだバックパックだった。

木目がささくれた床に腰をおろし、バックパックを手許《てもと》に引き寄せた八神は、資料をめくり始めた。昨年の正月からの予定表だ。三月九日文科省、四月七日地震学会、六月十八日教授会……。見慣れた几帳面《きちょうめん》な文字が、ノートに日々の予定を書き綴《つづ》っていた。

八神はもう一度最初からページをめくり始めた。すると、教授が定期的に『晴《は》海《み》』なる予定を書き込んでいることに気づいた。毎月、第一水曜日の午後二時からの欄に書き込まれている。

晴海。

そんな場所へ教授が立ち寄る理由はないはず。昨年の始めから、教授が毎月第一水曜日の午後に外出していたかどうか、八神は記憶の糸を手繰った。

……思い出せない。

出かける教授はいつもホワイトボードに行き先を書き込んで、隣の部屋にいる八神へ一言、声をかけた。黒板に晴海と書かれていた記憶も、八神に告げられた記憶もない。

予定表を閉じようとしたとき、最後のページから一枚の紙切れが抜け落ちた。拾い上げると、それは御母衣湖から大日ケ岳の北麓へ通じる地図だった。

これは……。

地図上で、地震観測所への道とは異なるルートがなぞられている。御母衣湖から観測所への道は、湖沿いの国道156号線から一キロほどのところで二股に分かれている。一つは観測所、もう一つは二十年前に閉鎖された古い銅鉱山へ続いている。教授の地図では鉱山へ続く道がなぞられていた。しかしそこは立ち入り禁止になっているはずだ。

教授は鉱山跡に用があったのか。

八神は天井を見上げた。

突き止めなければならない。ここに潜んでいても、いずれ追っ手は自分を探し出す。そんな予感がする。八神の背後の闇は深く、そして執念深い。

室伏の影、なにかと曰《いわ》くがありげな役所、マンション前で八神を張っていた男たち、彼らを見過ごしたパトカー。

すべてが疑心の対象となる。誰一人として信用できない。

立ち上がり、ズボンのほこりを払った。ゆっくりと、丁寧に……。

そのあいだに心を決めた。

バックパックを背負い、用心しながら裏口を出た。

もう恐れはしない。どうせ八神は一年前に一度死んだ人間なのだ。

防衛省A棟　陸上幕僚監部　運用支援・情報部

憂鬱な朝がまたやってきた。

襲撃犯は北朝鮮の特殊部隊ということで、陸自内部の結論はまとまった。しかし襲撃犯を探し出すためには、さらに踏み込んだ調査が必要となる。問題は、今日までに積み上げた事実だけでは、その先の見極めができないことだ。キムを追い込む新たな糸口が、そう簡単に見つけ出せるわけがない。

君島は、十五日付で情報本部へ戻る。

明日からは三桶と二人で、違法行為に首までどっぷりつかることになる。

二時間以上忘れ去られていたポットからコーヒーを注いだ溝口は、昨夜の報告書に手を伸ばした。

机上の電話が鳴る。

考え事をしたいときにかぎってこれだ。こんな朝早くからせっかちな。どうせ、報告書に前もって目を通すから早く届けろとの催促だろう。まだ朝の定例まで一時間もある。

シカトするつもりが、呼び出し音は執拗《しつよう》だった。

受話器を取った溝口は皮肉を込めて応えた。

「まだ、朝の八時ですが」

右頰を張り飛ばす怒号が受話口を通り抜けてきた。

眠気が吹き飛ばされ、言葉を失った。

電話を切った溝口は、傍らで仮眠を取っている三桶のソファを蹴り上げた。

「起きろ！」

三桶がけだるそうにまなこを擦《こす》る。

「寺田陸幕長の車が襲撃された」

机に伏せて仮眠を取っていた君島が目を覚ます。

大山と連絡を取るために摑《つか》み上げた受話器を溝口は元に戻した。

慌てるな。耳の奥で心臓の鼓動が鳴り響く。

「状況は」

起き上がった三桶の肩越しに君島が尋ねた。

「慶応《けいおう》病院に運び込まれた。現在、手術中だ」

三桶がデスクに両手をついた。

「容態は」

「意識がない。襲撃に使われたのは重機関銃だ」

直撃すれば人間の頭など簡単に噴き飛ぶ。襲われた公用車は炎上し、寺田は銃創だけでなく、やけども負っているとのことだった。

室内は沈黙に覆われ、焦燥ともどかしさに沈んだ。

再び電話が鳴った。三桶がすかさず受話器を取り上げる。

「現場で襲撃犯の一人が拘束されました。重傷ですが生きています。こちらは医大病院に搬送中とのことです」

所沢《ところざわ》の防衛医科大学校病院。医学に関する自衛隊の最先端施設だ。一般の病院ではなく、わざわざヘリで遠く離れた医大病院まで搬送したことに、患者に対する自衛隊の思い入れが読み取れる。ようやく手に入れた唯一の手がかりだった。

「医大病院へ飛ぶ。三桶。ヘリを用意しろ！」

次の言葉を一瞬、溝口は躊躇《ちゅうちょ》した。

溝口は三桶をちらりと見た。三桶が頷き返す。

「君島三尉は一緒にこい。三桶はここに残って、関係方面との連絡調整と情報の整理を頼む」

君島が眼鏡《めがね》を胸ポケットに押し込んだ。椅子の背もたれにかけた上着を引っ摑んだ溝口は、彼女を連れて廊下へ飛び出した。

溝口と君島は屋上のヘリポートへ上がる。まだエンジン音は聞こえなかった。

たった一秒が溝口にはまどろっこしくて堪《たま》らない。こうしているあいだにも事態が取り返しのつかない方向へ進んでいるという不安が溝口をじらす。

「三佐。きました」

君島が指さす先、南の方角からヘリのエンジン音が聞こえてきた。

ＯＨ－６Ｄのスキッドがヘリポートに着くか着かないうちに、ドアを開けた二人は飛び乗った。

「急げ！」

溝口はパイロットに命じる。

市ヶ谷から所沢市並木《なみき》への飛行時間はおよそ十分だ。

午後二時
東京都　港区　南麻布　東京都立中央図書館

地下鉄日比谷線広尾《ひろお》駅を出た八神は、外苑西通りを横断し、有栖川宮《ありすがわのみや》記念公園脇の坂道をのぼった。

丘の頂上近くに東京都立中央図書館がある。資料調べなら国立国会図書館の方が適しているが、周りは警官だらけだ。

入館した八神は、すぐに先月の建設工業新聞を持ち出し、閲覧用の机に広げた。

積み上げた一カ月分のファイルを丹念にめくりながら、中部地区における過去の発注工事に関して調べ始めた。国交省も県庁も情報を開示しないなら、過去の発注工事をたどる方法はこれしかない。気の長い作業だが時間はある。

閲覧室に不審な人影はない。

今年の七月から過去に遡《さかのぼ》る。根気よく、丹念に調べていった。たった二カ月分の新聞に目を通しただけで、くたくたになった。

閲覧室を出た八神は、休憩所のソファに腰をおろした。

隣で、背広姿の男が軽いいびきをかきながら眠り込んでいた。ネクタイを緩め、死んだように頭を垂れる様子から、リストラされた失業者にも見える。かつては日本を代表する企業に勤務していたのかもしれない。今や職も見つからず、日々行くあてもない彼のプライドをささやかに満たしてくれる場所がここなのか。

八神は遠い目で北西の空を眺めた。

秩父《ちちぶ》を、八ヶ岳を、蓼科を越え、八神の意識は飛んだ。

あの空の下には北アルプスと白山の峰々が連なっている。自分のいるべき場所はそこだったはず。地震学者への拘《こだわ》りが胸を突いた。

雲海に突き刺さる峰々は例えようもなく神々しく、凜々《りり》しいだろう。あの場所に戻りたかった。

北アルプスは自然の地形造形力と侵食力のバランスによって創造された。その脊《せき》梁《りょう》部は第四紀と呼ばれる地質年代、約二百万年のあいだに一・七キロ隆起したとされ、基盤の花崗岩《かこうがん》が露出する東西幅数十キロの雄大な褶曲《しゅうきょく》構造をしている。花崗岩は少なくとも三キロ以深でゆっくり固まった深成岩だから、北アルプスが『最大標高約三千メートルの巨大な花崗岩体』という事実そのものが、その造山活動の激しさを物語っていた。

一方、目を北に移すと、深さ千メートルを超す富山湾がある。つまり、この地域は北アルプスから富山湾まで、わずか約五十〜百キロの距離で比高《ひこう》が四千メートル以上に達する、世界でも珍しい生きた変動帯として知られている。

そこは地震学者にとっても魅惑的な場所だった。それゆえに、地震波の異常減衰域、低速度異常、震源分布について各所で測定が行われている。

二年前、突然チャンスが巡ってきた。

坂上の要求どおり予算がつき、新たな地震観測所を建設する計画が具体的に動き始めた。北アルプス周辺の多様な地震に関する研究を行うに当たり、坂上教授は新たな観測ベースとして、跡津川断層に比較的近く、周囲に別の観測所が見当たらない大日ケ岳北麓を選択した。工事は直ちに着工されて、一部は去年の九月に完成。八神たちは勇んで測定を開始した。

未知の要素が多い跡津川断層周辺の地震特性を解明できるという高揚感。

八神はすべてを捧《ささ》げて地震学の良き研究者たらんと志したはずなのに、今では隣のソファで眠りこける男と同じアウトローだ。

閲覧室へ戻った八神は、再び単純な作業を開始した。

今はこれしかないのだ。その先を考えるな。

午後四時五十二分
埼玉県　所沢市　並木　防衛医科大学校病院　東棟　集中治療部

所沢の航空記念公園北側に隣接する防衛医科大学校病院は、地下一階、地上十二階、八百床の規模で、十五の診療科と十五の中央診療施設を有する。その東棟二階の最深部、ＩＣＵのベッドに襲撃犯は横たわっていた。頭上の生体情報モニターの信号音だけが、この男の心臓がまだ機能していることを示している。

男は右手の上腕《じょうわん》と右足のつけ根に一発ずつ食らい、右足に命中した銃弾が静脈を切断したために、多量の出血を起こしていた。搬送中の緊急止血処置として大腿部《だいたいぶ》を縛りつけた個所《かしょ》が黒く腫れ上がっていた。止血も度を越すとそこから先の組織が壊死《えし》して、切断せざるをえなくなる。

しかし、この男に対してそんな配慮は無用かもしれない。

寺田陸幕長の車に重機関銃の銃弾を浴びせた襲撃犯たちは、反対車線を通りかかったパトカーとのあいだで銃撃戦になった。攻撃の矛先を変え、重機関銃でパトカーのエンジンを大破させた敵車両は逃走を始めたが、応戦した警官に撃たれた重機関銃射手が車から転げ落ちた。一報を受けた自衛隊は直ちにヘリを出動させ、襲撃犯を収容した。医大病院へかつぎ込まれた男は、出血によるショック性の痙攣《けいれん》を起こして虫の息だったが、緊急輸血の結果、なんとか持ち直していた。

「落ち着いたようですね」

溝口は傍らの主治医に患者の容態をたしかめた。

「ええ、山は越えました。ただ意識がいつ戻るかは今のところなんとも……」モニターを見つめたまま、主治医は言葉を選んだ。

溝口にとってベッドに横たわる襲撃犯の顔は意外なものだった。白い肌に高い鼻、豊かな銀髪。目だし帽の下から現れた顔は、頭に描いていた犯人像とはかけ離れたアングロサクソンのそれだった。

なぜ、白人が襲撃犯に加わっていたのか。

なにかがどこかでずれている。胸の内にさざ波が立ち始めた。もつれた糸。しかしその糸をほぐすには、犯人の意識が戻るのを待つしかない。

今明らかになっていることは一つ。この男の仲間たちが碓氷峠で仲間を惨殺し、市ヶ谷で陸幕長を蜂の巣にしたのだ。

「よろしくお願いします」

主治医へ丁寧に頭を下げた溝口と君島は、そっとICUから廊下に出た。

「三尉。お前、どう思う」

「陸幕長を襲撃したのは傭兵《ようへい》でしょうか。そうなら、北にしては珍しいやり方かと」

溝口は腕時計に目をやった。市ヶ谷を出ていつのまにか、九時間が経《た》っていた。

「君島三尉、体調は大丈夫か」

「こう見えても頑強なんです。でも、ご心配頂いて恐縮です」

君島が笑顔で答える。両のえくぼが愛らしかった。

あの状態では、しばらく襲撃犯は動かせない。溝口はICUの扉脇に立つ警護の隊員に、病室の警備態勢を再確認した。

「三尉、お前はここに残れ」

溝口は、誰にも聞かれることのない場所で三桶に連絡するため、その場を離れた。

防衛医科大学校病院　東棟　玄関脇

「……そうか。まだその程度の情報しかないわけだ」
玄関棟の車寄せに立った溝口は、三桶と秘匿携帯で話していた。
そのとき、鼓膜を破るような爆発音とともに足下が揺れた。
地震かと思った瞬間、爆風に突き飛ばされた。
車寄せの庇《ひさし》からコンクリートの破片が落ちてきた。病院内から悲鳴が聞こえる。
玄関棟の周囲にガラスの破片が降りかかる。
溝口は、爆発音がした東の方角を見た。
東棟の二階の壁に大きな穴が空き、そこから黒煙と炎を噴き出している。
さっきまで、溝口がいた集中治療部だ。
溝口の耳から音が消え、視界の中で橙《だいだい》色の炎が揺らめく。
玄関棟沿いに走った溝口は東棟のロビーへ駆け込んだ。一階では患者たちが逃げ惑う。
突き当たりの階段へ走る。倒れた自販機や椅子を飛び越える。
「どこへ行く！」「そっちはだめだ！」
職員の怒声が追いかけてくる。
溝口は階段を駆け上がった。

内耳で心臓の鼓動が響く。

踊り場で階段を折り返す。

二階に着いた瞬間、過酷な現実が溝口の前に姿を見せた。

なにかの焦げる臭い。穴だらけの床、壁、天井。漂う煙。

焦げた壁面と、瓦礫《がれき》の散乱した廊下を溝口は進んだ。

脱落した天井パネルが床に折り重なり、引きちぎられた送気管がぶら下がる。

集中治療部の扉が噴き飛んでいる。

溝口は室内へ足を踏み入れた。

奥の壁に大きな穴が開いている。

役立たずのスプリンクラーから水が噴き出している。

最新の設備を誇るＩＣＵ治療室は、無惨な焼け跡と化していた。

時折、パラパラとコンクリートの破片が肩に降りかかる。

黒焦げの床の上に炭化した物体が積み上がり、ベッドの痕跡と思われる残骸が噴き飛ばされ、左の壁にめり込んでいた。

どこになにがあったのかも判然としない。

溝口の右足がなにかを踏みつけた。

つま先をそっと引く。

かすかにピンク色が残ったナイロール眼鏡。無惨に焼け焦げ、変形したフレーム。
一瞬、君島の笑顔が頭をよぎった。
溝口は右手で、君島の眼鏡を拾い上げた。
やりやがったな……。
口一杯に苦いものが溢《あふ》れ、体が震えた。
溝口は物言わぬ眼鏡を握り締め、唇を嚙《か》んだ。
お前ら、待っていろ。
この俺が、俺の手で、お前らの生皮を剝《は》いでやる。

午後五時三十分
東京都　港区　浜松町

ＪＲ浜松町《はままつちょう》駅の脇に建つ世界貿易センタービル地下一階の喫茶店で、八神はホットコーヒーを注文した。
新橋《しんばし》から田町《たまち》へ続くビジネス街の一角に当たり、東京ガスや東芝の本社などが建ち並ぶだけでなく、羽田《はねだ》空港の利用客がモノレールで到着するこの界隈《かいわい》の人波は半端ではない。

八神はもともと、人ごみは苦手だ。今もそれは変わらない。隠れ蓑《みの》としては最適かもしれないが、逆に追っ手を見分けることも困難になる。

「お久しぶりですね。お元気でしたか」

背後から聞き覚えのある声がした。振り返ると、太った小男が肩からショルダーバッグをかけて、微笑《ほほえ》みながら八神を見おろしていた。

首都建設土木技術部設計室の吉野《よしの》係長だった。

八神は立ち上がって、吉野に席を勧めた。

「すみません土曜日だというのに。地震学会のセミナーではお世話になりました」

「何年ぶりになりますかね」

水を運んできたウェイトレスにコーヒーを注文しながら、吉野が柔らかな表情を浮かべた。

「三年ぶりだと思います」

もうそんなになりますかね、と吉野が水をひと口飲んだ。

「で、ご用件のほどは」

「お聞きしたいことがありまして」

「なんなりと」

八神は図書館でコピーした建設工業新聞を吉野に手渡した。

「その工事について教えて頂けますか」

吉野が記事を手に取った。

「なつかしいですね」

四年前の五月三十日付の建設工業新聞。

大日ケ岳の銅鉱山跡地を利用した超深地層研究所建設工事の入札記事。発注は原子力発電環境整備機構。受注したのは吉野が所属する首都建設など三社によるジョイント・ベンチャー（ＪＶ）。受注金額は六十三億円だった。

原子力発電所から発生する高レベル放射性廃棄物は、ホウケイ酸ガラスで固化してから、地下深部に埋設処分する。ただその前に、固化体容器から漏れた放射性物質が地下水を通じて拡散することがないよう、様々な地層のバリア性能を確認する試験用の施設が必要となる。そこで大日ケ岳の銅鉱山跡地に超深地層研究所が建設されることになった。

「計画がスタートしてから、もう六年になります」吉野はなつかしそうだった。

超深地層研究所を建設するにあたり、岩盤や地震については高度な専門知識がないと試験用のトンネル配置が決められないため、それぞれの専門家を含めた委員会が立ち上げられ、そこで様々な議論が交わされたらしい。吉野は委員の一人だった。

二年の検討期間を経て詳細設計を終了し、工事は当初の予定どおり四年前に発注された。

　吉野の話では、建設予定地までの工事用道路から着工され、三カ月後、立坑《たてこう》工事に着手。深さ三百メートルの立坑を一年で掘り下げ、試験用のトンネルを構築するためのメイントンネル二本の掘削《くっさく》が開始された。

　ところが二年前、突如として工事中止命令が下る。社会情勢と財政事情による研究所建設計画の見直しが理由だった。

「残念な結果でした」吉野はうつむいた。

　八神はもう一枚の記事を吉野に手渡した。

「こちらの工事はご存じでしたか」

　二年前の八月末に、別の独法から同じ場所で工事が発注されていた。超深地層研究所建設工事の中断からわずか半年後のことだ。

　発注者は『独立行政法人　新日本エネルギー開発機構』。受注者は東京の関東中央建設と三山《みつやま》プラント建設の二社ＪＶ。発注金額は七十一億円だった。追加工事の割には発注金額が前回工事よりも多いことと、山岳のトンネル工事なのにプラント建設会社がＪＶに加わっているのも珍しい。

「この仕事は、それこそ坂上教授がかかわっていらっしゃると聞いていましたが」

　吉野の意外な言葉に八神は面食らった。

「初耳です。それにこんな独法は聞いたこともありません」

「新日本エネルギー開発機構というのは、三年前に設立された独立行政法人です。珍しく防衛省の息がかかっていると聞いてます。私も詳しいことは知りませんが、場所はたしか晴海だったと思います」

　晴海。

　教授の予定表に記されていた場所だ。

「超深地層研究所の計画変更が決定されたとはいえ、工事はかなり進んでいました。そこで、無駄な施設を作ったという国会での追及をかわすため、超深地層研究所を縮小する代わりに、再処理核燃料貯蔵施設を建設することになった。つまり、すでに地下トンネルは完成していたため、研究所の縮小で不用になる北半分に貯蔵施設を建設することで批判を回避したのです。さらに北朝鮮の核兵器開発を睨《にら》んで、CTBTがらみの地震学的監視観測所を近くに併設する話が持ち上がりました。北の核実験を探知するには、深い場所に地震計を設置しなければならない。大深度にトンネルを掘削するための工事用設備が転用できれば、予算を節約可能というわけです。建設費は新日本エネルギー開発機構から出たと聞いております」

　予想もしない事実が転がり出た。

　純粋に地震学的な目的で設置される地震観測所と、地震学的監視観測所は目的が異なる。地震学的監視観測所は、CTBTで禁止される地下核実験が実施されたか否かを監視する施設で、得られたデータは、ウィーンに設置される国際データセンターに送付され、処理される。

CTBTとは宇宙空間、大気圏内、水中、地下を含むあらゆる場所で、一切の核爆発を禁止する条約だ。しかし米国、イスラエル、イラン、エジプト、中華人民共和国が署名のみで批准《ひじゅん》せず、北朝鮮、インド、パキスタンの三カ国は署名すらしていない。つまり当該八カ国が未批准であるため、いまだに発効していない。

「核実験を探知するための地震学的監視観測所は、世界に数十カ所設置されていますが、日本の主要観測所は長野県の松代《まつしろ》だけでしたからね。CTBTの中核を担う日本政府は、観測網の探知能力を向上させるために観測所を新設し、各方面に顔が利く坂上教授を所長に選んだと聞いています。先生は独法の顧問も兼ねることになっていたはずです。……あれ、ご存じないのですか」

すべてが初耳だった。自分たちの観測所に地下核実験探知の目的があったことも、坂上が新日本エネルギー開発機構なる独法の顧問に就任する話も……。

教授はなにも教えてくれなかった。

「そういえば去年の夏でしたか、教授にお会いしたとき、なんとしても再処理核燃料貯蔵施設が完成する前に観測所を立ち上げたいと張り切っていらっしゃいました」

　二年前に突然、観測所の建設が決定した裏にはそんな事情が隠されていたとは。観測所の設置場所や完成時期は再処理核燃料貯蔵施設の工事と関連して決められていたのだ。

　ただ、なぜそれを坂上は八神に隠していたのだろう。

「貯蔵施設と観測所の図面をお持ちですか」

「ええ。関東中央建設との引き継ぎ時に受領したＣＡＤデータが残っているはずです」

「今度、北海道に観測所を新設することになりました。その検討に使いたいのでデータを頂けますか」

「お安いご用ですよ。どちらへ送りましょう」

「ここへお願いします」八神はメルアドを走り書きしたメモを吉野に渡した。

「了解しました。ところで、新たな研究でも始められるのですか」

　吉野が最後のコーヒーを飲み干した。

「そうです」

「今度はなにを」

　八神は一息おいて、真顔で答えた。

「人の命です」

午後九時
防衛省A棟　統合幕僚監部　防衛計画部長室

所沢から戻った溝口に大山の呼び出しが待ち受けていた。

信頼する部下を失い、己の核が崩れかけている溝口は統合幕僚監部へ向かった。

大山の執務室に入る前から、なにが待ち受けているかは十分に予想できた。部長室へ続く廊下で擦れ違う職員や幕僚たちが、溝口に気づいた途端、はっとした表情を浮かべ、視線を逸《そ》らした。

大山の秘書が、腫物にさわるような対応で溝口を迎えた。

扉一枚向こうは地獄だった。

「三佐。はっきり言おう。陸幕長の襲撃事案はお前の責任だ。なぜ、こんなことになったのか、事情を説明しろ」

大山がすごんだ。机の上には本日付の夕刊各紙がばらまかれていた。一面は二段抜きで『都心で早朝の銃撃戦、自衛隊の陸上幕僚長襲撃される』とショッキングな見出しが躍っている。さらにネットニュースからアウトプットしたらしき、『防衛医大病院にて爆発、事件との関連を捜査中』との速報記事がつけ加えられていた。

「なんのために内密にことを進めてきたのだ。これですべてが水の泡だ」

大山の耳たぶが紅潮して、頬が波打っている。

溝口は視線を大山の胸のあたりに落とした。

「正直申し上げて、我々も事態を把握しかねています」

「誰が寺田を襲い、誰が医大病院を攻撃したか、まるで見当がつかないと？」

「陸幕長を襲撃した武器は、運搬車襲撃に使われたＮＳＶでした。よって両者は同一犯による犯行と断定して間違いないと考えます」

「医大の襲撃は」

「こちらについては、まだ現場から有力な物証が得られていません。どのように外部から攻撃されたのか、現在調査中です」

「なぜ寺田が狙われた。なぜ襲撃犯は白人だったのだ」

「それについては……」

溝口は言葉を濁した。矢継ぎ早の質問に、気の利いたさばきができなかった。頭の中に寺田と君島の顔が浮かんでは消え、自責の念が心を締めつけた。はっきり言って、大山の聴取などどうでもよい。

覇気のない、なんにでも逡巡《しゅんじゅん》する、まるで自信を感じさせない溝口の口調が、大山の怒りを爆発させた。

「お前たちの調査が手ぬるいからこんな事態を招いたんだろうが。どう責任を取るつもりだ」大山が唾を飛ばしながらまくしたてる。「だから私は反対だったんだ」

その一言一言が、司令官を傷つけられ、部下を失った溝口の胸をえぐった。

デスクの前で直立する溝口に、大山は対策本部からの書類を突きつけた。

「見てみろ。こんな情けない形で治安出動命令が下されることになった」

核燃料を強奪され、陸幕長を襲撃され、聖なる病院を攻撃された政府は、襲撃犯を逮捕できない場合、七月十四日をもって自衛隊に治安出動命令を下すと決定した。出動対象地域は首都圏中心部、並びに全国の原子力関連施設とし、直ちに、関係省庁、自治体、警察当局と調整に入れとの指示だ。

さらに、陸自にとって屈辱的な決定がなされていた。

寺田陸幕長の代理は、当面、益子《ましこ》陸幕副長が務めるものの、陸上幕僚監部に内田審議官が常駐することになった。陸自の指揮命令系統にくさびが打ち込まれ、今後の作戦は内局の管理下に置かれる。もはや陸自の責任は免れない。内局が生け贄《いにえ》を求めて大鉈《おおなた》を振るい、シビリアンの管理は陸自の深部にまでおよぶことになる。

「お前の調査の代償は高くついたな」

嫌味たらしく首を回しながら、大山が毒づいた。

「十四日の燃料輸送は予定どおり行われる。あと三日やる。十三日までに事案を解決しろ。できないと言うなら、今ここでお前を外す。自分で決めろ」

「失礼ですが、部長の脅しは聞き飽きました」

上官への悪態。ただではすむまい。

溝口は踵《きびす》を返した。

「三日で事案が解決できなければ、私が磔《はりつけ》にされている写真を、この部屋に飾って下さって結構です」

残された時間は三日。寺田の意志を継ぐためのわずかな猶予。そして溝口のプライドもあと三日でゴミ箱へ投げ込まれる。

今までとは違う時計が動き始めた。


溝口は廊下に出た。

足がふらついた溝口は、思わず壁に手を突いた。指先が白かった。

限界かな。大山には力んでみたものの、ふと、そう思った。

どこかで足音が聞こえた。ふと見ると廊下の向こうから三人の自衛官が近づいてくる。先頭は陸幕監部の小野《おの》二佐だった。

溝口は素知らぬふりで歩き出した。

真っすぐ小野が向かってくる。右へよけて小野をやり過ごそうとした。小野が右へ寄る。ならばと左へ動く。小野も左へ寄せる。

溝口の両側を残りの自衛官が通り過ぎたと思った瞬間、背後から羽交い締めにされた。大きな掌《てのひら》が口を塞ぐ。溝口はもがいた。首、腕、そして両足をきめられて一ミリも自由にならない。体がふっと宙に浮く。

首を右へ傾けた小野が、すぐ脇にある書庫の扉を開ける。溝口は書庫の中に担ぎ込まれた。

いきなり腹に拳を叩き込まれた。

肺の空気が押し出され、目の前の光景が切れかけの蛍光灯のごとく途切れる。

溝口は床に叩き落とされた。背中に拳が食い込む。腹を蹴り上げられた。鈍い音があたりに響く。背中、腹。何度も、何度も。

溝口は頭を抱えて背中を丸めた。

「溝口三佐。特進目当てのスタンドプレーで陸幕長を生け贄にさし出した気分はどうだ」

溝口の頬をつま先で踏みつけた小野が見おろす。

靴底の端から溝口は小野にガンを飛ばす。

「なんだ、その目は」

小野のつま先が溝口の頬を踏みにじる。

残りの二人は薄ら笑いを浮かべていた。

「言いたいことがあったら言ってみろ。裏切り者らしい腑《ふ》抜《ぬ》けた顔をしやがって」

「人を罵る前に自分を見てみろ。独りで喧嘩《けんか》も売れないくせに」

「腰抜けらしい言い草だな。泣いてすがってみろ。そうすれば、許してやってもいい」

「お笑いだ」

「なんだと？」

「張り子の虎でも、桜星を二つ貰《もら》えるようだ」

ふざけるな、と背中に誰かのつま先が食い込む。再び暴行が始まる。

溝口の口から血がしたたる。

ようやく満足したのか、小野が足をすっと引いた。

「これぐらいにしておいてやろう。このまま生き恥をさらすがいい。おい、行くぞ」

両手で上着をはたきながら小野が踵を返す。

これはおまけだ、と最後の男が去り際に、溝口の腹へつま先を叩き込んだ。

書庫の床にひざまずいた溝口は咳《せ》き込んだ。息を整え、ハンカチで口の周りの血を拭った。耐えがたい屈辱で吐き気がした。

壁に手をついて立ち上がる。

書庫から、どこをどう通って情報分析室へ戻ったかは覚えていない。

何事かと目を丸くした三桶の前を素通りした溝口は、奥の洗面所に入って鍵をかけた。乱暴に水で顔を洗い、前髪と顎から水のしたたる顔を鏡に映した。

半分は腫れ上がり、もう半分はうらぶれた顔がこちらを覗《のぞ》いていた。

己の核が、今日までの自分を支えてきたものが溶け始めている。

溝口には溝口なりのプライドがあった。

新設された情報本部へ調査関係の幕僚を集約したとき、あえて溝口は陸幕監部に残る道を選んだ。陸上自衛隊への愛着と寺田への尊敬から、縮小される部門に残る選択を後悔していない。「陸幕に残ってもやれる、自分ならやれる」と信じて突っ張ってきた。

そして、自らの拘りを成果に変えてきた自信はある。

ところがどうだ。

自衛隊が直面する最大の危機に際して、ちっぽけな我執のおかげで上司と部下の命をさし出すはめになった。

ＩＣＵの前で別れたときの君島の顔が頭に浮かんだ。

溝口の叱責に、涙を堪《こら》えて目を伏せた君島。溝口の褒め言葉に、頬を紅く染めた君島。

芯が強く、聡明で、愛らしい女性だった。

なにより懸命だった。

蛇口を思いっきり捻《ひね》った。洗面台に両手をつき、流れ出る水の音に嗚咽《おえつ》を紛れ込ませた。

己の不甲斐《ふがい》なさ。命令は誤っていなかったという自負。判断ミスだったという後悔。

外から三桶が扉をノックする。

「三佐、大丈夫ですか」

溝口は顔を上げた。

鏡を見つめる。鏡の中の自分を「ここからだ」と奮い立たせる。

扉を開け、溝口は部屋に戻った。

後ろ手を組んだ三桶が迎える。

「三桶一尉。あと三日で勝負をつける」

「望むところです」

「ここから先、俺たちは正真正銘の反逆者だ。法を犯し、仲間を欺《あざむ》く。廊下を歩けば、みんなは俺たちを石をもって打つだろう。組織の縄張りと軋轢《あつれき》に翻弄され、席につこうとすれば、誰かが椅子を蹴り倒す。真の怒りが牙を剝《む》くぞ」

「三佐、それはもはや脅しです」

「俺は真実を伝えているだけだ。査問会では、なぜこの任務を拒否しなかったと吊《つ》るし上げられ、俺の下に残ったお前は犯罪者だと罵倒される」

「私に引けと」

「はっきり言おう。そのとおりだ」

「逃げろと」

「そうじゃない。クズどものためにお前の将来をドブに捨てるな」

「三佐独りで、陸幕長と君島の仇《かたき》を取るおつもりですか」

「これは戦争だ。しかも、どこにも正義はない。命を懸けることにどれだけの意味があるか俺さえもわからない」

「もう少し、私の気持ちを理解して頂いているかと思ってました」

「お前の無念はわかっている」

「私の気持ちは、もうちょっと深刻です」

「深刻？」

「……奴《やつ》らを皆殺しにしたい」

　低く押し殺した声。三桶が床に視線を落とす。

「不謹慎だぞ」

「冗談で言っているとでも？」

「本気なら、余計に続けさせるわけにはいかん」

「怒りに身を任せるほど若くもありませんが、この怒りを忘れるほど歳も食っていない。わかっていますよ、三佐。こんな無駄話はやめましょう」

　三桶も溝口と同じく、君島の笑顔を失ったのだ。

　敵は策略に長《た》け、情け容赦もない。ただ、彼らは気づいていない。

　我々の怒りは本物だ。

「三桶、医大病院に確保した襲撃犯の身元は」

「こちらです」

　三桶が一枚の報告書を溝口に手渡した。上半分に、白人の正対、側面写真。下半分に記事が書き込まれている。

　クリス・イェーガー。年齢三十四歳、国籍は南アフリカ。過去五年間、フランス傭兵部隊の一員として中東、アフガンで活動。犯罪逮捕歴はなし。

「我々のＤＢでは、フランスの部隊との契約は昨年までです。別の雇い主と契約したと思われます」

君島が予想した事実。テロの問題に世界中の目が注がれるこの時期、素性を隠して目的を達成するには確実なリスク回避手法だ。すべては金か。たいそうご立派なイデオロギーだ。

「問題はこの男をどの組織が雇ったかだな」

「北が雇い主なら、人民解放軍か朝鮮人民軍偵察総局のどちらかですね」

「他には」

「現場に駆けつけた警務隊員が銃弾を一発、回収しました。それを碓氷峠で採取した銃弾と照合しましたが、線条痕が一致しません」

「別のNSVだったと」

「どうやら、ワディフが言っていた二挺《ちょう》のどちらかが碓氷峠で使われ、もう一挺が陸幕長襲撃に使われたようです」

「この傭兵の収容先を、なぜ敵は短期間に割り出した」

溝口は外の夜景に視線を移した。

幾つもの疑問が溝口の中で湧き上がる。

なぜ寺田が襲われ、誰が傭兵を組織したのか。時間、場所、方法。プルトニウム燃料強奪事案の華麗な手口とは異なり、寺田と医大病院の襲撃方法が強引で派手なのはなぜか。工作員が小銃を準備するならともかく、そもそも北の特殊部隊が、日本国内で重火器を調達することなどありえるのだろうか。

そして、ワディフは誰に殺されたのか。

もう一つある……。ワディフ、寺田、すべての事案が溝口の動きと連動している。

まるでどこかで見られているように。

なにかが動いている。溝口の知らないなにかが。

そのとき、胸の秘匿携帯が鳴った。

〈俺だ、これから会えるか〉

もはや数少ない溝口の協力者からだ。

「すぐに行く。いつものところでいいか」

〈了解〉


ちょっと出かけてくる、そう言い残した溝口は一人で部屋を出た。

正門前でタクシーを拾い、ＪＲ飯田橋《いいだばし》駅から中央・総武《そうぶ》線で秋葉原《あきはばら》に出た溝口は、再びタクシーを乗り継ぎ大手町《おおてまち》でおりた。歩道を北に向かって歩く。すでに人通りの途絶えたビジネス街を抜けて丸ノ内《まるのうち》線の駅へおり、電車を一本やり過ごして、ホームに誰も残っていないことを確認してから、次の荻窪《おぎくぼ》行きに乗ると赤坂見附《あかさかみつけ》を目指した。

赤坂、一ツ木通り、二十四時間営業のスターバックス。

マニュアル通りにオーダーを取る店員から『本日のコーヒー』を受け取った溝口は、待ち合わせの相手を探した。

その一番奥で日向が待っていた。

「すまん、休みだというのに」溝口は相手の正面に腰かけた。

「お前、顔が半分土色じゃないか。その顔色は疲れのせいだけじゃないな」

日向が驚いた声を上げた。

苦笑しながら溝口はコーヒーを啜《すす》った。今日何杯目かさえ、覚えていない。

「上は逃げ足の早い連中ばかりだ。全部、俺に押しつけやがって」

思わず、愚痴が出た。

「値の張るコートを身にまとっている者にかぎって、吹雪《ふぶき》のときに、それを人にさし出したりしない」

「心底、組織が煩わしくなる」

「溝口。魚の大きさは棲家《すみか》の大きさで決まるんだよ。鉢に棲んでいる魚は、所詮、鉢より大きくはなれない」

「防衛省は所詮、金魚鉢だと？」

「省の大きさは関係ない。個々の組織の大きさだよ。狭い了見で、ケチ臭い組織なら、そこに棲む魚も雑魚《ざこ》ばかりだ」

溝口の冴《さ》えない顔にしばらく口をつぐんだ日向が、やがて話を本題に戻す。

「状況は聞いた。政府もついに腹を決めたようだな。うちも長官が呼ばれている」

「マスコミも騒ぎ始めた。白昼堂々と街中で襲撃されたのだ。いくら協定を取り交わしていようと、マスコミにも我慢の限界はあるだろう」

「例のアラブ人に対する調査はうちにも伝わっている。そっちの強引で法を無視した手法に、上は相当おかんむりだ。こんな状況で俺がお前に会っているとバレただけで懲戒もんだ。長居はできん。これから話すことはメモも取らず、暗記してくれ」

テーブルのカップを脇へ寄せた日向が、溝口に顔を寄せた。

「お前の読みどおり、イタチとキム・パクジョンは同一人物だ。新宿に『北東興業《ほくとう》』という名の会社があって、歌舞伎町で中華料理店や風俗店を何店か経営している。別件で、外事が一年前からマークしていたところ、今年の四月から新しい動きが出た。会社の規模と不釣り合いな巨額の金を動かし始めたんだ。その流れを追うと、中国のB銀行から引き出した金を、外資系のC銀行へ定期的に持ち込んでいた。さらにその口座からの出金状況を調べたところ、なんとロンドンのウォルドルフ銀行へ毎月送金されていた」

キムがワディフとの取引に使う銀行……。

北朝鮮は、ミサイル売買、麻薬取引などに絡んだ金のやり取りに中国の秘密口座を経由させる。そこが自国へ出入りする資金を洗浄する場所だ。出金の場合、中国を出た金は一旦スイス、香港《ホンコン》、シドニー、東京など、四カ所の秘密銀行に分散して預け置かれ、最後に国際金融中心地であるロンドンを経由して、取引先の口座に振り込まれる。

国際情報網を避けて巨額の資金を送金するには、膨大な国際資本が移動するロンドンを経由するのが最適なのだ。

「お前も知っているとおり、秘密口座は口座名が数字だけだ。守秘義務を盾に抵抗する相手を落とすのに苦労したぞ」

「それで」

「北東興業をもう一度洗い直してみた。すると傘下の中華料理店に、この三月から採用された木村保明《やすあき》というコックがいた。ところが免許証に記載された木村保明なる人物は昨年の十二月に新宿中央公園で病死していた。ホームレスだったんだよ。木村を名乗る男は這《は》い乗りで身分を盗用している。その写真をＤＩＡに照会したところ、返ってきたのは、彼の名前はキム・パクジョンという返事だった」

　一度言葉を切った日向がコーヒーを飲み干した。

「ところがＤＩＡも知らないもう一つの情報がある。木村の免許証の写真と、イタチと思われる携帯の契約書に添付された写真が一致した」

　そうに違いないと確信していた。そして、そうであって欲しくないと祈っていた情報だった。

「それだけじゃない」

　溝口の鼻先まで顔を近づけた日向が声を潜めた。

「気になる情報がある。イタチが日本にやってきた極秘任務の中身は、なんらかの国家機密を探り出すためとのことだ。お前に心当たりはあるか」

　殺された垣内一佐が頭に浮かんだ。七月五日の未明、中央指揮所で聞かされた、彼がかかわっていたという国家機密のことだろうか。

「日向、外事はキムの居場所を特定したのか」

「ヤサは特定できているが、奴は先月の末から欠勤したまま行方不明だ」

「……別班から聞いた話だが、お前たち、工作員と土台人《どだいじん》を一斉に挙げているというのは本当か」

「事案解決への俺たちの強い意思だと思え。組織の公安が、一自衛官に先を越されるわけにはいかない。悪いな、溝口」

それより、と日向がカップを握り潰《つぶ》した。

「お前たち、十四日に再び燃料輸送を行うそうだな。正気の沙汰じゃない」

午後十一時三十分
防衛省A棟　陸上幕僚監部　運用支援・情報部

溝口は省に戻った。

人影はまばらなのに、人目を避けるように廊下を歩いた。部屋に入る。

三桶が、情報端末を睨みつけていた。

「どうした」

「一人気になる男が……」

三桶の指先がキーを打ち、犯罪者、思想犯、工作員などを登録したＤＢを呼び出す。最後に人さし指がリターンキーを打った。カーソルの点滅はたったの三回。

「彼です」

三桶がディスプレイの中央を指さした。

自衛隊がリストアップしている要注意人物のリスト。そこに『八神憲章』なる名前があった。

DBへの登録は今年の六月。特殊作戦群司令部で登録を行っている。

三十代半ばと思われる男の顔写真が張られ、書類区分として極秘の欄に丸が打ってある。ところが理由や個人情報などについては一切白紙のままだった。唯一、特記事項の欄に『現在も追跡調査を継続中』と記述されていた。

「何者だ」

陸自は以前から『八神』をマークしていたらしい。しかし特殊作戦群がなんの理由で、この男を要注意人物に指定し、調査しているのかは皆目見当がつかない。

「東亜大学理学部の准教授ですが、なぜか特記欄以外になにも書き込まれていません」

溝口はもう一度、ディスプレイを覗き込んだ。

八神憲章。准教授。

溝口は陸幕長室での寺田の電話を思い出した。「坂上氏の生死は確認されておりません。生き残ったのは准教授一人です」と寺田は相手に告げていた。

「その筋では有名な男なのか」

「いいえ。左翼運動にも無関係。なんらかの捜査線上に浮かんだことさえありません。ただ不思議なことがあります。奪われたプルトニウム燃料の目的地だった大日ケ岳の再処理核燃料貯蔵施設の近くで、事案の夜、土砂崩れがあったのを覚えていらっしゃいますか。八神と彼の上司である坂上教授が、その土砂崩れに巻き込まれました。結果、八神は命拾いしましたが、教授は行方不明になっています」

溝口は胸の前で腕を組んだ。まさに寺田の電話そのままだった。

「坂上教授というのは」

「地震学会の重鎮です。いずれにしても、陸自のマークしていた人物がプルトニウム燃料の目的地近くで土砂崩れに巻き込まれるなんて、偶然とは恐ろしいものですね」

偶然？

溝口は組んでいた腕をほどいた。

「この男を挙げるぞ」

受話器を取った溝口は、習志野駐屯地の特殊作戦群司令部の番号を押した。

残された猶予は三日。

七月十一日　日曜日　午前十時　事案から七日後
東京都　文京区　小石川

八神は二日ぶりに自宅マンションへ戻った。

その行動が危険なのは承知の上だ。しかし、これから先を考えたとき、やはり車が必要だった。

休日などお構いなしに、管理人に電話を入れて、自分を訪ねてきた者がいないか確認した。

次に、一ブロック手前のビル陰から入念に自宅マンションの様子を観察する。尾行の車が張りついていないか、不審な人物が周辺をうろついていないか。

素人なりに細心の注意を払った。

マンション前はいつもと変わりなくひっそりして、行き来する車はない。

八神は深呼吸した。

普段なら居心地よく感じる静けさが、今は不気味だった。

腹を決めた八神はロビーに駆け込んだ。

エレベーターではなく、階段で三階へ駆け上がる。

踊り場で廊下の様子をうかがい、自室の前でもう一度、左右を確認してから室内へ滑り込んだ。

動悸《どうき》が胸を叩き、肩が大きく上下に揺れている。まるで逃亡者だ。

なんとか部屋までたどり着くことができた。

ところが……。

室内の惨状に八神は立ちすくんだ。

いたるところにものが散乱していた。衣服、書類、本、あらゆるものが床にぶちまけられていた。ブリーフケースは開け放たれ、本棚には一冊の本も残されていない。タンスはすべての引き出しが投げ出され、どこになにがあったかもわからない。

誰が、いったいなんの目的で……。

はっきりしたことは、彼らがまだ自分をあきらめていないこと。そして、なにかを探していることだった。この様子だと、彼らはまだ目的を達していない。

大急ぎで、着替えをバックパックに詰め込む。長居は無用だ。

車のキーは……。

散乱した衣類を払いのけながら、床の上を這いつくばって探した。

あった。

拾い上げたキーを尻ポケットに押し込む。

廊下に出た八神は走った。再び階段で一階へおりた。

ロビーを駆け抜けようとしたとき、物陰から突然、人が現れた。

わっと声を上げて八神は飛び退《の》いた。

心臓が喉元まで駆け上がった。

「いやだな先生、私ですよ」管理人の光岡《みつおか》が目を丸くして立っていた。「顔色が悪いですけど、大丈夫ですか」

「脅かさないで下さい」八神は小さく答えた。

「ずっとお留守のようでしたが、なにかあったのですか」

「いえ、……別に」

八神は部屋が荒らされたことをあえて話さなかった。光岡に伝えてもどうにもならない。それより、ここで引き止められ、あげくに八神が戻ったことを警察に知られたくない。

「ちょっと出かけてきます」

そう言い残して、急ぎ足で外へ出ようとした八神を光岡が呼び止める。

「待って下さい。お渡ししたいものがあります」

管理人室のカウンター越しに光岡が、宅配便で送られてきた封書を八神へさし出した。

「岐阜へお出かけのあいだに、これが届きましたよ」

封書を受け取った八神は差出人を見て驚いた。

令子だった。

封書が発送されたのは、彼女が東京を出発する前。にもかかわらず、岐阜で教授とともに会った彼女はそんなこと、一言も話さなかった。

どうせ岐阜で会うのに、わざわざ宅配便で封書を送る事情はなんだったのか。
封書を小脇に抱えた八神は、駐車場へ向かった。
マンションから徒歩で五分ほどの青空駐車場に、愛車のゴルフが停めてある。
車に乗り込んだ八神は封書の中身を取り出した。
出てきたのは、一枚の便箋と衛星写真のカラーコピー。

憲章さん。
同封した写真を預かっておいて下さい。
なにかが起ころうとしているけれど、東京へ戻ってから話します。
蓼科で、すべてを私に打ち明けてくれたこと、本当にうれしかった。
自分を責めてはいけない。
いつか周りのすべてがあなたを必要とするわ。
きっとその時がやってくる。
忘れないで。
私はあなたといて幸せだった。そして、これからもずっと。
便箋には、そう走り書きがしてあった。

八神の脳裏に事故の日の記憶が蘇る《よみがえ》。岐阜を出る前、観測所へは必ず別の車できて欲しい、と令子がいつになく真剣な表情で告げたことを。

衛星写真の撮影日は今年の六月八日。写っているのは御母衣湖から大日ケ岳の北麓へ通じるあの山道、つまり御母衣湖から観測所への道だ。

バックパックから愛用のルーペを取り出した八神は、写真の上をなぞっていった。

御母衣湖から観測所への道は、湖から一キロほどのところで二股に分かれている。観測所ではなく銅鉱山へ向かう道が、観測所との分かれ道の少し先で、突然、拡幅《かくふく》されて立派に整備されている。再処理核燃料貯蔵施設建設工事の一部に間違いない。分岐点から拡幅部までの間が手つかずなのは偶然なのか、それとも偽装の意味があるのか。

整備された道路の終点には、銅鉱山の跡地らしき平坦《へいたん》な地形が広がり、その中央付近に、五棟の建物が確認できた。その中で一番大きな建物の脇には立坑らしき円形の構造物が建設されている。

例の論文のことが頭に浮かんだ。

地震空白域のほぼ中心、深さ五キロ付近で観測された定常的な微小地震活動と衛星写真になにか関係があるのだろうか。

思えば、教授は跡津川断層内の地震空白域の実態を解明するため、大規模な探査を計画していた。

断層内の局所的な地殻変動や地震活動の特徴を調べるためには、地殻の不均質構造、つまり均質で空洞が少ないために密度が高い層と、破砕されるか空洞が多くて密度の低い層とが、どのように重なり合っているかを知る必要がある。そのために地中を抜けてくる地震波を利用するのだ。過去、跡津川断層周辺では、人工地震による地下構造の探査が数回にわたって実施された。

その結果、跡津川断層の地殻構造は上部地殻、中部地殻、下部地殻の三つに分かれていることが明らかになったものの、小規模な人工地震探査では、地震の空白域で新たな震源となりえるひずみが蓄積されているかどうかは断定できなかった。

そこで坂上教授は、M4・5以上の人工地震を発生させて一気に問題を解決しようと考えたのだ。ところが、空白域のど真ん中で発生した八神の地震波があれば、大規模な人工地震を起こさなくとも求める答えを得ることができるかもしれない。

その意味は大きかったはずだ。

ただ腑に落ちないことがある。査読つきの投稿論文が不採用になる場合は、その理由が執筆者へ通知されるルールだ。今回のケースでも、査読委員から不備に関する指摘があるはずなのに、突然、論文は没にされた。

八神の論文が世に出ることを嫌った者がいるということか。

八神は最後にもう一度写真をチェックした。するとうっすらだが、立坑の周りが丸く囲まれ、そこから引き出した線上に『239』という数字が書き込まれている。さらに右下の脇外に『NRO』という英字が刻印されている。

なんだこれは……。

封書と写真をドアポケットに押し込んだ八神は、車を発進させた。

八年落ちのゴルフが、春日通りの交差点にさしかかった。

信号が赤に変わったことに気づいた八神は、慌ててブレーキを踏んだ。

目の前の横断歩道を渡り始めた歩行者を、八神はぼんやりと眺めていた。

突然助手席のドアが開いて、男が一人乗り込んできた。

いつもドアのオートロックを解除しておく八神の悪い癖だった。

「ようやくお会いできましたね」

男がにやりと笑った。痩せてひょろりとした長身の男。日焼けして浅黒い顔はやたらと頬骨が張り、つり目と高い鼻。まるできつねのようだった。

「あなたは誰ですか」

男はその質問には答えず、前方を指さした。

「信号が青ですよ」

後ろからクラクションが追い立てる。八神は車を路側《ろそく》に寄せて停めた。

「先日は電話で失礼しました。木村と申します」

口元に笑みをたたえた男が自己紹介した。

思い出した。男の声はマンションにかかってきた電話の声だった。

……ならば室伏の仲間なのか。

生唾を一つ飲み下した。

こちらの胸の内を見透かしたように木村が覗き込んできた。

「どうしました。顔色が悪いですよ」

「なんの用ですか」

「教えて頂きたいことがあるのですよ」

「……なにをですか」

喉の奥が乾き始めた。

体を傾けて、八神に身を寄せた木村が囁《ささや》いた。安物の整髪料の匂いが鼻をついた。

「あの計画についてですよ」

「あの計画？」

「とぼけないで下さい。超深地層研究機能を有した再処理核燃料貯蔵施設の開発計画ですよ。いや極秘研究施設と言った方がよろしいですかな」

「なんのことだか私には……」

八神は運転席のドアポケットにさし込んだ封書に右足を寄せ、木村からの死角を作った。そんな八神の動きに気づかない木村が話を続ける。

「あなたの論文、拝見しました。面白い現象でしたね。教授の計画を台無しにする事実だ」

気味悪く木村が笑う。

「日本国内に潜入している工作員の情報から、大日ケ岳のプロジェクトをずっと注視していた我々は、ついに再処理核燃料貯蔵施設を建設する真の目的を掴んだ。直ちに施設の関係者、教授、竹内令子、そしてあなたを徹底的にマークしたのです」

「私をマーク？」

「我々の協力者はどこにでもいますよ。もちろん論文の査読委員の中にもね。あなたの論文を没にしたのは坂上教授です。論文の内容に気づいた教授は仲間と相談したうえ、すんでのところで学会誌への掲載を見送らせた。万全を期すためにね。自分たちに都合の悪い事実が表に出れば、計画がぽしゃってしまいますからな」

「おっしゃる意味がまるでわかりません」

取り合わない素振りを見せながらも、八神は内心激しく動揺した。

自分が工作員にマークされていた。そして、自分の論文を没にしたのが教授だと……。

「教授は計画に深くかかわっていた。なら弟子のあなたがご存じないはずはない。なのに、なぜあの論文を公表しようとしたのですか」

「なんの話です」

「金で計画阻止派にそそのかされたのでしょ。もしそうなら、あなたは我々にも協力するはず。どうです。私の読みは当たっていますか」

「いいかげんにして下さい。私はなにも知らない。おりて下さい」

ダメダメという表情を浮かべた木村が、懐から取り出した拳銃を八神の脇腹に突きつけた。

「車を動かしなさい。私の指示どおりに走ってもらう」

銃口が脇腹に食い込んだ。

生唾を飲み下した八神は車を発進させた。

「もう一度聞きます。再処理核燃料貯蔵施設のことについて話して頂けますね」

木村の再度の問いかけを、八神はきっぱり拒否した。

木村ががっかりした表情を浮かべた。

「残念ですな。せっかく連中から逃がしてあげたのに。私に協力しないと痛い目にあいますよ」左手でポケットから携帯を取り出した木村が、誰かを呼び出した。

「俺だ、これからお客さんを連れて……」

背後からタイヤの鳴る音が響いた。二台のスカイラインがドリフトしながら、ゴルフの前後を挟み込むように車体をねじ込んできた。

八神は慌ててブレーキを踏んだ。

木村が首をすくめながら前後の様子をうかがう。

僅かに痙攣する頬の動きに動揺の色が表れていた。

ゴルフの前を塞いだスカイラインのドアが開き、スーツ姿のがっしりした男がおり立った。ラグビー選手を思い起こさせる体格。水平に張り出した両肩の上にのった、きれいに五分刈りにされた髪。えらの張った頬。太い眉に大きな鼻と分厚い唇。

室伏だった。

「野郎」

うなり声を上げながら身を屈《かが》めた木村の目が、逃走経路を探している。

木村が銃で八神を突ついてきた。

「出ろ！」

車からおりると、背後から木村の左腕が首に巻きつき、右のこめかみに銃口を突きつけられた。

抵抗したくても強く気道を絞め上げられ、一瞬意識が薄れた。

「そこまでだ」

落ち着き払った室伏が正面から声をかけた。

「ばかを言うな」

木村の吐く荒い息が耳に吹きかかる。

その間隔が次第に短くなっていく。

木村に引きずられ、八神は後退《あとずさ》りを始めた。

背後の車からおりた男たちが腰を屈め、開け放ったドアを盾代わりに銃を構えた。

別の四人が、八神たちを取り囲む。

「その男を離せ」

室伏が右手に握った拳銃の銃把《じゅうは》に左手を当てて固定した。

「SIG《シグ》か。思ったとおりだ。お前たちは警察じゃないな。見逃せ。でないとこの男が死ぬぞ」

木村の銃口が右のこめかみに食い込む。

前と後ろ、四つの銃口が八神たちを向いている。死は手の届くところにあった。

なぜか恐怖が消え失《う》せた。

代わりに、どうしようもない嫌悪が込み上げる。

「その男を渡してもらおう」

室伏が冷たく言い放った。

奇声を上げた木村が、銃口を室伏に向けた。

木村の銃口を右手で摑んだ八神は、そのまま自分のこめかみに引き寄せようとした。

「やめろ！」

八神の予想外の行動に木村が叫んだ。

一瞬ゆるんだ木村の腕の中でくるりと体をひるがえした八神は、木村の銃口を自分の額に当てた。

「撃ちたいなら早く撃て」

「じゃまだ」

木村が八神の胸を突いた。

シュッというかすかな発砲音が頭越しに響き、目の前で木村の表情が歪《ゆが》んだ。

右によろけた木村に左手で襟首を捕まれた。

引き倒されそうになるのを、八神は踏ん張った。

木村の右足のズボンがささくれ、噴き出す血潮が見えた。

木村が意味不明の叫び声を上げる。

朝鮮語だった、

木村がよろけながらも、室伏に向けて引き金を引いた。
重い発砲音が響き、銃弾がアスファルトで跳ねた。
室伏が一瞬身を屈めた。
「陸曹長。危ない！」
仲間の銃が一斉に火を噴いた。
布団に小石を投げつけたような、にぶい音が連続する。
八神は背中から突き倒された。
目の前で風景がぐるりと回転し、頭を路面に打ちつけた。
吐き気が込み上げ、口の中が胃液の混じった唾液で溢れる。
道路に倒れた八神の前で、脇腹を押さえた木村が仁王立ちしていた。
ふらつく木村が不気味な笑いを浮かべた。
彼の口から血が溢れ出る。
「お前たちに俺を逮捕することなどできない」
木村は銃口を右の側頭部に当てた。
「やめろ」
室伏が叫んだ。
木村が引き金を引いた。

銃声が響く。

木村の左側頭部から鮮血と脳味噌《のうみそ》が飛び散る。

木村が道路に崩れ落ちた。

あお向けに倒れた彼の右頭部から血が噴き出す。

銃を左脇のホルダーに押し込んだ室伏が、木村の前でしゃがみ込み、頸動脈《けいどうみゃく》に中指と人さし指を当てた。

無言で室伏が立ち上がる。

語気を強めながら、八神は室伏に嚙みついた。

「あんたは何者だ。国交省の人間でないことはわかっているんだぞ」

「また、お前のせいだ」

毒づいた室伏にいきなり右腕をねじり上げられた。

完全に決められた右手に激痛が走り、八神は一ミリも動けなくなった。

「ついてこい」

室伏が八神をスカイラインの後席に押し込んだ。

東京都　新宿区　百人町

DIAから手にいれたキムの顔写真と木村のそれは完全に一致した。

溝口は北朝鮮党調査部工作員キム・パクジョン、いや『イタチ』を失った。

真相へ通じる数少ない道が閉ざされた。どこかでミスを犯し、最悪の結果に繋《つな》がったのだ。

襲撃犯を追い込むために残された唯一の糸口は、若い地震学者一人になった。


ワディフを問い詰めた尋問室。

中央の机に座らされた八神が、両膝の上で握り締めた拳に力を入れ、きつく唇を結んで、壁の一点を見つめていた。

寺田が電話で相手に告げていた男だ。

八神の傍らには国交省の室伏課長補佐こと、中央即応集団の特殊作戦群第一中隊の瀬島剛陸《せじまつよし》曹長が控えている。自衛隊が結成した対テロ対策の専門部隊は、陸自の中から選抜された戦闘集団だ。射撃、格闘技だけでなくあらゆる戦闘能力を身につけ、強靱《きょうじん》な肉体と任務への非情なまでの責任感。是非は別として、同じ組織の中にあっても、溝口の世界とは似て非なるものだった。

溝口の依頼を受けた特殊作戦群長が、瀬島に対して、八神の身柄を拘束した上で溝口へ引き渡すよう命じた。

七月九日、新宿駅で八神を見失った失態を除けば、瀬島のマークは完璧だった。予想外だったのは、泳がせていた餌に思いもしなかった魚が食らいつき、つり上げる前に自らの命を絶ったことだ。

「八神憲章。年齢三十四歳。東亜大学理学部付属地震研究所准教授……」

溝口は八神の経歴を読み上げた。それから資料をゆっくり机に戻す。

「あなたは国家機密情報の漏洩《ろうえい》容疑で、我々の視察対象になっている」

「ばかなことを」

溝口から視線を外さないまま八神が呆《あき》れた。

冷めて、どこか投げやりな態度。人が良さそうで、頼りなげな外見のわりに、攻撃的な反応だった。

「私に話をさせていただけませんか」

突然、傍らの瀬島が求めた。話というより、詰問を想像させる棘《とげ》のある言い方だった。

八神に視線を向けたまま溝口は問い返した。

「なぜ」

「色々と聞きたいことがあります」

瀬島が不自然に抑揚のない声で答えた。

この部屋に二人を入れたときから感じていたが、八神と瀬島のあいだに敵意とは言わないまでも、異様な緊張感が漂っていた。

「いいだろう」

瀬島に目線で頷き、部屋を出た溝口は、隣の観察室へ移動した。

マジックミラーの前に腰かけた三桶が出迎える。

「どうされました」

「なにが」

「三佐らしくありませんね、なにかこう……、気乗りがしないというか」

「お前、どう思う」

「二人のあいだですか。おそらく三佐のお考えと同じではないかと」

なにが起こるのか。

溝口はミラーを通して尋問室の様子を見つめた。

八神と瀬島のやり取りが始まった。

〈木村とはどんな関係だ〉

瀬島の冷たい一言が飛ぶ。

〈なんのことです。向こうが勝手に連絡してきただけだ。それよりあなたはなぜ、身分を隠してまで私のことをつけていた〉

〈お前は容疑者だぞ。当然のことをしたまでだ〉

予想どおり、とげとげしい空気が二人のあいだに張りつめる。

瀬島が口にした容疑者という言葉に八神の目の色が変わる。

〈ふざけないで下さい。あなたは自衛官でしょ。自衛官にそんなことを言われたくない〉

〈我々には正当な理由がある。文句があるなら警察へでもどこへでも駆け込んでみろ〉

〈これが正当な取り調べなら、なんでこんなわけのわからない場所を選ぶのですか〉

八神が机を拳で叩きつけた。

パイプ椅子の背もたれに身を預けた瀬島が地震学会への投稿論文と、衛星写真を八神の前に放り投げた。

〈お前の論文のおかげで連中が動き始めた。次はその衛星写真だ。いったいどこで手に入れた。いくらで木村に売りつけるつもりだった。北を手玉に取ろうなんて大した野郎だ、まったく〉

〈なぜ私の論文をあなたが持っている。学会誌に掲載されなかった論文だぞ〉

さらになにかを言いかけた八神が、思い直して口をつぐんだ。

その表情がみるみる紅潮していく。

〈あなた、坂上教授となにか企《たくら》んでいたな。人に知られてはまずいことだろう。だから教授が行方不明になった直後、証拠を隠滅する必要に迫られた。研究室から教授のノートを盗み出したのはあなただ〉

八神の一言で、瀬島の目にあからさまな敵意が浮かぶ。

〈構いませんよ。研究室の学生にあなたの写真を見せればはっきりする〉

〈想像力のたくましい奴だ〉

〈珍しいですね、いつもクールな自衛官殿が熱くなるなんて。このコソ泥野郎が〉

机に両肘をついた八神が蔑《さげす》んだ視線にからめて、許しがたい侮蔑の言葉を瀬島に突き立てた。

〈貴様！〉

瀬島が八神の胸ぐらを摑み上げた。

蹴り倒されたパイプ椅子が後方の壁で弾《はじ》け、八神の体が宙に浮いた。

溝口と三桶は尋問室へ駆け込んだ。

「やめんか！」

尋問室に飛び込んだ溝口は、体をねじ込んで、摑み合う二人を引き離した。三桶が背後から瀬島を羽交い締めにすると、引き倒すように壁際の椅子に座らせた。

「あなたも落ち着いてくれ」

　倒れた椅子を元に戻し、溝口は八神の肩に手を置いた。

「私はいつだって落ち着いています」

　溝口の肩越しに瀬島を睨みつけながら、八神が吐き捨てた。

　まずは八神を椅子に座らせた溝口は、瀬島に代わって彼の正面に腰かけた。

「色々と言いたいことがあるようですね」

「ええ、山ほどあります。瀬島さんに対してだけでなく、あなたにも」

　八神が胸につかえていた憤懣《ふんまん》を一気に吐き出す。

　あの事故の直後、身分を偽った瀬島が八神を訪ねてきた理由はなんなのか。

　役所がまったく情報をよこさないこと。

　自分の留守中に研究室を訪ねてきた男たちのこと。

　木村につけ狙われ、新宿駅で轢死《れきし》事件に巻き込まれそうになったこと。

　最後に、すべてが再処理核燃料貯蔵施設と関係があって、自衛隊や警察はなにかを隠しているのではないかとの疑念。

ずっと内に秘めていた鬱屈。堰《せき》を切って溢れ出た八神の言葉が溝口の胸に響く。

八神の振る舞いからは、どんなときでも自分を律する自制心が強く感じられた。それでも今、彼の口からほとばしる感情は、人一倍の自制心でさえ制御できない激しさを持っていた。

「再処理核燃料貯蔵施設のことなんかどうでもいいんです。私には関係のないことだ。しかし、あの地滑りは施設の工事が原因としか思えない。正気ですか。まるで滑って下さいと言わんばかりのやり方だ。にもかかわらず警察や国土交通省は、ろくに令子たちの捜索も行わず、復旧工事を優先した。いったい、人命と工事のどっちが大事なのですか。そんなにあの施設は重要なのですか。令子は国に殺されたも同然じゃないか！」

声がかすれ、肩を震わせ、見開いた瞳に、微塵《みじん》の嘘《うそ》も感じられなかった。

「陸曹長。ちょっときてくれ」

八神を尋問室に残したまま、溝口は瀬島を観察室へ連れ出した。

腕組みした溝口は、瀬島に向き直った。

「なぜ陸曹長が、民間人を追うのだ」

「命令を受けておりました」

「八神氏のことを容疑者と呼んでいたが、なんの容疑だ」

「スパイ行為、並びに国家機密の漏洩容疑です」

「国家機密とは、彼が言っていた施設のことか」

八神に見せていた衛星写真のカラーコピーを、瀬島が溝口に手渡した。本来の冷静さを取り戻したらしく、瀬島の感情が平板《へいばん》になっていく。

「これであります」

「なんだこれは」

「八神はこの写真を木村に渡すつもりだったと考えます。超深地層研究所を拡張した再処理核燃料貯蔵施設です。奪われたプルトニウム燃料はここへ運ばれる予定でした。なぜこの写真を八神が持っているのか、三佐、奴をもう少し尋問させて下さい。必ず工作員との関係を吐かせます」

「なぜ陸曹長がこの施設のことをそこまで知っている」

「この施設は、私の小隊が警備に当たっておりました」

なんだと……。

「岐阜の山中で任務に就いていた小隊がなぜ東京にいる」

「寺田陸幕長の命令です。彼の身辺を洗い、二十四時間マークせよとのことでした」

溝口は絶句した。自分に告げることなく、寺田がもう一人の部下を動かしていた。

胸の奥が激しく波立つ。

「陸幕長から八神氏の身辺調査を命じられたと」

「はい。まず、彼が北の協力者かどうかを明らかにせよと。同時に、北の工作員が八神に接触を試みるなどの不審な動きがあれば、彼の身柄を拘束して三佐のもとへ移送せよとの命でした。貯蔵施設の情報は国家機密であり、決して北に渡してはならないと陸幕長から命じられました」

寺田は瀬島に八神と北の動きをマークさせていたのか。そうなら、事案を北の犯行と断定し、犯人を追えと命じた溝口に、その事実を伝えるはずなのに。

「八神氏が北の協力者だという証拠は」

「完全ではありません。しかし、私はそうだと考えております」

「木村がキムなる人物であることは」

「それは三佐の情報で知りました。私は木村が日本国内の土台人だと聞かされておりました」

「陸幕長の命令を遂行するに当たり、サッチョウの外事と連係したのか」

「しておりません。私の小隊だけで行動しておりました」

寺田は八神の存在も、北の動きも知ったうえで瀬島を動かした。なぜ……。なぜそのことを溝口に伝えなかった。なぜ、瀬島と自分を別々に動かした。その真意は。

八神と再処理核燃料貯蔵施設、そして北朝鮮とプルトニウム燃料強奪事案にどんな関連があるのか。

「新宿駅で自分を追っていた男が、ホームから突き落とされたと八神氏は言った。それも陸曹長の仕業か」

「八神を拉致しようとした男を排除しました。ただ、彼がホームから転落したのは不可抗力です」

「轢死したのは何者だ」

「この男です」

瀬島がスマホに男の画像を呼び出した。

「北の工作員か」

「私はそう思います」

溝口が指を鳴らすと、三桶が瀬島のスマホから映像データを取り出す。

瀬島がスマホを内ポケットに押し込む。

「八神と話をさせて下さい。お願いします」

瀬島の八神への拘りは執拗だった。まるで、協力者どころか八神が北の工作員だと言わんばかりの執着を感じさせる。八神が法を犯したわけではない。経歴からしても、北の協力者の臭いなどまるでない。正真正銘の民間人だ。

「八神氏はこのまま解放する」

溝口は三桶を呼んだ。

すると、溝口の前に瀬島が立ちはだかった。

「せめて、警察への引き渡しをお願いします」

「だめだ」

「理由をお聞かせ下さい」

「法を犯したわけでもない、誰かから被害届が出ているわけでもないのに、警察へ彼を引き渡す理由がない。それに、先ほどの様子からして陸曹長に彼を預けるべきではないと考える」

「私に問題はありません」

「では、なぜ八神氏に突っかかるのだ。なにか個人的な恨みでもあるのか」

「なにもありません」

「なら、もう少し自衛官らしく毅然《きぜん》とした態度を取ったらどうなんだ」

瀬島の口元が屈辱で歪んだ。むきになった目が溝口を見据える。

「私には陸幕長からの命令があります」

「ならば、上官である私にその命令をすべて伝えろ。それが合理的なものなら考えてやる」

瀬島が唇を嚙む。

「これは上官としての命令だ。下がれ」

「……失礼します」口をへの字に曲げた敬礼を返した陸曹長が踵を返し、足早に部屋を出て行った。

扉が乱暴に閉じられた。

尋問室へ戻った溝口は、改めて八神を観察した。華奢《きゃしゃ》な男だった。町で擦れ違っても気づかないほど取り柄のない容姿、顔立ちだった。

ただ澄んだ澱《よど》みのない目をしている。

「どういうことか説明して頂けますね。あなたには大変なご迷惑をかけたようだ」

溝口はかいつまんで事情を話した。もちろんプルトニウム燃料強奪事案などの機密事項は伏せたものの、すでにキムを知ってしまった八神に自衛隊と北朝鮮工作員の関係を、許されるかぎり伝えた。

「あなたがこの事案に巻き込まれた理由は、この論文にありそうですね。心当たりはありませんか」

溝口は八神の論文を手に取ってめくり始めた。自分にとっては暗号の羅列にしか思えない代物だ。

しばらく考え込んでいた八神が、視線を上げた。

「木村、いえキムですよね。彼はこう言いました。ついに再処理核燃料貯蔵施設を建設する真の目的を摑み、施設の関係者、教授、令子、私を徹底的にマークしていた。そして教授が深くかかわっていた計画の内容を教えろと」

木村から聞かされた話、自らの論文が持つ意味など、思いつくかぎりを溝口に伝えた八神が、突然、聞いたこともない独法の名を出した。

「それより、あなたは新日本エネルギー開発機構なる独立行政法人をご存じありませんか」

「知りませんが、なぜです」

「あの施設は、目と鼻の先に建設された我々の観測所も含めて、晴海の新日本エネルギー開発機構なる独法の管轄でした。顧問に就任する予定だった坂上教授も、しばしば独法に出かけていたようです。そしてこの独法は防衛省に関係があるとか……」

八神がもたらした情報は、正直言って驚きだった。北朝鮮、地震学者、自衛隊、そして新日本エネルギー開発機構なる組織の関係など想像したこともない。

「あの施設について、溝口さんがご存じのことを教えて頂けませんか」

「この件について、私の知識は瀬島陸曹長以下です。自衛官が自衛隊のすべてを知っているわけではない。先ほど、あなたが事故に遭ったときの状況をお聞きしました。大変お気の毒なことですし、土砂崩れの起きた理由を突き止めようとするお気持ちも理解できます。さらに、施設周辺の工事が原因ではないかという疑いも当然でしょう。ただ私には情報がない。残念です」

そうですか、と八神が肩を落とした。

八神は答えを探している。大切な人を失っただけでなく、身に覚えのないことで命まで狙われた。どこにでもいる大学の教員が、謀略などに無関係な民間人が、運命に翻弄されている。

「なぜ坂上教授と我々がなにかを企んでいると思われたのです」

「キムがそう言っていました。私の論文が世に出ると、再処理核燃料貯蔵施設の工事や自衛隊に都合の悪いことがあるんじゃないですか」

何事にも表と裏がある。八神からすれば裏の世界で繰り広げられる謀略。彼はその一部を垣間《かいまみ》見てしまった。

「キムを探し出すために、あなた方は違法な捜査をしていたようですね。もし、私が訴え出たらどうするつもりですか」

「それは、どうすることもできない。かといってあなたを止めることもできない」

「その覚悟はあると」

「もちろんです。ただ、もし私の願いを聞いて頂けるなら、あと三日待って頂きたい」

八神が悲しそうに、ふっと目を伏せた。

「溝口さん。もうマンションは安全でしょうか」

「まだなんとも言えませんね。キムの仲間が残っている可能性もあります。当分の間、我々に警護をお任せ下さい」

しばらくのあいだ、八神が目を閉じた。

「東京駅まで送って頂けますか」

「もちろんですが、どうしてまた」

「しばらく東京を離れます」

八神が立ち上がった。

「あなたとは金輪際お会いしないことが、お互いにとって幸せなのでしょうね」

八神が右手をさし出した。溝口は握り返す。

決して笑顔を見せない男。

その手は信じられないほど冷たかった。

敵の潜む都心に標《しるべ》はなく、溝口の前に立ちはだかる壁は高い。

溝口が追う謎は恐ろしく逃げ足が速かった。

広大な迷路の前に立ち尽くす気分だった。

情報分析室の机には例の衛星写真が置かれていた。超深地層研究所、いや再処理核燃料貯蔵施設周辺を撮影した衛星写真の右下には『NRO』の刻印が打ってある。おそらく、アメリカ国家偵察局のことだ。偵察衛星の計画と運用を統括するセクションとして知られ、その情報は米国最高の国家機密だった。

写真を手に取った溝口は、改めて再処理核燃料貯蔵施設の意味を考えた。なぜ飛騨の山中に建設されたのか。おそらくそれは日本の原発行政と関連している。

政治的配慮、地域振興、そして送電距離による損失効率などを考慮した結果、日本海側に原発は集中した。ところが、北朝鮮のミサイル開発にともない、危機が顕在化し始めた。海上を低空で飛行してくる精密誘導弾なら、簡単にリアクターを狙い撃ちできる。

今後の議論に先手を打つ形で、海から離れた山中に再処理核燃料貯蔵施設が建設されたなら理にかなっている。加えてその場所は、高レベル放射性廃棄物貯蔵施設を建設するための研究施設としての機能も有している。

当然、北にとってこの場所の意味は大きいだろう。さらに北の地下核実験を探知する能力を持つ地震学的監視観測所まで併設されている。施設の位置、詳細、能力は、北朝鮮にしてみれば喉から手が出るほどの情報のはずだ。

もちろん、有事《ゆうじ》の攻撃対象としての意味は言うまでもない。

北の核兵器開発に神経を尖《とが》らせる米国にとっても重要施設ゆえに、ＮＲＯが監視を行うのもやむをえまい。米国の国家機密に触れることができ、施設の計画にかかわっていた坂上教授がＮＲＯの情報を持っていることに不思議はない。

ところが、ＣＴＢＴがらみの国際監視制度において重要な役割を果たすはずだった彼は、土石流に巻き込まれた。キムも、寺田も銃弾に倒れ、そして八神まで命を狙われた。

すべてが再処理核燃料貯蔵施設を中心にうごめいている。

どうやら、このまま襲撃犯を追えば国家機密に触れることになる。組織に身を置く者が一線を越えることになる。

残りはあと二日になろうとしている。

七月十二日　月曜日　午前七時　事案から八日後
東京都　新宿区　信濃町　慶応病院

寺田の意識が二日ぶりに戻った。

うっすら開けられた瞼《まぶた》がなにかを求めて空《くう》をさまよい、かすかな吐息はわずかな空気の揺らぎだけで途切れそうなぐらいに儚《はかな》げだった。

重厚で、紳士的で、思慮深い寺田はそこにはいない。

決して感情に走ることなく、中庸をよしとし、群れではなく組織にとって最善の判断を下す陸幕長は、溝口を残して旅立とうとしていた。

情報本部へ異動の打診を受けたとき、溝口の思いを黙って聞いてくれた寺田は最後に「思う道を迷わず進め」と言ってくれた。

寺田は溝口にとって特別な人だった。

寺田の手を握り締めた溝口の温《ぬく》もりが、寺田を此岸《しがん》に呼び戻した。

わずかに動いた唇が溝口を呼んだ。溝口はベッド脇にひざまずいて、寺田の口元に耳を寄せた。

「真実を知れ。非は我々にある」

かすかな声だった。

溝口を見つめる瞳は穏やかな光をたたえ、すでに痛みも消え失せて解脱した安らぎをたたえている。

溝口は瞳でその先の言葉を望んだ。

それに応えようとした寺田の唇が動きを止めた。

溝口はまた一つ、大事なものを失った。

看護師が病室へ駆け込んでくる。

入れ替わりに幕僚たちが陸幕監部へ連絡に走る。

溝口は立ち上がり、寺田の脇を離れた。

壁にもたれかかり、うなだれた。

すべてが敵の思惑どおりに進んでいる。部下と上司をたった二日のあいだに殺された。『復讐《ふくしゅう》』という名の邪心が溢れ出る。

周りのざわめきと狼狽《ろうばい》を押しのけて、溝口は廊下へ出た。

堪えに堪えていた怒りが一気に全身から噴き出す。

溝口は思いっきり、目の前の壁を右の拳で叩きつけた。

鈍い音がした。なんの痛みも感じなかった。

病室の前で警護に当たる若い隊員が両目を見開く。

口を真一文字に結び、拳を握り締めた溝口は廊下を突っ切った。声をかけてくる顔見知りの幕僚たちを置き去りにしてロビーを抜けた溝口は、三桶が待つ車に乗り込んだ。

ルームミラーの中で三桶がなにかを問いかけてくる。

沸騰した脳がすべての音を遠ざける。湧き上がる怒りで己を見失いかけていた。

溝口は二回、深呼吸して頭を冷やした。

運転席から三桶が振り返った。

「先ほど、大山部長から連絡がありました」

「しばらく放っておけ。それより新宿駅で轢死した男の身元は割れたか」

「被疑者写真検索システムには引っかかりませんでした」

「それが答えか」

いえ、と三桶が一枚の顔写真を溝口にさし出した。

「私の友人を通じてＳＶＲから入手しました。代わりになにを渡したかは聞かないで下さい」

ロシア対外情報庁。

「何者だ」

「イ・ソミン。年齢二十九歳、国籍は中華人民共和国。クリス・イェーガーと同じフランス傭兵部隊で働いていました」

思わず溝口は天を仰いだ。

敵は一つではない。間違いない。

秘匿携帯を取り出した溝口は高岡に「情報部へきてくれ」とメールを送った。

防衛省A棟　陸上幕僚監部　運用支援・情報部

「正直に言え」

分析室に入るなり、出迎えた高岡の胸を突いた。よろけた高岡の鼻先に、溝口は右手の指先を突きつける。

「お前か。襲撃犯に土曜日の陸幕長の登庁時間と経路を流したのは」

「突然、なにを……」

珍しく高岡が血相を変えた。

「お前は陸幕長が襲われる前日、陸幕長更迭の動きを本人に翌朝伝えると言っていた」

「私が北に陸幕長を襲撃させたと」

「他に誰がいる。三桶、警務隊を呼べ」

「いくら三佐とはいえ、今のお言葉許せません」

「薄汚い裏切り者にかぎって口は達者だ」

「断じて、私ではありません」

「では言ってみろ。なぜ陸幕長が狙われた。なぜ敵は簡単に襲撃犯の収容場所と病院の構造を知った。その理由を説明してみろ。お前は情報幕僚だろうが！」

溝口の奥歯が擂《す》り粉木《こぎ》のごとく擦れ合う。

「我々の情報が漏れているとしか思えません」

「お前からだろうが」

「情報本部にかぎってそれはありません」

「なんだと。情報部からだとでも言いたいのか」

溝口は高岡の襟元を捻り上げた。

「三佐。落ち着いて下さい」と三桶が止めに入る。

「誰も情報部からとは言ってません。ただ隊内から漏れているのは間違いない」

「ならば、それを突き止めるのはお前の仕事だ」

「すべてを私に……」

「逃げるな！」

溝口は高岡の顔を引き寄せた。

「逃げるな、高岡。情報にも血が流れている。情報を活《い》かすも殺すも俺たち次第だが、その先にある痛みを知れ。情報本部を、陸幕を信じられないから陸幕長は俺を動かした。隊を救うためだ。その陸幕長は死んだ。死んだんだよ！」

高岡が溝口の腕を振りほどく。溝口に背を向けた高岡が、肩を揺すって上着の乱れを直す。

「ちくしょう！」

突然、壁に額を押しつけた高岡が肩を震わせる。

俊英との誉れ高き情報分析官が見せる感情の発露だった。

「陸幕長が亡くなった、と先ほど報告を受けました。……私が我慢ならないのは、己の力不足」

高岡の歯嚙みに、溝口自身も頭を冷やした。

「すべてを話せ。陸幕長は俺の他にも特殊作戦群を別の調査に当たらせていた。その小隊を率いているのは瀬島陸曹長。彼が追っていたのは『イタチ』なるコードネームの工作員と八神という東亜大学の准教授だ。瀬島が八神から手に入れた衛星写真がこれだ。岐阜山中に建設された再処理核燃料貯蔵施設。この施設と襲撃事案になんの関係がある」

溝口は衛星写真を高岡にさし出した。

「襲撃されたプルトニウム燃料の目的地がこの場所だったということは、最初の会議でお伝えしたと記憶していますが」

「なぜＮＲＯがこの施設の写真を衛星で撮影していた」

「北朝鮮が興味を持っていたからだと思います」

「一尉。答えになっていない。北朝鮮の興味とＮＲＯが撮影したことになんの関係がある。ＮＲＯは北の依頼で写真を撮影したのか」

高岡が黙り込んだ。

やがて。

「この写真はアムスラー次官補が来日して、政府と北朝鮮問題について意見交換した際に持参したものです。この施設が北から狙われていることを懸念していたと聞いています」

「ちょっと待て。今回の襲撃犯が北朝鮮であることが省内では周知の事実だったと」

「はい」

「襲撃前から北が核燃料、いや貯蔵施設を狙っていることを上層部は知っていたのか」

「そうです」

高岡の返事に溝口は言葉を失った。知らなかったのは自分だけらしい。あの夜、中央指揮所に集まっていた連中の間で周知の事実が、溝口には隠されていた。そんな茶番につき合わされ、自分は野良犬よろしく嗅ぎ回ってきた。

「ではなんのために、我々に調査をさせた」

「確固たる証拠を、色に染まらない者で摑む必要があったからです」

陸自内部だけで処理したいという理由から溝口は指名されたと。情報本部では目立ち過ぎるというわけか。違う、そんなはずはない。情報本部はそのための組織だ。

溝口は込み上げる怒りを抑え込んだ。

大山の発案か。そう考えれば合点がいく。強引な調査方法を平然と指示したのも、最後は「情報部の勝手な判断」とかわす思惑があったからに違いない。

ところが、その疑心を高岡が打ち砕く。

「陸幕監部の情報部と瀬島陸曹長を動かすのは寺田陸幕長のご発案でした。全責任は自分が持つと」

寺田が言い出した？

瀬島の言葉が脳裏に蘇る。すべては寺田が起点なのか。なぜ……。

「結果には満足か」

「ほぼ。三佐と陸曹長は最善を尽くされたと思います」

お前に慰められるとは思わなかったよ。

「まるで、終わったような言い方だな」

「上が欲しかったのは確信です。それだけでよいのです。仮に動かしがたい証拠があがったとしても、具体的な行動に出るのは困難ですから。キムの動きから、上は一つの確信を得ました。彼のターゲットは我が国の再処理核燃料貯蔵施設に関する機密にあったという事実。ワディフの手助けで下田港から上陸した襲撃犯によって、プルトニウムを強奪し、垣内一等陸佐から再処理核燃料貯蔵施設の情報も得たでしょう。しかしキムが死亡したことで、彼らの作戦は中止せざるをえないと予想されます。大山陸将のお考えは知りませんが、トップは現状に満足しています。対策本部も治安出動命令を発動しないでしょう」

「高岡。これだけことが大きくなって、無事に終息できると思っているのか」

「私の考えなど問題ではありません。内田審議官の尽力によって、プルトニウム燃料強奪事案は伏せ、医大病院はガス爆発による事故、寺田陸幕長の襲撃は極左による犯行で捜索中とし、いずれ迷宮入りの線で終息させます」

狡猾《こうかつ》なストーリーだ。

まず、今回の事案はテロリストの攻撃と断定し、治安出動もありえる事態と説明することで、マスコミ対策を政府側に飲ませる。次に治安出動下令前の情報収集という名目で陸自独自で調査を行う。主犯を特定したが死亡したために新たな事態発生の可能性はない。よって治安出動も必要ない、と落とし所をつける。

万が一、再度の襲撃を受けたときには、迷わず部隊を出し、治安出動の実績を作る。これが幹部、おそらく大山の目論見《もくろみ》だったわけだ。無難な決着を考えついたものだ。誰も傷つかない、組織も個人の責任も曖昧にするために、事案の真相まで葬り去られようとしている。疲弊した自分たちは置き去りにされ、寺田も君島も帰ってはこない。

「この件はまだ終わってはいない」

「ありえない。北はすでに大方の目的を達成したはずです」

「陸幕長たちの言う国家機密なるものが、事案の鍵であることはお前も感づいているだろう。お前はその中身を知っているのか」

　高岡が黙って首を横に振った。

「その機密を巡って複数の組織が動いている。北はその一つにすぎない」

「北とは異なる組織がいるとおっしゃるのですか」

「プルトニウム燃料襲撃犯と、陸幕長や八神を狙ったのは別の組織だ。後者はフランスの元傭兵部隊、そしてプルトニウムを奪ったのは完璧に統率された軍隊だ」

「その根拠は」

「俺の勘だ。一尉、今までの情報を徹底的に洗い直せ。すべてを疑え。その陰に必ず別の組織と真実が潜んでいる。彼らの正体と目的をあぶり出せ。俺は俺なりに別のルートを追う」

「別のルート？」

　溝口は頷いた。

「お前は、東山《ひがしやま》という名を聞いたことがあるか」

「初めてです」

「では新日本エネルギー開発機構とはいったいどういう独立行政法人だ」やはり大きく首を振ろうとした高岡の動きが途中で止まった。

「たしか、経産省関連の独法だと記憶していますが……」

六月下旬に来日したアムスラー国務次官補は非公式の会談を持っている。その会議の出席者名簿に垣内一佐と並んで、新日本エネルギー開発機構関係者とあったことを溝口は告げた。防衛省と独法の親密な関連を示す事実だ。

高岡が眉間に皺《しわ》を寄せた。

溝口の内側に引っかかった『なにか』がもはや無視できないほど膨張していた。

午前十一時
東京都　中央区　晴海一丁目

昨年完成した最新のＺＥＢ《ゼブ》ビル。広々とした吹き抜けのロビーに掲げられた『新日本エネルギー開発機構』のプレート。

受付嬢がにこやかに溝口を迎えてくれる。

「陸上自衛隊の溝口です。東山理事長にお会いしたいのですが」

溝口は磨き上げられたカウンターに右手を置いた。

「お待ちいたしておりました。秘書が参りますので、こちらを胸におつけ下さい」

手許の面会リストを確認した受付嬢が、セキュリティカードを溝口にさし出す。

三桶が揃《そろ》えた資料によると、アムスラーが来日中に面会したのは、片山内閣総理大臣、梶塚内閣官房長官、猪口《いのぐち》防衛大臣、漆原《うるしばら》外務大臣、垣内一等陸佐そして新日本エネルギー開発機構の東山理事長だ。六月二十二日の午後四時三十分から垣内と東山の二人だけと会ったアムスラーは、その後、内閣総理大臣と防衛大臣、内閣官房長官の三人と会談を行っている。

秘書に九階の理事長室と隣り合う応接室へ案内された溝口は、重厚なじゅうたんを踏み締め、ゆったりしたソファを勧められた。値の張りそうな唐津焼《からつやき》の壺《つぼ》に活けられた豪奢な花束。すべてが優雅に見えた。

理事長室と繋がる扉がノックなしに開き、長身の男が入ってきた。神経質そうな目に金縁の眼鏡をかけ、少し肩をいからせるように近づいた男が右手をさし出した。

「お待たせしました。私が東山です」

立ち上がって握手に応じた溝口は、軽く頭を下げながら自己紹介した。

溝口に席を勧めた東山が、自分も正面に腰をおろして、目元だけで微笑んでみせた。

「さて、どのようなご用件でしょうか」

「飛騨山中の再処理核燃料貯蔵施設の計画についてお聞かせ頂けますか」

前置きなしで溝口は本題を切り出した。

「なんなりと」

東山が施設の概要を簡単に説明した。今さらの内容ばかりとはいえ、溝口は東山の話を止めなかった。自分にとって施設の意味や、その建設計画になんの興味もない。聞きたいことはたった二点だった。

「施設へのプルトニウムの輸送が二週間早くなっていますね」

溝口はプルトニウム燃料の輸送経路に当たる、各県知事への輸送計画変更願いの写しを取り出した。『核燃料物質または核燃料物質によって汚染された防護対象特定核燃料物質』を工場外で運搬する場合は、原子力規制委員会規則に従って保安のために必要な措置を講じると同時に、都道府県公安委員会から運搬証明書の交付を受けなければならない。

「計画が前倒しになりましてね」

「なにか急がれる理由でも」

「いや、そういうわけではありません」

東山が顔を背ける。奥歯にものの挟まった言い方で、その先を語ろうとしなかった。

「六月下旬に、垣内一佐とともにアムスラーにお会いになりましたね」

「それがなにか」

肘かけをポンポンと掌で叩きながら、東山が落ち着かない様子を見せ始めた。

「どのような会議だったのですか」

「いや、大したことはありませんよ。再処理核燃料貯蔵施設について興味があったらしく。色々聞かれました」

米国の国務次官補が、一貯蔵施設に関するありきたりの質問をしたいから忙しい日程を割いてまで、時間を作ったとでもいうのか。

「坂上教授とはどういう関係ですか」

「色々と貴重なアドバイスを頂いていました」

「なにについてですか」

「北の核実験を監視するための地震学的監視観測所の建設、測定方法などについてです。そこまでお調べなら、もうご存じのはずでしょう」

「アムスラーの来日直後に、教授は急いで観測所に戻ろうとしています。なにか事情があったのでしょうか」

溝口はソファから身を起こし、厳しい目で東山を睨みつけた。

東山の口元が不機嫌そうに歪んでいる。

「アムスラーから大日ケ岳周辺の施設全体が狙われていると聞かされました。我々は施設周辺を特殊作戦群第一中隊に警戒させることを要望し、地震学的監視観測所については所長である坂上教授に対して、できるだけ早く現地へ入るよう依頼しました」

「なぜ警察ではなく、自衛隊に警備を依頼されたのですか」

「施設の重要性と、その建設には、陸上幕僚監部防衛部の施設課が関連していることを考慮しての判断です」

「関連しているのは装備計画部ではなく、防衛部なのですね」

「そうです」

「施設が狙われていると知っておきながら、燃料輸送を強行した理由はなんですか」

「突然、核燃料の輸送を中止するのは大変なことなのですよ」

「理事長、現在の状況はご存じだと思います。この非常事態にあたって、もう少し協力して頂けませんか。我々は積み荷を奪われ、陸幕長まで失いました。このまま引き下がるわけにはいきません」

東山の表情が一瞬、曇った
「あなたはさっきからあれこれ聞かれますが、いったいなんの権限です」

「情報部の権限だとお考え頂いて結構です」

「警官でもないのに？　そもそもあなたが信頼できるという保証は」

「垣内一佐と最近、連絡を取られましたか」

溝口は東山の質問を無視した。

「いえ」

「一佐は七月四日の深夜、長野・群馬県境で殺されました」

東山の表情がみるみるこわばっていく。

「いったい、どういうことですか」

「あなたの持つ国家機密が狙われている」

「なんのことでしょうか」

「あなたは、一佐と二人だけでアムスラーに面会した。そこでなにかが話し合われ、その機密を狙う者によって一人が殺された。もしそれが国家の屋台骨を揺るがす重大な機密で、それを知る者が、もはやあなた一人なら……」一旦言葉を切った溝口は、冷ややかな目線で東山を見据えた。「今後あなたになんらかの危険がおよびます」

「お帰り下さい。もうお話しすることはありません」

東山が邪険な目を向ける。

溝口は立ち上がった。

「せいぜい周りにはお気をつけ下さい」

午後一時三十分
東京駅

八神はのぞみの車両にいた。

ホームを離れた『のぞみ37号』は滑るように、都心の町並を抜けて行く。

窓外を流れる景色を目で追いながら、八神は自分を取り巻く謎について考えた。

教授が自分の論文を没にした理由は、再処理核燃料貯蔵施設の存在を表沙汰にしたくないからだろうか。

いや、そうとは思えない。溝口の話では、施設の存在はすでに公のものとなっている。

では他になにがある。

八神は論文の内容をもう一度思い浮かべた。あの論文に記述し、それが表沙汰になると都合が悪くなる可能性があるもの。八神が摑んだ新たな地震波の存在が結果として教授の計画を台無しにすると木村は言った。地震の空白域を調べようとする教授の計画の裏にあるものとは……。さらに、観測所の建設を再処理核燃料貯蔵施設への拡張工事に合わせて急いだのはなぜだ。施設完成前に地震観測を始めた理由はなんだったのか。

その答えは思いつかなかった。

謎に対する答えはまだら模様で全体が見えない。

キムは施設のことを教えろと迫った。あそこになにかがあるからだ。

教授はなにをしていたのか。そして秘密に気づいた令子は、それを八神に伝えようとした。知らず知らずのうちに二人は事件に巻き込まれ、令子は命を落とした。

警察へ駆け込むことも考えた。しかしここ数日の役所や警察の対応を思い起こしたとき、彼らを信用することはできない。

溝口もすべてを打ち明けているとは思えない。

地震観測所、いや地震学的監視観測所に戻らなければならない。

あそこでなにが行われようとしていたのか。

八神はスマホを取りだした。

〈もしもし〉

今の八神にとって、唯一信用できる小林の声だった。

「八神です」

〈お元気でしたか〉

「はい、これからそちらへ向かいます。時間があればお会いできますか」

〈明日なら、県警本部へ顔を出す用事があるので岐阜市にいますよ。丁度よかった。私からもお伝えしたいことがあります〉

「では、明日の午後一時にＪＲ岐阜駅前で」

〈承知しました〉

午後八時四十三分
東京都　千代田区　竹橋　内堀通り沿い

東山を乗せたトヨタ・クラウンが、竹橋《たけばし》の毎日新聞社前の交差点にさしかかっていた。溝口、三桶、別班の立山三尉と原田一曹が乗るスバル・レガシィは、二十メートルの距離をあけて後を追う。

ハンドルを握る左手の指先で、三桶がクラウンをさす。

「東山は三年前に経産省を退官して、独立行政法人の理事長に就任しています。パーティーや講演会で、新日本エネルギー開発機構には特別な意味がある、国家の命運を左右する重要な意味があると述べていますね」

「なるほど」

体の芯に根をおろした疲労のせいで睡魔に襲われる。溝口はあくびを噛み殺した。

突然、前を走るクラウンのフロントガラスが墨汁をぶちまけたように黒く染まるのが見えた。三桶がクラウンとの距離を詰める。

「エンジンルームからオイルが噴き出ている」

三桶の声と同時に、今度はリアガラスが粉々に砕けた。

胸を押さえた運転手がハンドルに突っ伏している。

死者にアクセルを踏み込まれたクラウンが交差点を突っ切り、濠端《ほりばた》の街路樹に突っ込んだ。

一斉にエアバッグが作動する。

衝突の衝撃でひしゃげたボンネットから白煙が上がる。

後部座席の窓ガラスが砕け散って、風船を突いたようにエアバッグが破裂した。

助手席のヘッドレストに丸い大きな穴があいていた。

東山がシートへ伏せる。

運転手の頭がスイカのように噴き飛んだ。

四人は目出し帽を被《かぶ》る。

「三桶。行け！」

三桶がスバル・レガシィをクラウンの右側にねじ込んだ。車からおりてドアを盾にした立山と原田が、赤外線式照準器付の小銃で即応態勢を固める。

クラウンの後部座席に乗り込んだ溝口が、東山をレッグスペースに押し込む。

立山と原田が応戦する発砲声が響く。

敵の銃撃が激しさを増す。

乾いた金属音を発して窓枠が内側に折れ曲がった。

布を叩くような鈍い音が弾けて銃弾が天井を貫通する。

狙撃者は皇居の濠とは反対の毎日新聞社側にいる。銃弾の仰角《ぎょうかく》からして、スナイパーは高い位置から狙っている。

「助けて。助けてくれ！」東山が溝口に抱きつく。

臆病なチワワのように全身が震えている。

「死にたくない！」

「落ち着け！」

溝口は東山の頬を張った。

銃弾の爆《は》ぜる音が辺りで交錯する。溝口の頭のすぐ先で、後部座席のドアを銃弾が貫通した。

「こっちだ！」

溝口は襟首を摑んだ東山を、もはやスクラップと化したクラウンからお濠側へ引きずり出す。

「頭を上げるな」

突然、銃撃が止《や》んだ。

重なり合うパトカーのサイレンと、幾つもの赤色灯の点滅が近づいてきた。

「早く！」運転席の三桶が手招きする。

溝口は東山をスバル・レガシィの後部座席に押し込んだ。

原田と立山が車に戻る。

スバル・レガシィが急発進した。

防衛省A棟　陸上幕僚監部　運用支援・情報部

溝口は市ケ谷に戻った。一日が一年に思えるほどめまぐるしく状況が変化する。

体の芯に深い疲れが根づいていた。

扉を開ける。

人の気配に足が止まった。

分析室の中央に内田審議官が立っていた。その後ろに四人の警務隊員が控えている。

「私は忠告したはずだ」

内田の声から一切の感情が消えていた。

無言で溝口は扉を閉めた。

「自衛隊法四十六条、五十六条、五十七条、そして五十八条違反、並びに刑法第二百二十五条違反容疑で君を逮捕する。今から君をすべての職務から解き、牛込《うしごめ》警察署の留置室に移送する」

溝口は後ろ手を組んで、内田の前に立った。

「私は寺田陸幕長の命令を遂行しただけです」

「そんなものは、君の勝手な思い込みだ」

「私の調査は無意味だったと」

「調査？　ただの犯罪だ」

「この任務のために私は部下を失った」

「任務のため？　部下を失ったのは君の判断ミスによるものだ。くだらん言いわけをするな」

内田が顔の前で立てた人さし指を左右に振る。

「三佐。君は確信犯として法を犯したのだ」

「この国の平和と安全を守るためです」

「詭弁《きべん》だな。もし君が正しい行為を行っているなら、なぜ周りに君を告発しようとする者が溢れているのだ。すでに三十名を超える隊員から、君の違法行動を裏づける証言を得ている」

溝口は深い孤独を感じた。どれだけ真摯《しんし》に厳しく自己を律しても、結局、なにも動かすことはできなかった。

内田が警務官に告げた。

「溝口三佐を連行したまえ」

第四章　トリニティの軌跡

七月十三日　火曜日　午前七時　事案から九日後
東京都　新宿区　牛込警察署　留置場

留置室に敷かれた畳の上で、溝口は仰向《あおむ》けになっていた。頭の下で腕を組み、天井を見上げる。

すべては終わった。心底、そう思った。

思えば、ここ数日、まともに眠っていなかった。胸の内にずっと滞留していた切迫感が消えると、抗しがたい睡魔が溝口を夢の世界へ誘う。

やがて溝口は、自衛隊法違反、複数の刑事事件の容疑者として送致、起訴される。同時に隊内でも厳しい査問を受けることは間違いない。そして数カ月後、たった一人の被告席で、耐え難い不承不服を胸に秘めながら判決を聞くことになる。その瞬間、溝口が築き上げてきたものはすべて崩れ落ちる。

自分をここに入れた奴《やつ》らの顔はすべて覚えている。ただ、すり切れかけた心に、もはや怒りや憤りといった感情が浮かばない。

今は眠りたかった。

これから我が身に待つ過酷な現実を、頭の中から追い出した。

責務、怒り、そして底なしの虚《むな》しさ。溝口を絡めていた呪縛が全身から溶け出す。うとうとしかけた意識を、乱暴な足音がかき乱した。

プライバシー保護のために居室の前面を塞ぐ板の切りかきから、若い警官が溝口を呼ぶ。

「溝口三佐。面会だ」

「あとにしてくれ」

溝口は扉に背を向けた。

同　取調室

「どういうことか説明しろ」

机を挟んで溝口の対面に腰かけた日向が静かに切り出した。

「なんの話だ」

溝口のおとぼけに、日向が朝刊を机の上に放り投げた。

『再び都内で銃撃戦。政府系独立行政法人の理事長が誘拐される』

東京のど真ん中で起きた銃撃事件に警察も浮き足立っている。派手な見出しが各紙朝刊の一面を飾っていた。もはやマスコミを抑えるのは不可能だ。警察までもが追い込まれたらしい。

「お前のおかげで、官邸は蜂の巣をつついたような騒動だ」

「俺のせいだと決めつけるな」

「溝口。いい歳《とし》してみっともないぞ」

日向が溝口の鼻先に顔を突き出した。

「敵はプルトニウム燃料を強奪し、寺田陸幕長を襲撃、あげくに独法の理事長を誘拐か。都心のしかも皇居脇で銃撃戦が起きた。警察庁の警備局も大変だろう」

「溝口。お前、まるで人ごとみたいだな」

「もう、俺は関係ない」

「そうはいくか。理事長はどこにいる」

溝口はさりげなく周囲の様子をうかがった。

日向が椅子にもたれかかる。

「心配するな。録音も録画もしていない。俺たちだけだ」

少し背中を反らせた溝口は首の後ろをさする。

「俺は人助けをした。少しは礼を言ったらどうだ」

「人命救助の感謝状が欲しいのか」

「それがあれば誘拐罪の免罪符になるのか」

「安心したよ。一応、刑事事件の容疑者だと自覚はしているらしい」

「身代金をいくらにするか考えあぐねているところだ」

「それが防人《さきもり》としての言葉か」

日向が心底呆《あき》れた表情を浮かべる。

「どうせ俺は懲戒免職だ。滅私《めっし》奉公《ほうこう》で勤め上げた退職金はパー。それなりの金を要求してもバチは当たるまい」

「ずいぶんと投げやりだな」

「隊内で俺は忌み嫌われている。見事に塀の内側へ落とされたよ」

「俺は忠告したはずだ」と日向が斜に構える。「世の中には五種類の人間がいる。是非の打ち所がない人間が一割、そこそこの連中が二割。反対に、救いようのない奴らが一割、いま一つなのが二割。残りの四割は凡人だ」

「お前は文化人類学者か」

「世の中がどうあるべきとか、自分の責任がどうとか考えるのは、せいぜい上の三割の連中だ。残りは禄《ろく》を食《は》めればそれでよいのだ。なんだかんだと理由をつけて面倒を嫌い、人にぶん投げて、しめしめと舌を出す。彼らは平気で仲間をチクリ、自分たちに都合の良い嘘《うそ》をつく」

「自衛隊もそんな群れだと言いたいのか」

「異端審問だよ。お前は異質な者、秩序を脅かす者として、粛清されたんだ」

溝口は尻を前にずらした。

「もし東山をお前に引き渡したら見返りはあるのか」

「見返り？　お前、本気なのか」

一瞬、日向が目を見開いた。溝口は真顔を返す。

「冗談を言ってるように見えるか。陸幕長の命令に従った俺は、プルトニウム燃料襲撃犯を追った。ところが、あと一歩のところで梯子《はしご》を外された。連中は、高みの見物を決め込みながら組織維持のために俺を切ったというわけだ」

溝口の怨《うら》み言に、日向が口端を歪《ゆが》めた。

「……なにが望みだ」

「俺と三桶の免責。そして海外での新たな仕事」

溝口の交換条件。

うつむいた日向が、なにかを思案する。その頬が波打つ。

やがて、日向が胸のポケットからスマホを取り出した。

「これから溝口三佐を移送する。下の駐車場に車を回せ」


日向は取引を承諾した。

溝口と日向が後部座席に乗り込んだ覆面パトカーは、溝口の案内で東山理事長を保護している大田区を目指していた。

梅雨《つゆ》明け前の早朝。空は、どんより曇っている。

日向の部下らしき警部補が運転する車は、外苑東通りを走って、四谷三丁目、青山一丁目、六本木ヒルズを抜け、赤羽橋《あかばねばし》の交差点から桜田通りを経て、第一京浜《けいひん》に出た。

「もうどうでもよいことだがな」と溝口はシートに座り直した。

日向が目線で応えた。

「日向。いくら考えても納得できないことがある。今回の事案は北の犯行という前提で、俺は入手した情報を組み立てた。北は我が国のプルトニウムを欲し、同時に岐阜山中に建設された再処理核燃料貯蔵施設の秘密を狙った。動いたのは『イタチ』というコードネームの工作員キム・パクジョン。日本名は木村だ」

溝口は言葉を切った。都心の景色が車窓を流れる。

「……北が再処理核燃料貯蔵施設の秘密を狙って、八神という准教授をマークしていたことは事実だから、俺の推論が間違っていたとは言えない。しかし、すべての犯行が北の仕業だと断定するには辻褄《つじつま》の合わないことだらけだ。七月四日からの八日間で、六つの事案が発生した。プルトニウム燃料強奪、ワディフの殺害、准教授の誘拐未遂、寺田陸幕長の襲撃、イェーガーの殺害、そして東山理事長の襲撃だ。それぞれの犯人の正体と動機はなんだと思う」

「それぞれの犯人？」

日向が片方の眉をつり上げた。

「俺はこう考えた。六つの事案は異なる犯人によって引き起こされたと。例えばそのうちの一つ、寺田陸幕長を襲撃したのは何者かによって組織された傭兵《ようへい》部隊、その中でヘマをしたイェーガーは、口封じとして仲間に処分された」

「なら残りの四件は？」

「おそらく、ワディフ、准教授、東山の事案は同じ傭兵の犯行だろう」

「ワディフを連れ去ったのは自衛官に扮《ふん》した傭兵だったと」

溝口は頷《うなず》いた。

「北とは違う影の組織が存在する。おそらく国内の組織だ。彼らの集めた傭兵がワディフ、准教授、陸幕長、イェーガー、そして東山の命を狙った」

「准教授もお前の言う影の組織に狙われたのか。彼の命を狙ったのはキムじゃないか」

「彼は二つの組織に狙われていた。小石川で准教授に接触したキムの目的は彼の拉致だ。ところが准教授を新宿駅で狙ったのは傭兵で、その目的は殺害だった」

溝口は続ける。

「ただ、プルトニウムを奪ったのは影の組織ではない」

「では何者だ」

「北の特殊部隊と思っていたが、今は、その考えが揺らいでいる」

「なぜ異なる犯人が関係していると考えた」

「プルトニウム燃料強奪は、ヘリまで投入した見事な作戦だった。軍隊のように高度に訓練された連中でないと実行は不可能だ。これに対して、その他の事案は手口が雑過ぎる。その乱暴さ、証拠を残すお粗末さ、まるでテロリストの犯行を思わせる。つまり傭兵だ」

「影の組織の動機は」

「問題はそこだ。影の組織にとって、都合の悪い事情があったのだ。ワディフ、准教授、陸幕長、イェーガー、そして東山の五人を始末しなければならない理由はなんだったのか。そこを一から考えてみた」

唇に指先を当てた溝口は、しばらく押し黙った。

「……まず重要なのは影の組織にこちらの情報が漏れているということだ。陸幕長の登庁経路と登庁時間、そしてクリス・イェーガーの防衛医科大学校病院への移送は、隊内でもかぎられた者しか知らなかった。しかも、イェーガーが病院へ運び込まれたのは午前八時三十分、病院が攻撃されたのは午後五時。たった八時間半で敵はイェーガーの居場所を突き止め、攻撃準備を整えた。それだけではない。ワディフを俺が拘束したことも含め、すべての情報は隊内から漏れたとしか思えない」

「自衛隊の誰かが関係していると」

「間違いない。それこそが、影の組織が国内の組織と考える理由だ」

溝口の確信。

「影の組織が、陸幕長ほか四人の口を封じなければならない理由は、再処理核燃料貯蔵施設の秘密が絡んでいるに違いない。組織は、その秘密を守るために彼らの命を狙った」

「人の命を狙うのに、ずいぶん派手なやり方だな」

「プルトニウム燃料強奪事案の手口に倣い、同じ犯人によるテロと見せかけるためだ」

「溝口。お前は敵の正体を突き止める手がかりを掴《つか》んだのか」

「東山理事長だ。……俺は東山に会うことを誰にも伝えなかった。なのに、俺が面会した日に東山が狙われた理由は？　そして、竹橋で東山を襲撃したのが影の組織なら、彼らはどうやって東山の行動予定を知ったのだ」

日向がちらりと視線をよこす。

「東山は、俺と会ったことを伝えたのは公安だけだと言った」

「事案に警察までが絡んでいると？　公安からも情報が漏れていると言うのか」

「仲間に裏切られたことを知った東山は哀れなほど憔悴《しょうすい》し切っている」

日向の頬がこわばる。

「日向。プルトニウム燃料強奪事案がパンドラの箱を開けたのだ。俺が襲撃犯を追う過程で、再処理核燃料貯蔵施設の秘密が外部へ漏れそうになるたび、影の組織は関係者を容赦なく処分した。ここまでは思惑どおりだったはずだ。……ところが組織の存在を隠し、施設に絡む国家機密を守るために始末しなければならない人物がもう一人現れた」

日向に落ち着きがなくなる。

やはりそうか。

「日向、俺だよ。六月二十二日に行われたアムスラーと垣内、東山の極秘会談の内容、さらに今回の事案に重大な国家機密が関連している推論を俺は東山に伝えた。もし東山がそのことを組織に伝えていたなら、影の組織は俺を始末しようとする」

溜《た》め息《いき》を吐《つ》きながら溝口はそっと目を閉じた。

「俺は待っていた。……そしてお前が現れた」

「溝口、いいかげんに……」

「俺の推論だよ！　日向、……ただの推論だ」

溝口は声を荒らげた。なぜか虚しさが体中に満ちていた。

横で服の擦れる音がした。溝口はそっと目を開けた。

日向の右手が上着の懐へさし込まれている。

ホルスターから引き抜かれたニューナンブの銃口が溝口を向いた。

「溝口。よくそこまでたどり着いた。その代わりお前は一線を越えてしまった」

日向の銃口が意味するのは裏切り。

背中を丸めた溝口は両膝に手をついた。虚しさが悲しみに変質していく。

「溝口、忘れるな。お前は信頼する組織に見捨てられたんだ。隊はお前を罵り、都合よく利用し、邪魔になった途端、切り捨てた」

「影の組織は人情に厚いのか」

「お前が我々の理念を理解するならな。我々はある信義のために動いている」

「信義？」

「国家という信義だ。我々はありもしない幻想のためでなく、守るべき国家のために動いている」

前かがみになった溝口は、助手席のヘッドレストに頭を押しつけた。

「このまま、おとなしく東山を渡せ。悪いようにはしない。それがお前の望みなんだろ？」

冷酷、非情。

今さらだが諜報《ちょうほう》という闇。それこそが溝口の世界の真実だ。

その終着点はすぐそこだった。

東京都　大田区　東麹谷四丁目
大田区の工場街。丁度一週間前に訪れた場所。
廃品回収工場が立ち並ぶ一角にある、錆《さ》びかけたトタン板の外壁で覆われた三角屋根の建家。うずたかく積み上げられた自動車部品から流れ出した、赤茶けた汚水。
『朝日自動車工業』と書かれた色褪《いろあ》せた看板だけでなく、隣の工場との塀に寝そべる野良猫もそのままだった。

三人は車からおりた。背後に立った警部補が、銃口を溝口の背中に押しつける。

「こっちだ」

溝口は奥へ二人を案内する。敷地の一番奥に建つ工場を兼ねた事務所。改めて見上げると、柱や屋根の一部が朽ちかけたその外観は、この建物がいつ倒壊してもおかしくないと思わせた。

一階の扉を静かに開ける。

扉のすぐ内側は、コンクリートの土間になっていた。右側の壁際には下駄箱《げたばこ》が並べられ、左側の壁には便所と書かれたガラス戸が見える。正面奥は壁で仕切られ、その中央に横引分け式の大きな引戸が取りつけられていた。奥の工場へ続いているに違いない。

人の気配が失《う》せた土間の様子をうかがいながら、日向が口を開いた。

「ここなのか」

「そうだ」

「溝口、あとは任せろ。これからはもっとうまく生きることだ」

旧友の温情、それとも堕《お》ちた者への追《お》い銭《せん》のつもりか。ならば、日向。裏切り者としての人生を歩き始める前に、伝えておきたいことがある。

「三日前まで俺には優秀で、真っすぐな部下がいた。防大を首席で卒業し、将来を嘱望された逸材は、同僚の殉職に憤り、彼らのためにも優秀な自衛官になると誓っていた。……向こう気は強いけれど、笑顔が可愛《かわい》かった」

「お前がトンズラしたあと、誰がそいつの面倒を見る」

「もう面倒を見る必要はない」

「なぜ」

「お前たちに殺された」

互いの言葉が途切れた。

「日向。一つ、答えろ。お前たちの信義にどれほどの価値がある。諜報の人間ならすべてに赦《ゆる》しを請えると本気で思っているのか」

日向が肩をすくめてみせた。

「当然だ」

「お前の言う信義のために人が死んだ。それぞれに、それぞれの人生がある。俺の部下の名前は君島。素直で魅力的な才媛だった」

「なんだ、女か」

日向が鼻をほじくる。

「今、なんと言った」

血液が逆流すると、考えるより先に体が動いた。

日向に摑みかかった溝口は、その両襟を摑んで、力のかぎり締め上げた。

「なにをする」

警部補の銃口が溝口のこめかみに食い込む。

「引っ込んでろ！」溝口は警部補を怒鳴りつけた。「お前、人を撃ったことはあるのか。人を殺したことがあるのか。やってみろ。引き金を引いてみろ！」

日向が溝口の腕の中でもがく。

「溝口、お前はすぐにそうやって熱くなる。悪い癖だ。俺との取引はどうなった。もっとうまい生き方を学べ」

「国家だと？　信義だと？　お前の口からそんな言葉を聞くと死ぬほどむかつくんだよ。お前の言う国家なんてものは、卑劣で臆病な亡者の妄想だ」

溝口は両手で日向を吊《つ》るし上げた。

「俺は誓ったんだ。君島に仇《かたき》を取ってやると誓ったんだよ！　一緒に行こうぜ。これからあの世へ行って君島に詫《わ》びを入れる。そのあと、俺とお前は地獄へ直行だ。日向、覚悟はいいか！」

日向の目が恐怖に溢《あふ》れた。

頰を冷たい風が撫《な》でた。

急に目の前の景色が消えた。

午後零時五十五分
岐阜県　ＪＲ岐阜駅前　駐車場

駅前で調達したレンタカーで八神は小林を待っていた。

誰かがコツコツと助手席の窓を叩《たた》く。八神は我に返った。

待ち人きたるだった。

「突然いらっしゃると聞いて驚きました」

助手席に乗り込んだ小林はどこにでもいる中年男の顔で笑いかけ、やがて、刑事の目で八神の用件を欲した。

八神は、東京へ戻ってから自分の身に起きた出来事をかいつまんで話した。

「二度、命を狙われました」

「命を狙われた？」

小林が難しそうに押し黙る。

「八神さんは、これからどうされるのですか」

「観測所に戻ります」

「管轄外なので詳しいことはわかりませんが、たしか、観測所手前の分岐点で道路は閉鎖されたままですよ」

「行けるところまで車で行って、あとは歩きます。ついでと言ってはなんですが、今日、途中の道で交通検問は予定されていますか」

「聞いていません。ただ高速道路の交通警察隊まではわかりません。またどうしてそんなことを気にされるのですか？」

「面倒に巻き込まれたくないだけです」

「面倒……ですか」

そうそう、と小林が、ポケットから一枚のメモを取り出した。

「室伏の身元が割れました。まさか自衛官だとは思いませんでしたな」

そこには階級も含めて、瀬島陸曹長の素性が調べ上げられていた。そして中ほどに、信じられない事実が記されていた。

「八神さん。一言忠告させて頂くなら、あそこへ戻るのはやめたほうが賢明です。悪い予感がする」

「小林さん。私は一つずつ指を折って厄介事から逃げるうち、一人ずつ大切な人を失ってきました。最期の時を看取ることもできず、手をさしのべることもできないまま、みんな私の前からいなくなった」

「それはあなたのせいではない」

小林の気遣いに、八神は首を振ってみせた。

「自分が命を狙われたことで、ようやく大切な人々が最後に感じたであろう恐怖を知りました。死の瞬間、みんなは私の助けを求めていたはず……」

「もしかして先生は、なにかが待ち受けているがゆえに、観測所へ戻るのですか」

「多くの人を裏切ったからこそ、私にはやらねばならないことがある。私の後悔、恐怖、そして真実。すべてがあそこにあります」

八神はエンジンのスタートキーに指先を伸ばした。

「どうしても行くと？」

「行きます」

小林が溜め息を吐き出した。

「これ以上止めても無駄なようですね。……ではお気をつけて」

寂しそうに肩を落とした小林が車をおりる。

八神は車を発進させた。

ルームミラーの中で小林が見送ってくれた。

八神は地震観測所、いや正確には地震学的監視観測所を目指す。料金所での検問を避けるため、東海北陸自動車道ではなく、国道156号線で御母衣湖を目指す。

二度と戻るまいと決めていた道。失った時間を取り戻しに行くわけではない。打ちのめされた心を癒すためでもない。大日ケ岳の観測所へ戻り、もう一度すべてのデータを洗い直さなければならない。

多くの隠された事実を知った今、地震波形に埋もれた真実が姿を現す予感がした。

東京都　大田区　東麹谷四丁目

声がする。誰かが呼んでいる。溝口は目をしばたたかせた。

意識が戻り始めた。たちの悪い二日酔いを思わせる頭痛のせいで、溝口は呻き声を上げた。

「気がつきましたね」

三桶が上から見おろしている。溝口はソファに寝かされていた。

「なにを使った」

溝口は頭を左右に振った。

「セボフルランだ」

頭の先の方から聞き覚えのある声が聞こえた。身をよじって声の方向に顔を向けると橋田が壁にもたれかかっていた。

「なんであんたがセボフルランなんか持っている」

「セルフディフェンス、つまり自己防衛ちゅーやつだな。突然のガサ入れがあったときは、逃げ出す時間を稼ぐことができる。この手を使うために、あの土間は完璧に目張りしてある。まあ、素人は気づかんよ」

呆れたオヤジだ。

「三桶、俺たちがいた部屋へ注入するとき、濃度はどれくらいに設定した」

「八パーセントです」

「お前、ぶっとばすぞ」

「気づかれずに三人を急速導入させるためには仕方がありません。それより三佐、もう少し冷静に行動できませんかね。下は、たまったものじゃない」

「もし俺が本気で寝返っていたらどうするつもりだった」

「濃度を二十パーセントに上げるだけです」

三桶がこともなげに答えた。

「……三桶。お前と組むのはこれっきりにするよ」

ソファから起き上がる。ようやく意識が完全に戻った。溝口は背もたれにかけてあった上着に腕を通し始めた。

「二人はどうした」

「奥の倉庫に監禁してあります。もちろん、東山とは別々ですよ」

「すまんな、おやじ。今の俺たちはあんたに頼るしかない。ついでと言ってはなんだが二、三日、連中の世話を頼む。決して迷惑はかけない」

「溝口さんよ。あんたを信用できるのか」

「もちろんだ」

「怪しいもんだ。ただ、彼は信用できそうだ」

橋田が顎で三桶をさす。

三桶が、「そのとおり」と満足げに頷いた。

舌打ちしながら、溝口は立ち上がった。

「一人、一泊二食付で五十万円なら受けてくれるか」

「大盤振る舞いだな。国家財政は大丈夫か」

橋田がにやりと笑う。

三桶を連れて溝口は事務所を出た。

午後九時
都内　外堀通り

治安出動下令前の情報収集活動など噴き飛んだ。誘拐、警察官二名の行方不明事案の容疑者、外から見れば溝口は正真正銘の犯罪者だ。

溝口は、秘匿携帯で高岡へ連絡を取った。まず、東山から得た再処理核燃料貯蔵施設の情報と、そこから導いた自身の推論を伝えた。さらに、八神に関する情報を指揮所の連中に予《あらかじ》め報告しておくよう依頼した。

〈三佐。重大な事実を突き止めました〉

溝口の指示を確認してから、高岡が信じられない情報を伝えた。

プルトニウム燃料襲撃犯の正体。

さらに、高岡がこう忠告した。

〈あとは私がやりますから、しばらく姿を隠された方が良いと思います。警務隊が血眼になって三佐を追っています〉

溝口を取り巻く現実は抜きさしならない。

「すまんな、高岡。なら、余計に俺は中央指揮所へ行かねばならない」

〈……そうおっしゃると思いました〉

「もし俺が拘束されたらあとを頼む」

そう言って溝口は携帯を切った。次の燃料輸送開始まで十一時間を切った今、選択肢はかぎられている。迷いはない。あるのは焦燥だけだった。

三桶の運転する車で溝口は市ヶ谷へ向かっていた。

外堀通りを走り、四谷見附の交差点を過ぎる。

「三佐。プルトニウム燃料襲撃犯は、明日の燃料輸送を再び攻撃するでしょうか」

「間違いない。陸自はそれを待って勝負をかけるつもりだ。下手《へた》をすれば市街戦になる」

「北でもない。影の組織でもない。第三の組織が再び姿を見せるわけですね。それにしてもなぜ、これほど事態がこじれたのでしょう」

「影の組織の迷走だ。陸自のトップを殺害するなんて狂っているとしか思えない。めったやたらに関係者の命を狙うほど、連中は狼狽《ろうばい》している。その理由の一つに、あの施設の秘密に感づいた北の動きがある。影の組織とプルトニウム燃料襲撃犯の戦いに、北の工作員が首を突っ込んだことで話が複雑になり、影の組織は焦燥を募らせた。そんな中、北と影の組織の対立に巻き込まれたのが八神氏だ。ただ、事態をこじらせたのは北だけじゃない」

「他には?」

「俺たちだよ。影の組織が命を狙った五人のうち、ワディフ、陸幕長、東山の三人は、俺たちのせいで命を狙われることになった」

「なぜ、三佐は国内に影の組織が存在すると感づかれたのですか」

「一つは、陸幕長が残した『非は我々にある』という言葉だ。あの一言が俺の頭の中で、もつれていたものを解きほぐしてくれた。もう一つは東山の証言だ」

車は市谷本村町《いちがやほんむらちょう》の交差点へ向けて外堀通りを左折する。

坂を下った車は、靖国通りを横断して防衛省の正門へ入る。

見慣れた正門の様子がいつもと違う。警備員ではなく、警務腕章を着用した二人の警務官が車の前に立ちはだかった。

溝口は制帽のつばを引き下げた。ここで拘束されるなら強行突破するしかない。

そっと右手を背中に回す。

右の警務官が運転席に近づく。

半分だけ窓をおろした三桶の右足はアクセルにかかったままだ。

「身分証明書をお願いします」

警務官が敬礼を向ける。

もう一人の警務官がなにかに気づいた。首を傾《かし》げてこちらへ歩き始めた。

腰のベルトへ押し込んだ9ミリ拳銃の銃把《じゅうは》に、溝口の指先が触れた。

「陸曹長。その車はいいんだ」

どこかで聞いた声がした。

左の面会受付所から出てきたのは情報本部の中山一佐だった。

「二人は大至急、陸幕に出頭しなければならない。通せ」

「了解いたしました」

警務官が進路をあける。

三桶がゆっくりアクセルを踏む。

バックミラーの中で一佐が溝口たちへ小さな敬礼を送るのが見えた。

三桶が安堵《あんど》の息を腹の奥から吐き出した。

正門の奥、正面階段の手前で右折した車はD棟前の儀仗《ぎじょう》広場へ続く坂道を上がる。A棟の地下一階にある東側入口は、坂をのぼり切った突き当たりだ。

広場に停《と》められた車列の陰、A棟から死角になる位置に三桶が車を停める。

「一尉。お前はここで待て」

溝口はドアのノブに手をかけた。

三佐、と三桶が呼び止めた。制帽を取った三桶が、右手で髪をかき上げる。

「三佐。あなたは言い出せば聞かない不器用で頑固な上官です。そうかと思えば情にもろく、あと先考えずにとんでもないことをしでかす。まったく世話の焼ける人です。ですが、この事案が解決し、もし私が任務に復帰することが許されたなら、またご一緒させて下さい」

制帽を目深に被《かぶ》り直した三桶が敬礼を向ける。

「一尉。お前、なにをするつもりだ」

「警務官は私が引きつけますから、三佐はあとからきて下さい。三佐が無事に中央指揮所へ入るためにはこれしかない」

「ばかを言うな。それに……」

「三佐！」と三桶が溝口の言葉を遮った。

「三佐。今だけは私の指示に従って下さい」

溝口の返事も聞かないうちに車をおりた三桶が、A棟に向かって歩き出した。

溝口も車をおりる。

ついに二人になった。恐るべき陰謀が渦巻いているのに、それを止められるのは、裏切り者、犯罪者、腰抜け、あらゆる罵声を浴びせられてきた二人だけだ。

上出来だ。

これも、溝口らしい幕の引き方だ。

「陸上幕僚監部運用支援・情報部の三桶だ。これから中央指揮所へ向かう。そこをあけてくれ！」

三桶の声に、入口で待機していた十人ほどの警務官たちが顔を見合わせる。

三桶が後ろ手に、「駐車した車列の方向へ進め」と溝口に伝える。溝口は車の陰に隠れながらA棟へ近づく。三桶が警務官の群れに向かって駆け出す。警務官たちが横に広がった。三桶がその中へ飛び込む。激しいもみ合いが始まった。

靴音が錯綜し、怒号が飛び交う。

騒ぎの隙を縫って、溝口はA棟へ駆ける。

警務官が溝口に気づく。こちらを指さして、なにかを叫ぶ。

突然、A棟の中から警務官が溢れ出た。

溝口は周りを取り囲まれた。四方から手が伸びてくる。

どけ。群がる警務官をかき分けて進む。腕を捻《ひね》られるが、押しのける。どけ、どくんだ！

襟首を摑んだ手を払いのけ、目の前の警務官に喉輪を食らわせる。

なにかが首を締めつける。ついに足が止まった。

「放せ！　俺は中央指揮所へ行かねばならない。放せ！」

後ろから羽交い締めにされた溝口は、周りから伸びてくる何本もの手をはねのけながらもがいた。

ここまでか。屈辱に体が震え、奥歯が鳴った。

「待て！」

儀仗広場に太い声が響いた。

警務官の動きが止まった。

大山だった。

押さえ込まれた溝口に、大山が歩み寄る。

肩で息をする溝口の鼻先に大山が顔を寄せた。

「三佐。お前、自分のしたことはわかっているんだろうな」

溝口は大山を睨《にら》み返した。

「なぜ、のこのこ出てきた」

「お伝えしなければならないことがあるからです。それが終われば、すべては部長にお任せします。十分で結構です」

ふん、と鼻を鳴らした大山が警務隊長へ顔を向けた。

「二人は私が責任を持つ。放してやれ」

ついてこい、と大山が先を行くと、警務官の群れが左右に分かれる。その中を溝口と三桶は進んだ。好奇、嘲《あざけ》り、怒り。愚かな囚人を遠巻きにする視線が、溝口と三桶に突き刺さる。

地下一階の廊下を抜けた三人はエレベーターに乗った。

「部長。ご配慮、ありがとうございます」

溝口は素直に頭を下げた。

「私にではなく、中山一佐と高岡一尉に礼を言うんだな。情報本部も捨てたもんじゃあるまい」

大山が背中で言った。


第二回のプルトニウム燃料輸送に備え、中央指揮所では、陸自の幹部が楕円形の会議机を囲んでいた。陸幕監部より益子陸幕副長、篠原防衛部長、熊坂監理部長の三名、さらに情報本部から高岡一尉、そして統合幕僚監部の大山防衛計画部長。

目を伏せたまま机の上で書類を整えていた高岡が、そっと右手の親指と人さし指を丸めて「ＯＫ」のサインを溝口に送った。

「警務隊は外で待たせてある。十分だけだぞ」

大山がいつもの席に腰かけた。

溝口は呼吸を整える。三桶を隣に座らせ、自分は立ったまま話し始めた。

「プルトニウム燃料襲撃犯についてご報告する前に確認させて頂きたいことがあります。事案当夜の会議において、奪われたプルトニウムは核兵器の製造に使用されるというコンセンサスがすでにできあがっていました。なぜですか」

「お前の言うことは、わからんな」

思いもしなかった溝口の問いかけに、大山が唇をひん曲げる。

「輸送されていた核燃料、すなわちプルトニウム燃料は再処理で回収された酸化プルトニウムと天然ウラン、または同じく再処理で回収された減損酸化ウランが半々の比率で混合されたものです。そのままでは核兵器の材料になりえません。核爆弾を製造するために必要なプルトニウムはプルトニウム239でなくてはならず、しかもその純度は九十三パーセント以上、さらに金属状に精製されている必要があります。犯人が核兵器開発のためにプルトニウムを奪ったとお考えなら、取りも直さず積み荷は再処理核燃料ではなくプルトニウム239であったことを認めたことになります」

「誰もそんなことは言っておらん」

大山の眉間に深い溝が刻まれた。

「いえ、一人いらっしゃいます」

「誰だ」

「そうおっしゃいましたよね」

溝口は篠原防衛部長へ目を向けた。

「覚えてないな」

不意をつかれた篠原の目が泳ぐ。

「そうですか。変ですね」

溝口は大袈裟《おおげさ》に驚いてみせた。

発電所の原子炉内でウラン燃料が燃焼した結果、プルトニウム239が生成されるが、その純度は兵器級には劣る。小型で高性能の核爆弾を製造するためには、もっと高濃度のプルトニウム239が必要となるのだ。

ところが、そう簡単ではない。

原子炉内で燃焼させたウラン238が中性子と反応して生まれるプルトニウム239は、放っておけば中性子を吸収して高次の同位体プルトニウム240へと核変換してしまう。

そのため原爆用プルトニウムを生成するためには、プルトニウム239の濃度が九十三パーセント以上となるよう原子炉内の滞在時間を考え、再処理する必要がある。プルトニウム239を製造するということは、最初から核兵器の原料とする意図が必要なのだ。

「なんのために我が国がプルトニウム239を製造したと篠原部長はお考えですか」

「君の誤解だ。私はそんなことは言っていない」

「ではこれをご覧下さい」

溝口が指を立てると、三桶が大型ディスプレイ上に一枚の衛星写真を映し出した。

「高岡一尉から報告を受けられたと思いますが、これはＮＲＯ、米国国家偵察局から入手した衛星写真です」

写真の左側にうっすら浮かび上がる丸印とその中央に書かれた数字を、溝口はポインターでさした。

「ここに書き込まれた数字２３９はプルトニウム２３９のことだと思われます。つまり、この印が再処理核燃料貯蔵施設の場所に記されているということは、それがこの場所に存在することを意味している」

「施設は一部の関係者の間では『サイト３』と呼ばれています」

高岡が説明をつけ足す。

篠原が居心地《いごこち》悪そうに体を揺すり、指揮所が沈黙した。

「サイト３にプルトニウム２３９が存在することをなぜ米軍が摑んでいた」

熊坂監理部長が問う。

「だから衛星で撮影したのだろうが」

大山が顔をしかめる。

「偵察衛星ではプルトニウムの検知などできません。ＫＨ－12であろうと、ラクロスであろうと不可能です。彼らは他の方法でこれを知ったのです」

溝口はポインターを机の上に置いた。

「核兵器拡散監視センサつきの偵察機を飛ばしたと考えます」

「日本の上空をか？　ばかな。不可能だ」

はっ、と大山が鼻から嘲弄《ちょうろう》の息を吹き出した。

それが事実なら自衛隊の沽券《こけん》にかかわる。

「ブルールートに沿った訓練飛行の名目なら簡単です。サイト3は正規のブルールートからは外れていますが、もともと、航空法の特例法によって飛行高度や飛行コースの制限も免除されている米軍のことです。不可能ではありません」

訓練飛行と称して日本国内では、米軍のために五つの空域を設けている。オレンジルート、イエロールート、ピンクルート、パープルルート、そしてブルールート。ブルールートの空域は中部地方を縦断し、乗鞍岳→黒部《くろべ》ダム→新小滝川《こたきがわ》発電所→飯山《いいやま》駅→奥只見《おくただみ》ダム→越後《えちご》山脈→小国《おぐに》町→北俣《きたまた》山、そして新潟沖・粟島《あわしま》へ抜けるコースだった。

机に両手をついた溝口は、語尾に力を込めた。

「納得できる答えをお願いしたい。なぜ我が国にプルトニウム239が存在したのですか。その答えを篠原部長はご存じのはず。米軍は偵察機を飛ばしてまで、サイト3に注目した。サイト建設の目的こそが事案の核心です」

「どうやって」

「本当か、部長」

低い鼻から外した眼鏡《めがね》を机に置いた大山が、親指と人さし指で眉根をつまむ。

篠原が取りすました表情でそっぽを向いた。

溝口は言葉を続ける。

「北以外に核兵器開発を目的としてプルトニウム239を保有しようする国が、もう一つ存在する」

「どこだ」

「我が国です」

溝口の声が指揮所に響いた。

顔をこわばらせる者、うつむく者、陸将補たちの反応が分かれる。

「プルトニウム239は再処理核燃料貯蔵施設に輸送され、保管される予定だった」

それが今回の事案の本質だ。

指揮所全員の視線を受け止めながら溝口は背筋を伸ばした。己の推論が事実だという確固たる自信はある。陸将補たちが溝口の言葉になにを思ったかは定かではない。しかし席を立つ者はなく、指揮所全体が押し黙っていた。

熊坂がことの真偽をはかりかねる視線を、篠原と溝口の間でさまよわせる。

「篠原部長、新日本エネルギー開発機構についてお伺いしたいことがあります」

溝口は言葉を繋《つな》ぐ。

「なぜそんなことを私に聞く」

「サイト3が再処理核燃料の貯蔵施設となってから、工事は新日本エネルギー開発機構が発注するようになった。そして、その建設には防衛部施設課がかかわっている。このこと自体も不自然ですが、もっとおかしなことがあります。新日本エネルギー開発機構に関する会計検査の実態が不明です」

会計検査院の検査対象は、税金が投入されている全分野、つまり政府関係機関など国が出資している団体、国が補助金や財政援助を与えている自治体、さらに、日本銀行や国立大学法人など、国が資本金の二分の一以上を出資している法人だ。

当然、『独立行政法人新日本エネルギー開発機構』もその一つだ。

「新日本エネルギー開発機構に対する会計検査は書面検査だけで終わっています。一度もサイト3に出向いて実地検査を行っていない。多額の事業費を使いながら。これでは工事の内容について書類の記載事項と相違があってもチェックすることなどできません。なぜこの独立行政法人にだけ、このような甘い検査が行われていたのか、陸将補はご存じのはずです」

「私は会計検査院の人間ではない」

「サイト3の本当の目的が漏れることを恐れたからですね」

「知らんな」

篠原の声が上ずる。

「プルトニウム燃料襲撃犯とサイト3建設の目的には密接な関係があります。なにより重要なことは、襲撃犯の目的がプルトニウムの強奪ではないということです」

「理由は」熊坂が体を捻って、溝口を見た。

「例えば、イスラム過激派です。核兵器の製造に必要となる資金や人材を考えたとき、プルトニウム爆縮型の原爆をイスラム過激派が製造することは不可能です。そもそも彼らにはプルトニウムを奪取する理由がありません」

「北はどうだ」

「高岡一尉から報告があったと思いますが、北は東亜大学の八神准教授に接触を試みた。彼を協力者に仕立てるか、誘拐することでサイト3の秘密を手に入れるつもりだったにちがいない。ただ、北朝鮮はすでにプルトニウム製造炉を保有していますから、プルトニウムを奪う必要はありません。連中がワディフから拳銃を調達した理由も、今回の事案と直接に関係はなかったと考えます。ただ今月初めにプルトニウム239の輸送が行われることを彼らは摑んでいた。我々がサイト3を本格的に稼働させると見たのでしょう。キムはその秘密を探るために潜入し、そして八神

かったのです」

氏に接触を図ろうとした。それでも正面切って自衛隊に戦いを挑む腹は、北にはな
「話が違うぞ。君は襲撃犯が北の特殊部隊だと報告したではないか」

「誤りでした」

「北でないなら、誰がなんの目的で我々を襲撃したのだ」

「彼らの目的は、極秘にプルトニウム239を製造した我々に対する制裁です」

「制裁だと。では襲撃犯の正体は」

「米国の特殊部隊です――」

指揮所がどよめく。啞然《あぜん》と目を見開く者、小声で囁《ささや》き合う者、反応は様々だ。

腕時計に視線を落とした篠原が指揮所の混乱をかき分けるように声を荒らげた。

「大山部長。十分経《た》ちました。三佐の駄弁はここまでにして頂きたい」

「部長、認めたくないようですね」

「当たり前だ。相手は同盟国だぞ」

「その思い込みが真実の解明を遠ざけた」

溝口は円卓の端に座る高岡へ合図した。ここからは情報本部の出番だ。

溝口に代わって高岡が立ち上がる。

陸将補たちの目線が、一斉に高岡を向く。

「私からも、ご報告させて頂くことがあります」

大型ディスプレイ上に、中部地方の日本地図が映し出された。

「我々は襲撃犯の侵入、逃走経路を特定するために現地で聞き取り調査を行いました。当初、襲撃犯は逃走に車両を使ったと考えておりましたが、どうやらそうではなさそうです」

陸将補たちの反応をたしかめながら、高岡が指揮所内を見回す。

「こちらをご覧下さい」

高岡が地図上に幾つかの光点を明示させた。その点は碓氷峠から軽井沢を通り、佐久穂町《さくほまち》を抜け、国道141号線沿いに南下して小海町《こうみ》、北杜市《ほくと》を経由し、韮崎《にらさき》へいたる。

「現地での調査結果から興味深い事実が浮かび上がりました。事案の夜、すさまじい爆音を聞いたとの苦情が、警察や役所に複数寄せられていたのです。マフラーに穴が空いたバイクを思わせる腹に響く爆音とのことでした」

苦情を寄せた住民、周辺住民への聞き取り調査によって爆音の確認された地点が、地図上の光点だった。

「音は午後十時前に一度、南から北へ。その四十分後、今度は北から南へ通過しています」

陸将補たちが息を潜めた。高岡が続ける。

「問題はその先です」

ディスプレイ上に新しい光点が現れた。韮崎からさらに南へ延びた点は甲府《こうふ》市の西をかすめ、富士川沿いに南下して身延《みのぶ》町を経由、最後に清水《しみず》市の東で駿河《するが》湾に出ると、その先の駿河湾上に大きな赤い点が灯《とも》った。

「なんだ、あの点は」熊坂が眉をひそめる。

「第七艦隊のロナルド・レーガンです」

『スーパーホーネット』戦闘攻撃機および『グラウラー』電子戦機が計五十機、ほか『ホークアイ２０００』早期警戒管制機、『グレイハウンド』輸送機、『シーホーク』哨戒《しょうかい》ヘリコプターなどを搭載可能な米第七艦隊所属の空母、それがロナルド・レーガンだ。

「三佐の助言で、私はすべての情報を洗い直し、一つの結論に達しました。つまり、ここが襲撃犯の潜伏場所です」

それこそが高岡の解答だった。

「事案当夜、駿河湾上で空母ロナルド・レーガンはヘリによる救難訓練を行っていました。これに紛れて飛び立ったヘリが、地図上のルートを通って現場まで飛行し、襲撃犯を回収したものと思われます」

　高岡の仮説に篠原が呆れ顔に変わる。

「ばかを言うな。それが事実なら当夜のバッジシステムの記録を調べればわかるではないか」

　国籍不明機の探知、識別は空自の誇るバッジシステムによって行われている。仮に事案の夜、国籍不明機が現場周辺を飛行していれば、その情報は中部航空警戒管制団指揮下の防空監視所から入間《いるま》の防空指令所に送られていたはずだ。

　高岡が語調を強める。

「先ほど確認しましたが、特に不明機の報告は上がっていません」

「ならば問題ないじゃないか」

「ＭＨ－60改良型のステルスヘリを使用したと考えます。それからもう一つ。事案当夜、御前崎《おまえざき》のレーダーサイトには米軍の将校が詰めていました」

「なぜだ」

「ロナルド・レーガンから飛び立ったヘリがやむなく予定外のコースを飛行した場合、それを国籍不明機とした誤認情報が防空指令所に流れて無用な混乱を招かないためとの理由です。当夜の警戒管制判断はすべて彼に任されていました」

「空自の当直空曹は、スコープの前に座っていなかったと」

「少なくとも一人ではなかった」

背中を反らせる者、額に手を当てる者、陸将補たちの表情には高岡の報告を認めたくない拘《こだわ》りと、認めざるをえない脆《もろ》さが同居している。

高岡が襲撃のシナリオを説明し始めた。

車に分乗した特殊部隊は、群馬方と長野方の二手に分かれる。峠の麓で待機した群馬方の小隊は、運搬車が通過直後、旧道に通行禁止の偽装を行ってから直ちに撤収する。一方、長野方の小隊は、峠のおり口で通行禁止の偽装を行ってから襲撃地点で待機する。車は先に帰し、プルトニウムを奪取した後、キャスクとともに迎えのヘリで空から逃走した。

影のように現れ、霧のように消える。完璧な作戦だった。

机に両肘をついた大山が顔の前で指を組む。

「同盟国である米国が、日本が密《ひそ》かにプルトニウム239を製造していることに怒り、制裁を加えたと?」

溝口は頷いた。

「私がプルトニウム燃料襲撃犯を米国と断定した理由がもう一つあります。アムスラーの来日目的です。そのときの会談内容を明らかにして頂ければ、すべてはっきりするはずです。私の推察では、アムスラーはサイト3の建設目的をたしかめにきた」

「寺田陸幕長を襲撃したのも信頼するに足るはずの同盟国か」

違います、と溝口は首を横に振った。

「本事案には、もう一つ重要な点があります。碓氷峠以降に発生した事案には、三つの組織がかかわっている。米国、北、もう一つは国内に存在する影の組織です」

「組織とは」

「サイト3の秘密にかかわる者たち。機密を守るために仲間を処分することすらいとわない連中です」

溝口は、日向のときと同じ推論を陸将補たちに伝えた。ワディフの殺害、准教授の殺害未遂、寺田陸幕長の襲撃、イェーガーの殺害、そして東山理事長の襲撃、すべてが機密を守るためだったと。

「彼らにとって、サイト3の秘密が漏れそうになった出来事は三度ありました。最初は八神氏の論文です。私の調査が混乱した理由は、八神氏をマークしていた北が、余計なプレーヤーとして現れたからです。北の存在がちらついたせいで、真実が見えにくくなっていた」

「二度目はプルトニウム燃料襲撃か」大山が確認する。

「はい」

「三度目は」

「私の調査です。私が突きとめた容疑者や参考人の中に、影の組織が機密漏洩《ろうえい》を懸念する人物がいた。つまり、私の動きが影の組織を刺激してしまったのです。ワディフは私が拘束しなければ殺されることもなかったでしょう」

溝口はもう一度、室内を見回した。

「影の組織に私の動きは筒抜けだった。すべてはこの場から情報が漏れているからです」

「寺田陸幕長が襲われた理由は？」

大山が畳みかける。

「影の組織にとって寺田陸幕長が邪魔になった理由は二つ。一つは、事案発生当日の指揮所で陸幕長が垣内一佐拉致への懸念として核兵器開発計画の存在を匂わせた。もう一つ。七月九日、陸幕長が襲われる前日の会議にあると考えます。あのとき、陸幕長は独断でそれまでの命令を変更し、『どんな手を使っても襲撃犯を追い込み、彼らの身柄を確保しろ』と私に命じた。陸幕長がサイト3の秘密に感づいているという疑念と事案解決への陸幕長の引かない意思に、組織は危機感を持ったのです。当初、襲撃犯を特定したかった組織は私を泳がせ、利用していた。そんな私が陸幕長の新たな命令で、さらに真実へ迫ることのリスクも含め、九日の会議の時点で影の組織にとって、陸幕長は邪魔者以外の何物でもなくなったということです」

「三佐、君の推論がすべて正しいとしよう。それでも篠原部長が組織の一員だという根拠はプルトニウム239の発言だけか」

　溝口は強く篠原を見据えた。

「部長、九日の会議で、唯一、陸幕長の方針に反対されたのはあなたです」

「三佐、さっきから黙って聞いていればいい気になりおって。もうたくさんだ。大山部長、警務隊を呼んでもらいたい」

　円卓を回り込んだ溝口は、篠原の前に立った。

「ならば、私が拘束している東山理事長と日向を尋問しますか？　あなたとあなたの組織は、サイト3の秘密を守るため、三人を殺害し、二人の命を狙った。私に言わせればあなたはとんだ間抜けだ」

　溝口の侮蔑に、篠原の顔が真っ赤に紅潮する。

「あなた方はプルトニウム燃料襲撃犯を、本気で北の特殊部隊だと信じていた。陸幕長の殺害や東山の襲撃にプルトニウム燃料襲撃犯の手口を使ったのは、北の犯行に見せたかったからだ。もう一つ。事案後に公安が実施した北の工作員と土台人《どだいじん》の一斉検挙もその証拠だ。かたや、米国の干渉を恐れて情報を遮断することばかり考え、『日米の安全保障に影響をおよぼすような事態が発生すれば、我々は直ちに行動を起こす準備がある』というアムスラーの言葉に潜む真実を見落とした。プルトニウム燃料を奪ったのは北に違いない、という思い込みが事態への対処を遅らせ、混乱させたのです」

溝口は篠原を見据えた。

「もう一度言います。なんて間抜けなんですか」

午後十一時
群馬県　北群馬郡　榛東村《しんとう》　第十二旅団相馬原駐屯地

特殊作戦群第一中隊の瀬島小隊は第十二ヘリコプター隊所属のUH－60JAブラックホーク二機に分乗し、『サイト3』の警備に赴任するため、相馬原《そうまがはら》駐屯地から離陸しようとしていた。

「小隊長、全員整列いたしました」

瀬島は二十三名の部下の前に立った。日焼けして骨ばった顔が、鍛え上げられ、隆起した肩の上に乗っている。厳しい選抜基準を経て筆記、実技試験をパスし、半年にわたる過酷な訓練を耐え抜いた猛者《もさ》たち。デルタフォース（米陸軍特殊部隊）、SEALs（米海軍特殊部隊）に勝るとも劣らない陸自の誇る特殊部隊だ。

横一列に整列した彼らの装備もまた、一級品だった。

アラミド繊維と難燃性繊維を多重に織り込み、短銃の弾丸なら完全防弾可能な迷彩戦闘服は赤外線、紫外線対策の特殊加工が施され、暗視装置からも見えにくい。5・56ミリFNSCAR小銃のバレル下にはM203グレネードランチャーを装着している。

その他にも、96式40ミリ自動てき弾銃と110ミリ対戦車榴弾《りゅうだん》を携帯する。

「休暇を十分に満喫したか」

珍しい瀬島の軽口に隊員たちが苦笑を返す。

「では行こうか」

瀬島は口元を引き締めた。いつものように山ごもりが始まる。

小銃を肩にかけ、戦闘背《はい》のうを背負った隊員たちが、担ぎ上げた装備品とともに、二列縦隊でヘリへ向かう。二機のヘリに分かれ、それぞれのキャビンドアから乗り込んだ彼らは、向かい合った兵員用シートに腰かける。

瀬島は編隊長機レッドリーダーの副操縦士席へ乗り込んだ。

「ようこそ瀬島陸曹長。本日はサービスデーでマイルはいつもの倍づけだ」

機長の松下《まつした》三尉が微笑みで迎える。

「三尉。よろしくお願いします」

〈レッド1、離陸準備完了〉

無線を通じて僚機からの報告が入る。

瀬島は松下に親指を立てた。計器チェックを終えた松下の右手が、エンジンの始動スイッチを押した。ヒューンという風切り音を発しながらインペラーが空気を切り刻み始める。タービンの始動するかん高い金属音と、腹に響く排気音が響き、ブラックホークが目覚めた。機体が小刻みに震え、ローターが風を切る音とエンジンの爆音が全身を覆う。

機体の周囲で砂塵《さじん》が渦を巻いて舞い上がる。

松下がヘッドセットのマイクに向かって離陸許可を求めた。

「タワー、462、リクエスト、テイクオフ」

〈462、テイクオフ〉

コレクティブ・ピッチ・レバーを一気にアップして、メーン・ローター・ブレードのピッチを最大にした松下は、同時に左ペダルを踏み込んだ。十トンの巨体が宙に舞い上がった。

目的地までおよそ五十分の空の旅が始まる。

午後十一時十三分

防衛省A棟　中央指揮所

溝口たちの謎解きが波紋となって指揮所内を包み込んでいた。事実を認めたくない陸将補たちは好き勝手に声を上げ、まとめ役を失った議論は迷走を始める。

椅子に腰かけた溝口は沈黙し、机の上で掌《てのひら》を合わせた高岡は静かに目を閉じていた。

雑音と怒鳴り声が交錯する円卓の向こうで、熊坂昭夫監理部長が受話器を取り上げた。周りの雑音で相手の声も聞こえない様子だ。受話器と反対の耳に掌を当てながら話す彼の顔から、みるみる血の気が引いていく。

ざわつく出席者の隙間から、溝口は高岡へ目配《めくば》せした。

送話口を押さえた熊坂が叫ぶ。

「第十師団司令部より連絡。サイト3が何者かの攻撃を受け、現在交戦中！」

潮が引くように怒号が消え失せ、全員の視線が受話器を握り締めた熊坂へ注がれた。

やられた。

溝口は唇を嚙《か》んだ。陸自の総力がプルトニウム燃料輸送ルートに集中することを見越した米国は、その裏をかいて貯蔵施設を攻撃してきたのだ。

「詳しい状況を報告しろ」大山が口泡を飛ばす。

「師団司令部にもまだ詳細は伝わっておりません」

「それではらちが明かん。サイト3と直接繋がるか」

「やってみます」

熊坂がサイト3の警備に当たる第三十五普通科連隊の第二小隊を、防衛マイクロ回線を使って呼ぶ。

「繋がりました」

「私が取る」大山が目の前の受話器を引っ摑んだ。

「おい、スクランブルは大丈夫だろうな」

大山の右手を押さえながら、熊坂が叫んだ。

「確認しました」

ヘッドセットをつけた通信員が声を上げる。

「スピーカーに流せ」

顔を紅潮させた大山が叫ぶ。

なにかが爆《は》ぜる音、金属が擦れ合う音、長靴《ちょうか》が走り過ぎる音。スピーカーがわめき散らす。その向こうから隊員の絶叫が飛び込んできた。

そこは戦場だった。

「私は統合幕僚監部の大山だ。そちらの状況を送れ」

〈私は第一普通科中隊第二小隊長の鈴木《すずき》陸曹長です。現在、敵の攻撃を受け応戦中〉

「敵は確認できたのか」

〈まだです〉

「戦闘の状況は」

〈圧倒的な火力で攻撃されています。現在、立坑《たてこう》直下の設備区画で応戦していますが、間もなく防衛ラインを破られます。当方の被害甚大《じんだい》！　至急、応援を要請します〉

　次の瞬間、無線が伝えるサイト3の状況に明らかな変化が現れた。

　鈴木の声が途切れ始めた。

　その背後でなにかが崩れ落ちる音が響く。

「了解した。直ちに応援部隊を派遣する。それまでなんとしても持ちこたえろ」

　激しい銃撃音、爆発音、叫び声。電波障害と思われる雑音で鈴木の声がかき消された。

　交錯する悲鳴が続く。

〈たった今防衛線が……突破……〉

　そこで連絡が途切れ、同時にサイト3内の監視カメラ映像もブラックアウトした。

　敵は燃料輸送ではなく、サイト3を直接攻撃した。予想もしなかった事態に出席者全員の腰が浮きかけている。

「特殊作戦群の瀬島小隊はどこにいる」

「現在、ヘリでサイト3に移動中です」

「急がせろ！　他に投入できる部隊は！」

　そのときだった。部長、と熊坂が大山を呼んだ。

「対策本部の統幕長です」

　一瞬、大山が声を失う。全員の視線が大山に集まる。

　額の汗を拭ってから大山が受話器を受け取った。

「はい、大山です。……、いえ、詳細は不明です。現在、第十師団司令部に増援を指示しましたが、おそらくテロ組織による攻撃と思われます。………、いいえ、プルトニウム燃料強奪事案と同一犯かどうかは断定できません。……はい……はい。万全を尽くします」

　受話器を置いた大山が益子陸幕副長を向く。

「陸幕副長、事態対処への指揮権は君に与えられた。第一空挺団《くうていだん》と第十師団の全部隊に出動命令。第十師団には明野《あけの》のヘリを使わせろ。急げ。統幕長には私から報告する」

「部長。中隊の準備と明野からヘリが到着するのに一時間はかかります」

「遅い！　なんのために全部隊が第三種の即応態勢を敷いていた」

「落ち着いて下さい、部長。今回の即応態勢は治安出動が主たる目的です。普通科連隊のヘリによる移動など想定していません」

益子に諫《いさ》められた大山が口をへの字に曲げる。

「おい、瀬島陸曹長はまだか」

「お待ち下さい。どこかで妨害が入っているらしく、呼び出せません」

ヘッドセットに手を当てながら、通信員が周波数や中継方法を変えながら第十二ヘリコプター隊を呼び続ける。

熊坂監理部長が、大型モニターに映し出された御母衣湖周辺の地図を見上げる。

「サイト3への攻撃もプルトニウム燃料襲撃犯なら、そして、溝口三佐の推理どおり彼らが米国の特殊部隊なら、将来、核兵器開発に繋がる可能性があるという理由で日本国内の施設を攻撃するなど主権の侵害だ」

「それより、陸幕長や医大の襲撃事件も含めて、本事案を隠し通すことはもはや不可能です。日米安保体制の根幹が揺らぐことになる」

益子陸幕副長の的外れな呟《つぶや》きに、高岡が苦笑で応える。

「皆さんは米国の核拡散防止に対する決意を甘く見られているのではありませんか。

二〇一六年、国防長官が、北朝鮮が核で米国を攻撃できる能力を持ったら、先制攻撃も辞さない姿勢を打ち出した。それはそのまま我が国にも当てはまる」

「なぜ」

「一つは、東アジアでの核拡散防止です。もし、我が国が核兵器保有国になれば韓国、台湾も反応します。二点目は東アジアの不安定化防止です。日本海を挟んで、中朝韓日の四カ国の緊張が起きる。三点目は、もっと感情的な問題、つまり同盟国の裏切りは許さないという強い決意の示唆です」

「我が国と米国のあいだには日米安保条約がある」

益子の言葉に、高岡が首を振る。

「日米安保条約は、我が国と極東の平和および安全に対する脅威に備えた、防衛的性格の条約です。もし我が国が極秘にプルトニウム239を貯蔵すれば、それは防衛的性格のものでもないし、それこそが極東の平和および安全に対する脅威です。つまり日本が安保条約に違反したと米国が判断してもおかしくない」

「米国の判断とそれにどのような対抗措置を行うかは政治問題だ。我々は、この危局をなんとしても防ぎ切り、自衛隊の存在意義を死守せねばならない。そのために我々がなすべきことは、襲撃犯を殲滅《せんめつ》してサイト3を守ることだ」

大山が腕を組む。

待って下さい、と益子が小さく掌をかかげてみせる。

「殲滅するですって？　敵が米軍であってもですか」

「特殊部隊が全滅しても、米国は公式には認めまい。それに日米安保体制にヒビが入れば、中国の思う壺《つぼ》だ。米国もそんなことは百も承知だろう」

幹部たちの底の浅さに溝口は耳を疑った。これが今、このときに必要とされている議論なのか。彼らはいったい、なにを守るつもりなのだ。

「あなた方は姑息《こそく》だ」

「今、なんと言った！」

顔を歪めた篠原が立ち上がる。

「おやめ下さい！」

三桶が叫んだ。

指揮所では個々の心がばらばらに飛び散っていた。神に見放された連中が雁首揃《がんくびそろ》えて鎮座していた。

「大山部長。先ほどの無線連絡で鈴木陸曹長が圧倒的な火力と報告した。待ち構えるのは最新の装備を整えた特殊部隊ですよ。瀬島小隊をこのままサイト3へ向かわせるのは危険です」

大山が大きく頭を反らせて目を閉じる。

「陸幕副長！」

溝口は益子へ目線を移す。表情をこわばらせた益子は、ちらりと視線を返しただけで一言も発しない。

そして時間だけが確実に過ぎて行く。

「無線、繋がりました」

通信員が大きく右手を上げた。

午後十一時二十五分
長野県　松本市上空

瀬島たちを乗せたヘリは碓氷峠を越え、軽井沢から国道18号線沿いに上田《うえだ》市へ達すると、そこで左旋回して国道１４３号線沿いに美ケ原の北をかすめ、松本市上空を通過していた。足下を流れるかすかな夜景、風に流れる爆音。

瀬島は前方の闇を見つめていた。

釈然としないものが心に沈殿している。プルトニウム燃料襲撃事案の真相も明らかにならない。サイト３の警備に就く瀬島にとっては気がかりだ。

もう一つは八神のことだった。八神に対する調査が溝口の預かりとなった今も、彼への個人的な拘りを捨て切れない。

突然、無線が瀬島を呼んだ。

〈こちら中央指揮所だ。瀬島陸曹長、聞こえるか〉

中央指揮所？　瀬島はヘッドセットのマイクを口元に引き寄せた。

「瀬島です」

〈私は陸幕副長の益子だ。サイト3が攻撃を受け、現在交戦中だ。たった今から貴君への作戦指示はこちらから出す〉

戸惑いに瀬島は言葉を失った。機長の松下が不安げにこちらを見る。

「……了解しました。小隊はあと二十分で現着します。指示をお願いします」

〈誘導弾の攻撃に注意しながらサイト3に到着後、全火力を投じて襲撃犯を制圧しろ。ただし、くれぐれも慎重に行動すること。相手の数や火力の規模は不明だ〉

真の戦場が自分たちを待ち構えている。ちらりと部下たちを見る。きつく唇を噛み締め、真剣な眼差《まなざ》しが瀬島を見ていた。

戦闘の果てに待ち受ける無惨と悔恨《かいこん》への小心を振り払う。

瀬島は汗が滲《にじ》んだ掌を、そっと膝に擦りつけた。

ヘリは国道158号線、通称『野麦《のむぎ》街道』に沿って梓川《あずさ》を遡《さかのぼ》り、安房《あぼう》峠を越えて高山市へ入る。そのまま158号線沿いに高山上空をパスして松ノ木峠を越えれば御母衣湖は目の前だった。

「こちら瀬島、応答願います」

〈こちら中央指揮所。送れ〉

「あと十分で現着します。突入の許可を願います」

〈許可する〉

無線の向こうで、なにやら数人が言い争っている。

やがて、どこかで聞いた声が抜けてきた。

〈聞こえるか、瀬島陸曹長〉

忘れもしない。溝口三佐だった。

「聞こえます」

〈いいか、サイト3で君たちを待ち受けているのは北朝鮮の特殊部隊ではない。米軍の特殊部隊だ。周辺監視能力も、ヘリに対する迎撃能力も北とは比較にならない。直ちに引き返せ〉

〈勝手に……〉〈あなたにこの……〉再び言い争う声が瀬島の鼓膜を叩く。

〈益子だ。瀬島陸曹長、溝口三佐の言葉に確証はない。そのまま突入せよ。直ちに敵を制圧するのだ。これは命令だ〉

陸幕副長が溝口を否定する。

下唇を噛みながら瀬島は松下を見た。松下もこちらを見ていた。

要《かなめ》の指揮所が混乱している。自分たちを待ち受けているのが米軍の特殊部隊だと教える溝口の言葉が瀬島を迷わせた。指揮する側に異なる考えが存在する。

どちらが真実なのだ。

「もう一度確認願います。敵は北の特殊部隊ではないのですか」

〈正体は不明だ〉応じたのは益子の声だった。

ヘリが松ノ木峠を越えた。

松下が左手で赤外線妨害装置のスイッチをオンにする。

窓越しに迫りくる黒い山腹を見事にかわしながら、松下三尉はブラックホークを操っていた。松下が赤外線暗視装置に連動したバイザーをおろす。装置が起動する。バイザーの表面に橙《だいだい》色の計器盤がくっきり浮かび上がった。

御母衣湖上空を通過したヘリは、左に旋回して尾上郷川の上流を目指す。

サイト3はもう目と鼻の先のところまで迫っている。

前方には屏風《びょうぶ》のごとくそそり立つ稜線《りょうせん》に切り取られた星空が広がる。

足下は明かり一つ見えない沢。墨を流し込んだような漆黒の闇が谷間に淀《よど》んでいた。

高度を取るためにサイクリック・ピッチ・スティックを引こうとした手を、松下が止めた。

「……くる」

そう呟いた松下が、スティックを前方に押し込んで急激に機首を下げる。

「レッドリーダーからレッド1へ。十二時方向から誘導弾。退避行動！　急げ」

松下の命令に弾《はじ》かれたレッド1が、ターボシャフトエンジンのうなりとともに、右にエルロンロールを取る。

前方の闇から軽い楕円軌道を描いて迫りくる白点が夜目にも識別できた。

松下がコレクティブ・ピッチ・レバーをフルスロットルにしながら右ペダルを踏み込み、上昇しながらの急旋回に入った。傾斜四十五度まで大きく機体が傾き、キャビンの隊員たちが座面のパイプを摑んで体を支える。

ヘリの動きにつられて誘導弾の軌道が揺れた。

「こい。きやがれ」松下がうなる。

誘導弾が迫る。

機体とミサイルの相対角度を見極めていた松下は、誘導弾が同高度になった瞬間、機体をスライスターンさせた。

ヒュンという風切り音。

瀬島は思わず首をすくめた。

空気を揺らす衝撃波に機体が煽《あお》られる。

すんでのところでペンシル型の誘導弾が機体の左脇をかすめて後方へ飛び去った。

「レッドリーダーからレッド1へ。状況、送れ」

〈こちらレッド1。異常なし〉

「あれが9K115メチスですか」鉄帽《てつぼう》を押さえながら瀬島は安堵《あんど》の息を吐き出した。

「違う。メチスは有線誘導のミサイルだ。今のは熱に感応していた。赤外線センサによる追尾システムだ」

溝口の言った『米軍の特殊部隊』という言葉が脳裏によぎる。

「まさか……」

携帯式防空ミサイルとして、91式誘導弾へ更新される前に陸自でも使用されていたミサイルを、瀬島も富士演習場のレンジャー訓練時に試射した経験がある。あの飛行音、細長い形状、魚の胸びれを思わせる前方の操舵翼と後端の安定翼。間違いない。スティンガーミサイルだ。

「バンデットからでしょうか」

「地上からだな」

松下が首を振る。

「近接爆発しなかったのはなぜ」

「わからん。ただ、もしかして警告の意味があるのかもしれない。陸曹長。いずれにしても穏やかじゃないな。いったい、俺たちの相手は何者なんだ」

松下が唇を舐《な》めた。

「三尉。引き返しますか」

「ここで相手に尻を向けるわけにはいかん。そんなことをしたら排気口に向かって一発ぶち込まれる」

夜間任務を主にしているブラックホークは、赤外線探知による攻撃を防ぐために赤外線妨害装置や排気制御システムを搭載している。それでも相手に尻を見せれば、エンジンの排気口が丸出しになる。

「小隊長、七時の方向から車が近づきます」

キャビンの山城《やましろ》副小隊長が瀬島を呼んだ。瀬島は身を捩《よじ》ってサイドのガラスに顔を押しつけた。真っ暗な山道をかすかなヘッドライトが、御母衣湖の方向からのぼってくる。

「誰だ、こんなときに。あれじゃ、狙い撃ちされるぞ」

「今は他人のことまで気が回らん」松下が首を振る。「レッドリーダーからレッド1へ。尾上郷川へ向かって小黒谷の尾根を越えるぞ。こちらは九時方向に向かって尾根を越える。レッド1は右の尾根越えにバグアウトしろ」

〈レッド1、了解〉

松下が高度を取る。乱気流のせいで、機体のフレームがビリビリと震えだす。二機が湖の上空に戻る。そのとき、前方の山陰で誘導弾の発射煙が噴き上がった。

〈きたぞ！　レッド1。一旦高度を下げろ〉

僚機が機首を下げたのを確認して、松下がスティックを引いた。

激しいGで瀬島の尻が座面にめり込んだ。

「すまんな。ちょっとつき合ってくれ」

松下が速度を上げる。自分が囮《おとり》になる腹だった。

前から迫る死神が、尾上郷川のど真ん中を直進してくる。

「こい。ついてきやがれ。くそったれ！」

松下が右岸にそびえる山腹ギリギリを舐めるように上昇する。

足下数メートルのところでは、ローターのダウンウォッシュにまかれた木々の枝葉が激しく煽《あお》られる。

誘導弾との距離を測りながら、松下が再びスライスターンを切るタイミングを計っていた。ターゲットが急に転舵《てんだ》しても、誘導弾は瞬時に飛行コースを変えることができない。かといって引きつけすぎてもよくない。スティンガーミサイルは、目標を直撃しなくともその直近で爆発する。

おそらく、今度は本気だ。

松下の唇が飛行計器パネルの高度計と昇降計の数字を読み、コレクティブ・ピッチ・レバーを握る左手がエンジンの回転数を体得していた。

松下の奥歯が擦れる。

松下は右膝でカウントを取り、たった一度しかない離脱のチャンスを計っていた。

「よっしゃ！」

松下がターンへ入るためのバンクを取ろうとしたとき、ミサイルの機影が消えた。

瀬島は身を乗り出した。

信じられないことに、死神は別の獲物を狙っていた。

こちらをあざ笑うかのように、突然、ミサイルが右に旋回する。

その先ではレッド1が不規則なロールを起こしていた。

「レッド1。状況、送れ！」

松下に怒鳴りつけられた無線が、悲痛な叫び声を上げる。

〈高度が、高度が取れません！〉

死神が笑う。

糸を引く誘導弾が、左岸の山腹すれすれで待避行動に入っていたレッド1の横腹を直撃した。

耳をつんざく爆発音が谷間にこだました。

目の前で巨大な火の玉が炸裂《さくれつ》した。

暗闇に弾けた炎で、ヘリの風防が真っ赤に覆い尽くされた。

爆風で機体が大きく揺さぶられる。

折れて噴き飛んだローターが四方へ弾け飛び、燃え上がるキャビンドアが木の葉のごとく舞う。

放射状にまき散らされた火の粉が、山腹の森へ降りかかる。

炎の塊となったレッド1が、十五名の命が、スローモーションでも見るように落下して行く。

轟音《ごうおん》を上げ、左岸の森をなぎ倒しながら、レッド1の機体が山腹にめり込んだ。

瀬島はかすれた声を吐き出した。

「三尉。誘導弾は、まるで最初から狙っていたように舵を切った」

「まさか、光学系の画像誘導システムを搭載しているんじゃや……」

サイドウィンドウからレッド1の火炎を見つめる松下の声が震えた。

「対処方法は」

「二つしかない。一つ。スティンガーの射程は最大八千メートルだが、最大射高は三千五百メートルだ。それ以上まで上昇する。二つ。目標を外した誘導弾が付近に展開する味方部隊に落下するのを防止するため、スティンガーは発射後十五秒から十九秒経過するとタイマーにより自爆する。その距離まで後退することだ」

「どっちですか」

「この状況ではどちらも難しい」

松下が首を振る。

「おろして下さい」

瀬島は決断した。無線に向かって叫ぶ。

「全員、直ちに降下する。十秒以内に降下開始！」

キャビンの隊員たちがシートベルトを外して立ち上がった。

三発目がくるまでの猶予がどれだけ与えられているのか。副操縦士席で装備を整えながら、瀬島は前方の闇に向かって目を凝らし続けた。

神の選択が下る。彼女の加護を求めて瀬島は胸で十字を切った。

キャビンドアが開け放たれた。

一斉にスリングロープが地上へ放たれた。

午後十一時四十一分
防衛省A棟　中央指揮所

「第十二ヘリコプター隊の一機が襲撃されました」

ヘッドセットを押さえながら通信員が叫んだ。

「なに！」と大山が立ち上がる。

益子陸幕副長の掌からペンがぽろりと床に落ちた。みるみるその顔から血の気が引く。

瀬島は小隊の半分を失ったことになる。

溝口は憔悴した目を床に落とした。自らの推論の正しさ云々《うんぬん》より、次に待ち構えている事態を想像することに怯《おび》えた。

大山がマイクを摑み上げた。

「瀬島陸曹長、聞こえるか！」

「交信が途絶えました。しばらくお待ち下さい」通信員が手を上げた。

「またか。早く復旧させろ。小隊が全滅するぞ」

歯軋《はぎし》りする時間が指揮所を包む。四百キロ離れた峰々の彼方《かなた》では、今まさに戦争が行われているのに、指揮所の時間は瀬島のそれと切り離されている。

落ち着かない様子で目を泳がせる部長連中、顔を伏せた高岡、天を仰ぐ陸幕副長。

なにを躊躇する。決断するのだ。振り返っても溝口たちの後ろに誰もいない。

「攻撃されたという以外、現場の状況はわからんのか」

「スティンガーミサイルと思われる地対空誘導弾によって攻撃されたとの報告でした」

「ばかを言うな。スティンガーは米国の……」

益子がそこまで言いかけて口をつぐんだ。

つまり……。あらゆる事実が一つの結論へたどり着く。

「敵はどこからサイト3へ侵入した」

大山の問いに、高岡が立ち上がる。

「前回と同じです。連中は富山湾沖のロナルド・レーガンから飛来したのです。ミサイル巡洋艦アンティータム、ミサイル駆逐艦カーティス・ウィルバーほか七隻の護衛艦と補給艦を引き連れたロナルド・レーガンは、北への牽制《けんせい》との名目で日本海に入ってから、ずっと富山湾沖で停泊しております。そして昨日から、事案の日と同じくヘリによる救難訓練を開始しました」

空自に確認した高岡によれば、七月四日の夜と同じ理由から佐渡《さど》と輪島《わじま》のレーダーサイトには米軍の連絡官が詰めていた。

同時刻
岐阜県　飛騨山中　尾上郷川沿いの山道

八神は観測所への道中、『道の駅　大日岳』で一度、休憩を取っただけで車を走らせていた。

小林から手渡されたメモは、道の駅のゴミ箱に投げ捨てた。

蛭ケ野の分水嶺を過ぎて御母衣湖を回り込み、国道156号線から尾上郷川に沿って走る山道へさしかかる頃には、あたりはすっかり沈黙の闇に覆われた。

ハイビームのヘッドライトに照らし出される舗装面を見つめ、星空に時折流れる流星を見上げた。不思議と心は落ち着き、昨日まで自分を包み込んでいた恐怖と死の臭いはどこかへ消え失せた。

大きなカーブを曲がった途端、頭上に点滅する赤と緑と白色の航空灯が現れた。

こんな谷間をヘリコプターが飛んでいる。

点滅する航空灯は二つ。二機とも観測所の方向へ向かっている。

ハンドルに体を寄せて前屈《まえかが》みになった八神は、進行方向の闇を見上げた。

カーキ色の機体。自衛隊のヘリだ。

そのとき、前方の山陰から一本の白煙が上空へ延びて行く。誰かがいたずらで上げた花火か、それともなにかの信号弾か。それにしては角度が水平に近い。

直進していたヘリの片方が、急に高度を取り始めた。

大きく機首を持ち上げ、甲高いエンジン音を轟《とどろ》かせながら、まるで垂直に上昇するかのごとく高度を取る。

八神は目を凝らした。

突然、耳をつんざく爆発音とともに、真っ赤な火柱が上がった。

左岸の山腹近くを飛んでいたもう一機のヘリが空中で爆発した。

声にならない悲鳴が喉を駆け上がる。思わず八神は左手で口を覆った。

あたりが昼間のように明るくなり、ウィンドウガラスを通して頬が炙《あぶ》られる。

頭上から巨大な火の玉と化したヘリが落下してくる。

八神は迷わずアクセルを踏んだ。

頭上から降りかかる火の粉、四方から襲いかかる破片。

パイプのような金属塊に直撃されたフロントガラスにひびが入る。

斜め前方から、ブーメランのようにローターの破片が襲いかかってきた。

危ない！

八神は目を閉じて首をすくめた。

車の天井をかすめたローターが左斜面の杉林へ消えた。

すさまじい土煙が巻き上がる。
木の葉が雪のごとく舞い、フロントガラスにパラパラと泥が降りかかる。
間一髪、墜落現場をすり抜けた八神は、路側に車を停め運転席のドアを開けた。
背後の山腹が燃え上がる。揺らめく橙色の炎。
なぎ倒され、パチパチと爆ぜる杉の大木。
時々爆発音が響き、そのたびに炎と黒煙が塊になって舞い上がる。
この場所は……。
八神は生唾を飲み込んだ。ここは自分が土砂崩れに巻き込まれた場所だった。
背骨のつけ根から、恐怖が這《は》い上がる。
そのとき、背後から空気を切り裂く音が聞こえた。八神は振り返った。
突然、真正面から衝撃波が襲いかかった。
目の間が真っ白に弾け、全身から重力が消えた。

午後十一時五十三分

尾上郷川　上空

ローターが枝を擦りそうになるまで機体を降下させた松下の目と鼻の先、尾上郷川沿いの山道で爆発が起きた。なにかの事情で三発目の誘導弾が軌道を逸《そ》れたらしい。

よく見ると、降下地点の百メートルほど先で一台の車が炎上していた。誰だか知らんが、あの車のおかげで時間を稼げた。まだ自分たちにはツキが残っている。

今だ！

松下が降下のサインを出した。キャビンのジャンプマスターが「ゴー」と叫ぶ。

十一名の隊員が次々とスリングロープを伝って山道へ降下を始める。

「誘導弾！」ジャンプマスターが叫ぶ。

山陰から四発目が姿を現した。

ロケットモーターに点火すれば、誘導弾はたちまち超音速まで加速する。

「三尉。退避行動を！」瀬島は叫ぶ。

「誘導弾。点火しました！」ジャンプマスターの声が裏返る。

「俺の任務はお前たちを目的地まで送り届けることだ」

陸自にこの人ありと言われた名パイロットの顔はバイザーに隠れて見えない。

「しかし」

前方から誘導弾が迫る。

「時間がない。行け！」

松下の怒声に押され、瀬島はロープに飛びついた。

「瀬島。あとを頼むぞ」操縦席から松下が親指を立てる。

小さく頷き返した瀬島は、手袋の中でスリングロープを滑らせた。

地上におり立つ。小銃を肩からおろす。

瀬島は走り始めた。

「やられる！」誰かが叫んだ。

瀬島は振り返った。

その瞬間、死神がヘリのエンジンを直撃した。鼓膜を揺らす轟音。

松下の機体が木っ端微塵《こぱみじん》に噴き飛んだ。

キャビンドアが、ローターが、増槽《ぞうそう》が、松下の命が飛び散る。

落下する炎の塊を、瀬島は呆然《ぼうぜん》と見つめるしかなかった。

〈小隊長〉最初にヘリからおり、暗視装置で前方を索敵《さくてき》していた丸山《まるやま》三曹から無線が入った。〈誘導弾発射地点確認。サイト３への分岐点付近です。小隊長の位置からだと距離一〇五〉

踵《きびす》を返した瀬島は、走りながら無線のマイクに怒鳴る。

「暗視装置オン。三連発点射モード。グレネード弾装着。木内《きうち》三曹、１１０ミリ榴弾発射」

前方に走り出て片膝をついた木内が、肩にかついだ110ミリ対戦車榴弾を目標に向けると、すかさずトリガーを引いた。空気を切る飛行音を残して対戦車榴弾が発射された。

木内の狙いは完璧だった。榴弾はわずかなズレもなく標的に着弾した。腹に響く爆発音、目もくらむ閃光《せんこう》とともに火の手が上がる。かげろうの向こうで影がうごめいた。

〈敵兵確認。数五〉丸山から連絡が入る。

「いいか、俺が命令するまで撃つな」

腰を屈め、瀬島は炎上する乗用車の残骸を盾に走る。

ヒュンという風切り音を残して曳光弾《えいこうだん》が瀬島の頬をかすめた。

燃える車の手前で立ち止まった。膝撃《ひざうち》の姿勢を取る。

前方の闇に向かって、瀬島はフルバーストモードに切り替えた小銃のトリガーを絞った。機銃掃射の挟角は六十度。腹に響く振動、鼻孔をつくニトロセルロースの臭い。

五人の敵兵が暗闇から飛び出してきた。

車陰に屈んだ瀬島は、無線のマイクに向かって叫んだ。

「掃射開始！」

一斉に発射されたグレネード弾が頭上を飛び越して行く。

続いて、バリバリバリ、バリバリバリという三連発の銃撃音が追いかける。

誘導弾の発射地点で幾つもの炎が弾け、道端の木々が根元から噴き飛ばされた。

折れた小枝と木の葉が羽毛のごとく宙を舞い、レンジャー小隊の火力の凄《すさ》まじさが山肌に刻み込まれた。

「掃射やめ！」

突然の静寂があたりを包んだ。動くものは、なに一つ見当たらない。

瀬島は新しい弾倉を遊底に叩き込んだ。

〈小隊長。人が倒れています〉山城副小隊長が無線で瀬島を呼んだ。

「どこだ」

〈車の脇です〉

道端に膝をついた山城と丸山三曹が運転手らしき男を抱き起こしている。

「今、行く」

山城に抱えられた男の顔を見た瀬島は思わず目を見開いた。

八神だった。

七月十四日　水曜日　午前零時十三分
岐阜県　飛騨山中　大日ケ岳　サイト3

再処理核燃料貯蔵施設まであと二百メートル。観測所との分岐点。右へ進めばいつもの生活が待っている。左へ進めばなにが自分を待ち受けているのか予想もできない。誰かが囁いた、「いつものように観測所へ戻れ、それがお前の取るべき道だ」と。


意識が戻った。

きらめく星空が綺麗《きれい》だった。男たちが自分を見おろしていた。みんな鉄帽を被り、顔中に絵の具のようなものを塗りたくっていた。その中央に瀬島がいた。

「気がついたようだな」

八神は耳鳴りのする頭を振りながら、路上に座り込んだ。

「こんなところでなにをしている」

相変わらず、瀬島の言葉は感情の抑揚を感じさせない。

地面に吐き出した唾が赤く染まった。ガリっと硬いものが口の中で転がった。指を突っ込むと折れた歯が二本転がり出てきた。

「観測所に戻るつもりでした。それよりいったい、なにが起こったのですか」

そのとき、八神の車に銃弾が跳ねた。

数え切れない曳光弾が八神たちをかすめていく。

「待避！　斜面をのぼれ」

瀬島の号令一下、全隊員が杉林へ駆け込む。

「私は行かないぞ」と八神は車の陰で身を屈めた。

「死にたいのか」

いきなり瀬島に襟首を摑まれ、そのまま道端に生えた大木の陰まで引きずられた。

体をくねらせた匍匐《ほふく》で、一人の隊員が八神たちのところへ戻ってきた。

「丸山三曹。敵の状況は」

「確認できただけで十一名。重機関銃の他に対戦車ミサイルと思われる火器五門」

「山城副小隊長、のぼるぞ」

瀬島が斜面の上を指さした。

「彼はどうします」山城が八神の方へ少しだけ首を傾ける。

「連れて行く。一列縦隊。木内三曹、ケツを取れ。行くぞ」

木内三曹と呼ばれた隊員が、「どうぞ」と八神に道を譲る。八神を中央に、十二名の隊員たちが急斜面をのぼり始めた。軟らかい土に足を取られると踏ん張りが利かず、ずるずる斜面を滑り落ちる。そのたびに、後ろの隊員が背中を押してくれた。

「鍛え方が足りませんね」若い隊員がいたずらっぽく片目をつぶる。

八神には冗談で応じ返す余裕もない。

敵と交戦した山道から百メートルほどのぼった斜面の中腹に隊列はたどり着いた。

八神の肺が悲鳴を上げている。喉を突く吐き気が口から胃を押し出そうとする。

「先に行って下さい」と弱音を吐こうとしたとき、先頭が立ち止まった。

「なにかあります」

斜面からコンクリート製の丸い筒が突き出ている。

瀬島が斜面を駆け上がってきた。

「なんだ、これは」

「超深地層研究所時代に建設された換気用の斜坑《しゃこう》です」

しゃがみ込んで息を整えていた八神は、とぎれとぎれに答えた。

「なぜ君がそんなことを知っている」

「設計者から図面を見せてもらいました。横坑《おうこう》をしばらく進むと、その先は斜坑になっていて、施設の実験用トンネルに繋がっているはずです」

斜坑の入口は腐りかけた鉄扉で塞がれている。表面に錆《さび》が浮き上がり、気休めの南京錠がかけられていた。

「俺がやる」

ボルトカッターで掛け金を切断した山城副小隊長が取手を引くと、重いきしみ音をたてて扉が手前に開いた。山城が内部を覗《のぞ》き込む。

暗くて湿った空間が奥に続いていた。

「小隊長。どうします」

山城が顎をしゃくる。

そのとき、頭上で花火を思わせる破裂音が連続した。

周囲の杉林が、ナトリウムが燃えるようなケバケバしい赤色に照らし出される。

丸山三曹が空を見上げた。

「照明弾だ」

追っ手がくる。瀬島が八神を向いた。

「君を帯同するが俺たちのじゃまはするな。いいな」

「私はここに残ります。だって観測所へ……」

「ぐずぐず言ってるんじゃない。行け！」

瀬島が八神の背中を乱暴に突いた。

山城副小隊長を先頭に、隊員たちが次々と横坑に入る。馬蹄《ばてい》形をした横坑の内径は約二メートル。狭くて窮屈なトンネルだった。入口から十五メートルほど入ったところで、横坑はサイト方向へ直角に折れ、そこから先は急角度で下る斜坑になる。斜坑の床には簡易なステップが刻まれていた。地下水が染み出すひび割れから、鍾《しょう》乳石《にゅうせき》を思わせるつらら石が垂れ下がる。

このトンネルは、とうの昔に忘れ去られたようだ。

隊員たちが、鉄帽に取りつけた携帯ライトのスイッチを捻る。

「行くぞ」

瀬島の命令に、無言の隊列が斜坑を下る。

真っ暗な斜坑は、地底の奥深くまで続いているかのようだった。

足音だけが壁に跳ね返り、淀《よど》んだカビの臭いが鼻をついた。

同時刻
防衛省A棟　中央指揮所

「モニター復活します」

通信員が片手を上げた。

モニターカメラのデータをPHS送信に切り替え、中央立坑《たてこう》地上部に設置した送信アンテナに集積、そこから衛星回線を経由して転送させることで映像を復旧させた。全員のディスプレイ上にサイト内の映像が映し出された。

「襲撃犯を探せ」

最初に貯蔵施設内の映像が大映しになったとき、溝口は思わず身を乗り出した。まったく異質の空間が、画面上に映し出された。

貯蔵施設には不釣り合いなグローブボックスが並んでいる。

グローブボックスとは放射性物質や毒性のある物質を隔離した状態のまま、外部から取り扱えるように、アクリル樹脂の窓やネオプレン製の手袋を取りつけた機密性の装置だ。外観は、大型の業務用冷蔵庫に窓を取りつけたと思えばよい。

溝口がモニターの映像を拡大させると、部屋の中央を走る搬送装置に対してグローブボックスを櫛《くし》の歯状に配置し、部屋全体が完全に機械化、遠隔操作化されている。

次に、溝口はモニター画面を一つ奥の部屋に切り替えた。

すると、多重構造の隔壁を貫通した隣の部屋で、目に入ったのはロボットアームつき工作機械だった。ロボットのあいだにはプレス機と思われる大型機械や見たこともない箱状の装置が並ぶ。リフト方向にも自由度を持ったロボットの構造からして、なにかを組み上げる生産ラインに見える。これらの工作機械のさらに奥、再び隔壁を一つまたぎ、最後の部屋ではシャッターを挟んで入出庫用とおぼしき台車が待ち構え、その先は保管用リフトとベッセルに繫がっている。

これはプルトニウム燃料の貯蔵施設なんかじゃない。

「なぜ、プルサーマル発電用の核燃料を貯蔵するだけの施設に、グローブボックスや多重構造の隔壁が必要なのだ」

顔をしかめる大山。

溝口はあることを考えていた。一つの可能性だ。

「もし、この施設がプルトニウムの製造や加工を扱う場所だとすれば、完璧な気密性が要求されます。作業をグローブボックス内で行えば、プルトニウムが作業室へ漏れ出すことを防げる。さらに万が一、作業室にプルトニウムが漏れた場合は、他の区域へ移行させないために汚染された部屋を減圧するでしょうから、多重構造の隔壁が必要になります。……防衛部長、まだなにかを隠していらっしゃいますね」

篠原は憮然《ぶぜん》と口をつぐみ、腕を組んでいる。

「防衛部長。この部屋はいったいなんだ」

大山が篠原に向き直った。

自衛官としての正義感と使命感が葛藤を繰り返しているのか、篠原が沈黙を守る。

やがて、篠原が組んでいた腕をほどいた。

「我が国初の核兵器製造・実験工場です。陸将」

「今、なんと言った」

大山が立ち上がった。

指揮所内はどよめきに包まれた。

「計画はすべて順調だった。初めてこの計画が持ち上がったのは昭和四十九年のオイルショックのときです。あのとき、我が国は資源を持たない悲哀を嫌というほど味わった」

篠原が淡々と語り始めた。

「やがて、グローバル化の流れを排斥する保護主義が世界に混沌《こんとん》をもたらす。世界中のいたる所で紛争の種が芽生え始める。世界秩序の中核たる立場を放棄して内にこもる米国を横目に、東アジアでの覇権を目論《もくろ》む中国は、我が国を支配下に置こうとする。彼らの国益は、我が国にとって屈辱でしかない。日米同盟は朽ち果て、祖国は自ら守らねばならないときがやってくる」

「非核三原則はどうするつもりだ」

「そんなものは同盟あっての原則に過ぎません。それに我が国が核武装しようとも、こちらから先制攻撃することなどありえない」

「では公表すればよいものを」

「それこそ非現実的な話です。どのような理由があるにせよ、我が国の核武装を近隣諸国が容認するはずがない。自国が国力衰退の道を進めば、日韓の核兵器保有はありえると述べた米国でさえ、本音は真逆のはず」

「だから極秘で計画を進めたと」

目線を机に落とした大山が深く長い溜め息をついた。

「そうです。当時の犬塚《いぬづか》首相は、今後五十年間の国防方針を決定するために、国防会議とも安全保障会議とも異なる、もう一つの防衛政策決定組織を立ち上げた。犬塚を委員長に四人の主要官庁の事務次官、さらに外部から招聘《しょうへい》した五人の委員で構成された審議会でした。中核をなす五人の委員は御用学者や口先だけの評論家ではなく、いずれも見識と示唆に富んだ人々でした。国際情勢の分析と予測、アジア諸国への影響、技術的検証、開発を継続するための財政上の裏づけなど、五年におよぶ議論を経て、核兵器の開発が決断された。直ちに、防衛技術研究所と動力炉・核燃料開発事業団に極秘チームが発足しました。互いの存在を知らせることなく、使用済み核燃料から、極限まで純度を高めたプルトニウム239の精製技術を動燃に研究させ、防衛技術研究所には核爆弾そのものの研究を命じた」

「米国からの資料などは、すでに豊富に揃っていたわけですね」

「そうだ、トリニティの軌跡がな」

一九四五年四月十六日、ホルナダ・デル・ムエルトの砂漠で行われた人類初の原爆実験の記録。

「犬塚が引退したあとも、『T3』と名づけられたプロジェクトによって計画は継続された。一九四五年にニューメキシコ州で行われた人類初の核実験、トリニティ実験から頭文字を取ったプロジェクト名だ。当時の大蔵省、法務省、防衛庁、科学技術庁から専任の担当者を出し、審議会の五人を頭としたT3が官房の外部機関として立ち上げられ、すべてがそこで取り仕切られた。理由は簡単だ。政治からの分離を図り、なおかつ真のシビリアン・コントロールの下で計画の一貫性を維持するためだ。この問題を国会に持ち込んだ場合を想像してみたまえ、十年経っても結論など出やしない。そして外務省がT3から外されたことも、賢明な判断と言わざるをえない。よほどのことがないかぎり、歴代の首相も計画の内容について詳しくは知らされない。仮に知ったとしても、その決定に異議を唱えることは許されなかった。政権が代わっても一致普遍の国策として脈々と引き継がれてきたのだ。会計検査の件など末端の問題だ。毎年の予算に計上されている予備費、約三千五百億円のうち一千億円がT3に投入されてきた。自衛隊内部の閉じた話などではなく、T3は必要な省庁へ必要な指示が出せるのだ。T3の崇高な意思に賛同してくれた坂上教授だけでなく、我々は計画の一部を担っているだけだ」

それが国是ということらしい。

「最終的に我々はプルトニウム爆弾を選択した。理由は簡単だ。ウラン爆弾よりも遙かに小型化できるからだ」

球形のプルトニウム塊《かい》を爆薬ですっぽり覆って爆破させると、内側に向かって押し潰《つぶ》されたプルトニウムは臨界点に達し、核分裂が始まる。これがプルトニウム爆弾の理論だ。

精密機械ともいえるプルトニウム爆弾の製造には、二つの技術的課題がある。まず、プルトニウムコアを完全球体に成形できるか否かだ。二つめは起爆装置だ。確実な核分裂反応を起こすには、プルトニウム塊が均等に爆縮されなければならない。このため、外側を覆う三十二個のＴＮＴ爆薬が、同時に爆発する精巧な起爆装置が必要になる。

「我々はこれらの問題を一つずつクリアしていった。しかし我々はトリニティの跡をなぞっていたわけではない。もっと先を見据えていたのだ。純度九十八パーセントのプルトニウム２３９を精製する技術。完全な三十二面体を作り上げる技術。誤差十万分の一秒で起動する起爆装置。理論的にも技術的にも完璧だった。間違いない、世界最小の核爆弾だ。最新の技術と精度で作り上げた起爆装置は富士演習場で極秘の試験を行い、その性能を確認した。すべての準備が整ったのだ。あとは半年後、断層探査のためと称した人工地震に偽装して爆弾の完成度を確認するため、Ｍ４・５クラスの地下核実験を実施するだけだった」

地下核実験。

その言葉で溝口は、寺田の執務室で聞いた電話の会話を思い出した。

そうか。坂上がこの計画に関与した意味はそこにあったのだ。CTBTの観測施設など、とんだお笑いぐさだった。

真の目的は、地下核実験の偽装。研究目的の人工地震と称して、世界中に張り巡らされた地震学的監視観測所に核実験を悟られないことが教授の使命だったにちがいない。

八神が溝口に伝えた彼の論文が持つ意味。

まさに、篠原たちにとって不都合な真実だったのだ。

「八神氏は、結果として地下核実験を妨害することになると知らずに論文発表しようとした。当然、あなた方は、断層探査のために大規模な人工地震など不要だという議論に繋がりかねない情報を外部へ出したくない。一方、核兵器開発計画を八神氏が妨害しようとしていると勘違いした北が、情報を取るために彼を追った。その事実を知ったあなた方は機密を守るため、論文を闇に葬ったあと、八神氏の命も狙った。ところが、もう一者。米国も、地下核実験の可能性に感づいた」

篠原が声を押し殺す。

「アムスラーは垣内、東山との会談を要求した。しかも完全にオフレコの会議として。そしてそれこそが彼の来日した目的だ」

再処理核燃料貯蔵施設上空で239を検知した米国はアムスラーを派遣して、その説明を日本政府に求めてきた。施設内の研究所で実施するトレーサー試験のために試験用プルトニウムを持ち込んでいたと説明することで、東山は米国の追及をかわそうとした。一方、核兵器工場の存在を察知されたT3は、緊急対策会議を開催して、臨界実験の実施を急ぐことを決定した。直ちに核燃料サイクル開発機構の東海事業所にあるプルトニウム燃料センターから鹿島港経由で、精製されたプルトニウム239の本格輸送を開始した。

「戦後、吉田《よしだ》・重光《しげみつ》会談を契機に防衛庁、自衛隊が発足し、五十五年体制の下での防衛力整備計画、日米防衛協力のための新ガイドラインにいたるまで、米国の言いなりだった我が国が初めて反旗を翻したのだ」

「米国に面従腹背《めんじゅうふくはい》のあなたに核武装の是非を論じる資格も能力もない」

溝口は吐き捨てた。

大山が咳払《せきばら》いで溝口をなだめる。

「溝口三佐。反乱分子は一掃し、法の下で裁きを受けさせる。しかし、自衛隊の存在意義まで問われるような事態を招くことは避けねばならない。ここは冷静に……」

「そうじゃない。そんな話はあとだ！」

溝口は叫んだ。

「瀬島小隊を撤退させるのです。今すぐに！　このままでは愚かな施設を守るために、彼らは犬死する」

「瀬島小隊に連絡。急げ」

大山が通信員を呼ぶ。

「だめです。連絡が取れません。電波状況が悪い場所にいると思われます」

通信員が送話口を押さえる。

「貸せ」と溝口は受話器を奪い取った。

「瀬島陸曹長。聞こえるか。応答しろ！　……瀬島！」

もの言わぬ受話器に溝口は焦燥を吹き込む。

「おい。他に陸曹長と連絡を取る方法はないのか！」

「もしトンネル内にいるなら、無線の中継機能が設置された場所まで移動しなければ無理です」

通信員が青ざめた表情で首を振り、指揮所の幹部たちがうつむく。

溝口は天を仰いだ。

クズたちの城を守るために、瀬島たちが破滅へ向かって進んでいる。

止めなければならない。なんとしても。

午前零時二十七分
岐阜県　飛騨山中　大日ケ岳　サイト3

突然、ライトの明かりにコンクリートの壁が浮かび上がった。

斜坑が隔壁で遮られ、その中央に鉄扉が取りつけられている。

山城が少しだけ扉を開けると、隔壁の向こうは斜坑とはうって変わって、白色灯に照らされた広く、新しいトンネルだった。

「メイントンネルへ続く実験用トンネルだ」八神も初めて見る光景だった。

誰かが背中を指先で突ついてきた。斜面で八神を支えてくれた隊員だった。

「私は屋敷《やしき》一士です。あなた、大学の先生なんですってね。それにしても、相当運が悪いらしい」

屋敷が茶目っ気たっぷりに敬礼を向けた。

するともう一人、長身でスリムな隊員が加わる。

「先生。私は桧垣《ひがき》一士、こいつの担当です」

桧垣が背中の96式40ミリ自動てき弾銃を、右手でポンと叩く。

擬装用ドーランで黒く塗られた顔から、笑うと白い歯が覗く。

そのとき、瀬島が八神に手招きした。扉の手前で、床に片膝を突いた瀬島と山城副小隊長がなにやら言葉を交わしている。

「ここから先のサイト3の構造を教えてくれ。我々が担当していたのは地上の警備で、サイト3の内部については詳しくない」

「言っておきますが、瀬島陸曹長。こんなところへくるために、私は東京から戻ってきたんじゃない」

「戦場のど真ん中へのこのこ出てきておきながら、なにを言っている」と瀬島が八神の鼻先を指さす。「しのごの言わずに、さあ、思い出すんだ」

棘《とげ》のあるやり取りに、他の隊員たちが何事かと呆気《あっけ》に取られる。八神よりずっと若い。皆が、特殊部隊に抱いていた強面《こわもて》のイメージとは真逆の隊員たちだった。

彼らのために。彼らを死なせないために。

八神は首都建設の吉野から入手したサイト3の図面を頭に浮かべた。まず、中央立坑の底部は、様々な施設を収める大空洞になっている。

次は、その次は……。

「サイト3は、地表から地下三百メートルまで繋がる中央立坑を中心に広がっています。そこから、二本のメイントンネルが南北に五百メートルずつ延び、さらにそれぞれのメイントンネルから十本の実験用トンネルが直角に掘り抜かれている」

例えるなら、昔のテレビアンテナを逆さにしたような構造だ。

サイト3が超深地層研究所だった頃、二十本の実験用トンネルでは地耐力試験、トレーサー試験などの地層実験が行われていた。施設が核燃料の貯蔵施設に変更されてからは、北のメイントンネルから延びる実験用トンネルは貯蔵庫に改造されたが、南側は研究所当時のまま残されている。

「ここの位置は？」

「南側のメイントンネルから掘られた十本の実験用トンネルのうち、中央立坑から最も遠い第二十トンネルの先端です。大きさは高速道路のトンネルとほぼ同じです」

「敵がサイトを占拠するのに最も効率的な場所は」

「地上と繋がる中央立坑直下の設備区画でしょうね」

瀬島が屋敷一士を呼び寄せ、扉の向こうを確認するよう命じた。

全員が小銃を構える。

斜坑の床に伏せた屋敷が、先端に小型カメラを取りつけたスティックをトンネル内に突き出す。先端のカメラが角度を変えながら、何度か回転する。

山城副小隊長の情報端末に、カメラの映像が届いた。

メイントンネルへ続く方向の壁際には所々、資材がシートに覆われた状態で置かれている。規則的に蛍光灯が配置された坑内の明かりは十分だった。

「異常はなさそうですね」

山城副小隊長に、「もういいぞ」と背中を叩かれた屋敷が、スティックを引き戻す。

瀬島が立ち上がった。

「八神君。メイントンネルとの合流点までの距離は」

「百メートルです」

「まずはそこまで前進する」

瀬島が立てた三本の指で、反対側の壁をさした。

山城が隊員を二人引き連れて、腰を屈めながらトンネルを駆け足で横切る。

三人が資材の陰に身を潜めた。

「行くぞ」

先頭に立った瀬島が、トンネル左側の壁沿いに前進を始めた。

すかさず山城たちが銃を構え、援護の態勢を作る。

全員が駆け出す。隊員たちの足音が坑内にこだまする。

「八神君、頭を下げろ！」

走りながら振り返った瀬島が怒鳴る。屋敷が八神の前に出てくれた。

八神も懸命に走った。

やがて前方に、実験用トンネルよりさらに大きなトンネルが見えてきた。

メイントンネルだ。小隊が合流点の手前で立ち止まる。

メイントンネルの状況を確認した屋敷が、親指を立てる。

「特に異常はありません」

時計を見た瀬島が、追いついてきた山城を呼び寄せる。

「メイントンネルを進んで、中央立坑までの進路を確保しろ」

「了解しました」

再び二名を引き連れた山城が、中央立坑を目指して走り出す。

なぜか立坑の方向から微《かす》かな風を感じた。閉鎖されたトンネル内でありえない。

……なぜ。背中に悪寒が走る。

もしかして、設備区画とメイントンネルの扉が開いている。

ということは……。

首を出した八神は、メイントンネルの先を覗き込んだ。八神がいる合流部から五十メートルほど先、側壁沿いに置かれた資材を結わえるロープが切れて、梱包《こんぽう》用のブルーシートの裾が風に煽られている。

八神は目を凝らした。次の瞬間、ブルーシートの裾が風に巻き上げられると、銀

色に輝く酸素ボンベを[redacted]

「山城副小隊長。危ない！」

八神がそう叫んだとき、激しい爆発が起きた。

坑内に轟音が響き、紅蓮《ぐれん》の炎が舞い上がる。

トンネルの天井が山城たちの上に崩れ落ちた。

音速で膨張した衝撃波が、八神たちに襲いかかる。

隊員が、資材が噴き飛ばされ、高々と舞い上がった。

同時刻

防衛省Ａ棟　中央指揮所

突然、指揮所の扉が開いた。

信じられないことに、内田防衛審議官が指揮所に入ってきた。

指揮所内が静まり返った。

思わず腰を浮かせる者、不安げに目線を行ききさせる者、出席者たちが体をこわばらせて、審議官を迎える。

円卓に座る幹部たちに見向きもせず、内田がまっすぐ溝口に歩を進める。

内田が立ち止まった。篠原部長を指さす。

警務官が駆け寄る。たちまち篠原が警務官に取り囲まれた。

うなだれた篠原が指揮所を出て行く。

再び歩を進め、溝口の前に立った内田がすっと背筋を伸ばした。

「溝口三佐。ご苦労だった。今回の任務を遂行するに当たり、君の心労はいかほどだったかと思う」

思いもしない審議官の言葉。

きつねにつままれたような顔の三桶が息を飲む。

「君に真実を伝えねばと思い、やってきた」

「真実？」

「順を追って話そう、君も座りたまえ」と内田が引き寄せた椅子に腰かける。「アムスラーの来日後、米国の極秘ルートを通じて寺田陸幕長は、核兵器開発計画の存在と北の動きに気づいた。誰が、なんの目的で。この真実を突き止め、計画を阻止しなければ自衛隊そのものが崩壊する。丁度そのとき、襲撃事案が起きた。自衛隊の失態に対処し、同時に核兵器開発計画を潰すという二つの命題を彼は突きつけられた。襲撃犯を追い、同時にT3の暴走を止める。しかも、内密にだ。そこで選ばれたのが三佐と瀬島陸[illegible]わせる[illegible]がどこまで知っているかを探らせ、北との接触を断たせる。そして君には真犯人を追わせる。隊内のどこに裏切り者がいるかわからないゆえに、最も信頼する者を、しかも互いの存在を知らせることなく動かすしかない」

内田が机の上で組んだ指に視線を落とす。

「陸幕長、私、そして大山部長は策を練った。失敗は許されなかった。かぎられた時間、かぎられた手勢。結論は敵の方から君に接触させることだ。そのために我々は衆目の中で君を叱責し、追い込んだ。手助けも、援助もなく孤立していく君に、敵は必ず接触してくると読んだ上での決断だ」

「もし、日向の誘いを受けた私が寝返っていれば」

「自衛隊の運命が決しただろう。追い込まれていたのは我々の方だったのだ。我々は決して道を見失わない君の信念と良心に懸けるしかなかった」

目の前の内田は、審議官室での彼とは別人のように神妙だった。

「陸幕長が、T3の秘密を握っていることを匂わせたのも、命令を変更して犯人の拘束を命じたのも、敵を焦らせ、君を追い込むためだ。愚直に、懸命に、任務を遂行したにもかかわらず隊から見捨てられた君に、焦った敵は予想どおり接触してきた。そして君は、誘惑、屈辱、恐るべき陰謀、言うなれば七十年前に行われたトリニティ実験の残照に惑わされなかった。……ありがとう」

内田と大山が立ち上がった。

謁見《えっけん》の間に通された使者のごとく、二人が深々と頭を下げる。

なにを今さら。

隊を守るためとはいえ、帰ってこない人たちと、取り戻せないものが多過ぎる。

代わりにこの場の連中はなにをさし出し、なにを得るのか。それを判断するのは溝口ではない。頼まれても願い下げだ。

隊が崩壊するまで議論しているがいい。

「審議官。なぜ米国は秘密裏に運搬車、そして施設を攻撃したのですか。公式に日本政府へ抗議すればよいものを……」

それは、溝口にとって解けない謎の一つだ。

内田の視線が揺れた。

「二国間の関係には必ず表と裏がある。もし日本の核兵器開発に米国政府が正式に抗議すれば、中国まで知る外交問題に発展する。しかも、その後の対応は日本の内政問題となり、過度の注文は内政干渉と非難されかねない。日本が密かに核兵器開発を行っていたという事実そのものが東アジアの不安定要素だ。米国は制裁の意味を込めて極秘に処理する決断を行った。裏の解決を選んだのだ。パキスタン政府に事前通告することなく、ウサマ・ビン・ラディンを殺害した『海神の槍《やり》作戦』と同じだ。篠原部長などの核兵器開発派は、米国から見ればアルカイダと同じテロリストにすぎない。本事案は、米国にとって対テロ戦争の一つなのだ」

勇者は死に絶え、賢者は愚者に跪《ひざまず》く。

一つお願いがあります、と溝口は冷めた目で内田を見た。

「サイト3に飛びます」

「なぜ」

溝口の言葉に内田が目を丸くする。

「人は正義という建前で争いを始め、あとには悲しみと後悔だけが残る。すでに私の中に悲しみが溢れています。……だからこそ、せめて悔いは残したくない」

少しの間があった。

きっと唇を結んだ内田が大山を見る。大山が二度、頷いた。

「陸幕長を失った今、今回の作戦に対する全責任は私が取る。溝口三佐、瀬島陸曹長の小隊を救出して欲しい」

「三桶、お前はどうする」

溝口は部下に声をかけた。

三桶が居並ぶ幹部たちを睨みつける。

「そうですね。もう十分に罵られ、踏みつけられましたから、一つぐらいは無理を通してもらえるでしょう。それに私は、人に面倒を押しつけて高みの見物を決め込むのは性にあいません」

立ち上がった三桶が、そう言えば、と言葉を続ける。

「審議官と大山部長以外の方々は、先ほどからだんまりを決め込んだままですが、そもそも陸曹長たちの身を本気で案じていらっしゃるのですか」

居並ぶ幹部たちは、まるで聖職者のようにけなげだった。

三桶が白けた表情を浮かべる。

「皆さん、まさか神に祈っているんじゃないでしょうね。T３の陰謀を見過ごしていた我々は彼らと同罪。神の加護を祈るのは、己の愚かさを認めてからですよ」

午前零時三十四分
岐阜県　飛驒山中　大日ケ岳　サイト3

鈍痛、耳鳴り。周りに漂う、塵《ちり》とセメントの粉っぽい臭い。

八神の口の中で、砂がざらつく。

壁に叩きつけられた体の節々が痛む。腕や足の所々が擦りむけ、内出血のせいで赤黒く変色している。

なぜこんな目に……。床に座り込んだ八神は頭を抱えた。

戦争するためにここへきたのではない。観測所へ行かねばならないのに。

「やりやがったな」

瀬島がよろよろと立ち上がる。あたりでは、ある者は咳き込み、ある者は頭を左右に振って意識を取り戻そうとしていた。

中央立坑へ続くメイントンネルの半分が、崩落した覆工《ふっこう》コンクリートで埋まっていた。

これ以上は無理だ。八神はそう思った。

ところが。

「前進」瀬島が命令する。

呆気に取られる八神を尻目に、瀬島を先頭にした部隊が走り始める。

八神も渋々腰を上げた。

崩れたトンネルの瓦礫《がれき》をすり抜け、中央立坑直下の設備区画まで、およそ五百メートル。設備区画に最も近い、第十一トンネルとの分岐部で部隊は足を止めた。

第十一トンネルの壁に背中を押しつけた瀬島が、設備区画へ抜ける扉の様子をうかがう。

開いていたはずの扉が、今は閉じていた。

瀬島が屋敷を呼んだ。

「屋敷一士。扉のロックを解除しろ」

屋敷が扉へ視線を向けたまま頷く。

瀬島が残りの隊員へ命じる。

「小銃は連射モード。桧垣一士、96式40ミリ自動てき弾銃セット」

肩から自動てき弾銃をおろした桧垣が三脚架《さんきゃくか》をセットする。機関部に五十連ボックス弾倉を装着した桧垣が伏せ撃ち姿勢を取り、ストックを右肩に当てた。

これを耳にはめておけ、と無線のイヤホンを瀬島が八神に手渡す。

そのあいだに、メイントンネル内へ散開した隊員たちが、資材の陰から小銃を構える。

「屋敷一士。慎重に行けよ」

送り出す瀬島の真顔に、屋敷が小さな微笑《ほほえ》みで返す。

屋敷が、脇目も振らず走り始めた。

全員が小銃のリアサイト越しに屋敷を見送る。

無事で。頼むから、無事で……。八神は祈った。

屋敷が水しぶきを跳ね上げながらメイントンネルを走る。

扉まで四十メートル、……二十メートル。

汗が滲んだ掌を、八神はボトムスの太腿《ふともも》に擦りつけた。

何事も起きないまま、扉の脇にある制御盤へ屋敷が駆け寄る。屋敷が扉脇の壁を背に座り込む。一度深呼吸してから、弾帯にガムテープで留めていたイモビカッターで、扉のロック解除にかかる。

扉の上のランプが赤から青へ変わった。

扉が開き始めた。設備区画へ空気が流れ込む。

すかさず屋敷が銃を構える。

扉の陰から、ちらちらと顔だけ出して、屋敷が区画内の様子を探る。

やがて、屋敷が小銃をおろした。手招きしながら立ち上がる。

安堵に八神は胸を撫でおろした。

次の瞬間、こちらを向く屋敷の胸でなにかが弾けた。

迷彩色の戦闘服が、左胸のあたりで内側からささくれる。

さらに、もう一カ所。

屋敷が床に崩れ落ちた。彼の体が小刻みに痙攣を始める。

設備区画の奥でなにかが動く。

〈撃て！〉瀬島の号令で一斉掃射が始まった。

扉の向こうから敵が応戦する。

激しい銃撃戦が始まった。

桧垣が40ミリ自動てき弾銃のトリガーを絞り込む。

ヒュンという飛行音を残しながらＭ４３３デュアルパーパス弾が設備区画内へ吸い込まれて行く。

ズン、ズンという爆発音が響き、着弾による粉塵《ふんじん》と炎が噴き上がる。

八神には屋敷しか見えなかった。

耳たぶが熱くなったと思ったら、いても立ってもいられなくなった。

八神は扉へ走った。

「やめろ！」瀬島の声が追いかけてくる。

敵の銃弾が、八神の周りで床のコンクリートを削る。

飛び散る破片が頬を打つ。

恐怖なんかない。あるのは怒りだけだった。

八神は屋敷に駆け寄った。頭上を銃弾が飛び過ぎる。

周りの床に血溜まりが広がっていた。

「ちくしょう。痛えよー」

屋敷が歯を食いしばる。

どうすればいい、どうすれば……。

屋敷の上に屈み込んだ八神は途方に暮れた。

耳をつんざく銃声が交錯する。

「どいて下さい。私がやります」

背後の声に振り返ると丸山三曹だった。

「トンネル……。ここで俺は死ぬんだ。これが、俺が最後に見る光景か」

屋敷がのけぞる。

「屋敷。しゃべるな」

丸山が屋敷の戦闘服をナイフで切り裂く。

突然、噴水のように血が噴き出した。丸山の顔が赤く染まる。

「先生。悪いがここの銃創を押さえてくれ。掌で強く押すんだ」

端部を歯で噛んだ包帯を引き出しながら、丸山三曹が止血の準備をする。

胸に当てた八神の両腕を屋敷が摑む。

「死ぬってことは、そこで立ち止まることなんだよ。みんなはどんどん歩いて行くのに、一人だけ永遠に止まっちまう」

十本の指先が八神の腕に食い込む。

銃創を押さえる八神の指の隙間から、血が溢れ出る。

「丸山三曹、寒い。私は……、俺はもうだめですね」

「ばか野郎。必ず助けてやる。弱音を吐くな！」

「俺……。みんなと一緒に先へ進みたかった……」

屋敷の顔が漆喰《しっくい》のように白かった。

次の瞬間、屋敷の指先から力がふっと抜けた。

「屋敷さん！」

八神は叫んだ。

屋敷の腕がだらりと床に落ちた。

「しっかり！　しっかり屋敷さん」

八神は屋敷の頬を思い切り張った。

死ぬわけがない。屋敷が死ぬわけがない。

応急処置する丸山三曹の手が止まった。唇を噛んだ丸山がうなだれる。

誰かが八神の襟首を摑んだ。瀬島が八神を隔壁の陰に引きずり込む。

「ばか野郎！」

「放して下さい。屋敷一士が撃たれたんですよ」

「君が勝手に動くと、他の隊員たちまで危険にさらされる！」

「私に命令するな！」

八神は瀬島の手を振り払った。

瀬島が八神の胸ぐらを摑み上げる。

「黙れ！　銃弾にもかかぎりがあるんだ。勝手な行動は許さん」

「私は民間人です」

「自衛官であろうが、民間人だろうが、ここでは私に従え！　ただの一人も無駄に死なせたくない」

「こんな戦いになんの意味があるんですか！　みんな犬死にじゃないか」

阿鼻叫喚《あびきょうかん》の巷《ちまた》とは、八神の目の前に広がる光景を言うのだ。硝煙の臭いが鼻をつき、銃弾の跳ねる音が響く。壁に着弾と爆発の痕跡が次々と刻まれていく。

銃声で鼓膜が圧迫される。

設備区画へ突入しようと隊員が走る。正面から誘導弾が飛んでくる。

「危ない！」

木内三曹が叫ぶ。

誘導弾が隊員の腹に突き刺さった。

不発の誘導弾に串刺しにされた隊員が弾き飛ばされる。

「誰か援護しろ！」

木内三曹が駆け出す。

たちまち足を撃ち抜かれて倒れる。

「今、助けに行きます」「くるな！」「でも」「ばか野郎。くるなと言ったろうが！」
怒号が飛び交う。
扉から襲いかかる銃弾が、木内の体を引き裂いた。
木内の全身から鮮血が噴き出す。
「やりやがったな。……クソ野郎が」
木内が立ち上がる。千鳥足で二、三歩進んだ木内が、たまらず床に膝をつく。
木内の左側頭部を銃弾が貫通した。
右のこめかみから血と一緒になにかが飛び散った。
木内が前のめりに倒れた。
〈小隊長。私に突入させて下さい！〉
桧垣が無線で叫ぶ。
〈私が行きます〉〈私も〉〈あいつら皆殺しにしてやる！〉
隊員たちの殺気がイヤホンの中で交錯する。
「いかん。落ち着け！」
瀬島が叫ぶ。
銃声、隊員たちの怒声が周りを飛び交う。誰かの荒い息が、八神の横を走り過ぎる。

空気が震え、人の命が散っていく。

酸鼻《さんび》を極める戦場。

ここは地獄。

あるのは悲鳴と血と死だけ。

八神は兵士じゃない。銃だって撃ったことなんかない。こんなことのために自分はここへきたんじゃない。頭の中で、むごたらしい死への恐怖と、こんなはずではなかったという後悔がごちゃ混ぜになった。

ずっと張りつめていた緊張の糸が切れた。

床に手をついた八神の口から、胃の中身が溢れ出た。

「助けて！」

八神は野良犬のように壁際へ這い寄った。

両膝を立て、背中を丸めた八神は両耳を掌で塞いだ。

膝のあいだに頭を押し込み、きつく目を閉じて、周りのすべてを拒絶した。

気がつくと、銃撃が止《や》んでいた。

あたりを静寂が包み、耳鳴りだけが残っている。

八神はそっと目を開けた。

物陰で銃を構えた瀬島と丸山が、設備区画の様子をうかがっている。

銃弾の弾倉を交換する瀬島の横で、「気がつきましたか」と丸山が八神に微笑んでくれた。

「終わったのですか」

「わからない。なぜか突然、敵の攻撃が止んだのです」

丸山が首を振る。

戦闘の爪痕。トンネルの床に倒れた屋敷たち三人の他に、資材の陰で別の隊員が倒れている。すでに小隊は五名になっていた。

「全員。集まれ！」と瀬島が鉄帽のつばを押し上げた。

「これから設備区画へ突入する」

「私が行きます」

すかさず全員が同じ言葉を口にした。

「落ち着けと言っただろうが！」瀬島が語気を強める。「俺たちは死ぬためにここへきたのではない」

瀬島が四名の部下を見回す。

誰もが肩で息をしていた。

怒りに震え、思い詰めた顔が「私に」と志願していた。

瀬島が、顔を隠すように鉄帽を右手で押さえた。

「丸山三曹。これから俺が突入する。もし、俺になにかあれば、残りの者を連れて斜坑から撤退しろ」

あっというまに瀬島の姿が扉の向こうへ消えた。

丸山の返事を聞く前に、瀬島が駆け出した。

銃を構えた丸山たちが待つ。

両手の袖で涙を拭った八神は丸山の横に膝をついた。

「先生。わかりますよ。民間人のあなたには過酷過ぎる」

丸山の気遣いに八神はうつむくしかなかった。

「誰だって怖いものです」

丸山が微笑みかけてくれる。

「……すみません。こんなときに取り乱して」

「なにも恥じることはない。先生のことは必ず守ってみせるから安心して下さい」

「私は怯えているだけ。でも皆さんは恐怖を振り払って戦う。あなた方を突き動かすのは使命感ですか、それとも怒りですか」

丸山がリアサイトに目線を戻した。

「戦場で、怒りには二種類あります。奮い立たせる怒りと、理性を失わせる怒り。

我々が肝に銘じねばならないのは、後者には悲劇が待っていること」

「戦いの中でも厳しく自分を律する必要があるのですか。殺し合いの場でも理性が要求されるなんて」

「戦場は国を守る場です」

「結果として人を殺すことになっても？　人を撃つことになにも感じないのですか」

「戦場で銃を撃つとき、標的は単なる動体としか認識しません。銃弾が命中しても標的の事情や背景など考えない。ところが、仲間が撃たれたときは彼の人生や家族のことを考え、怒りに身を切られる。戦場とは、そんな自己矛盾を抱える場所です」

丸山の左目が少し揺れた。

「望んで戦場へ出向く者などいません」

「それでも、あなた方は戦うのですか」

「屋敷一士が言ったでしょ。生きているということは、すべてを背負って先へ進むということです」

「あなたは……」

八神が考えたこともない死がそこにある。叔父《おじ》夫婦や令子の死は不慮の事故によるもの。ところが屋敷たちは国のために、誰も知らない地下で銃弾に引き裂かれて死んでいく。

そんなばかな。絶対にいやだ。

「隊長が戻ってきた」

丸山が八神との会話を切り上げた。

扉から姿を見せた瀬島が、「こい」と手招きする。


設備区画は三ブロックに分かれている。扉の向こうは、実験用トンネル内で使用する機器などの保管、メンテナンスを行う第三区画だ。

第三区画に足を踏み入れた八神の足がすくんだ。

静まりかえった構内に残された凄まじい戦闘の痕跡。壁際や機器の陰に何人もの自衛隊員が倒れている。あちらこちらに血溜まりができ、いたるところに爆発、炎上、着弾、激しい戦闘の跡が残されていた。圧倒的な戦力差だったのだろう。

「おかしい。あれだけ手応えがあったのに、敵の死体がない」

桧垣が唇を噛む。

「連中は自分たちの痕跡を残さずに撤退したのだ。八神君、奥へ案内してくれ」

無表情の瀬島が銃口で、中央立坑直下の第一区画へ繋がる扉を指さす。

第一区画は、中央立坑と繋がっていてエレベーターや管理室、宿舎、機械室などが丸く配置されている。八神たちは、丸い立坑に沿った円形廊下を回り込んで北側の第二区画へ向かう。

途中、第一区画の内部は、さらに悲惨な状況だった。

激しい爆発があったらしい。壁は焼けこげ、天井パネルが脱落して、折り重なる死体を跨《また》がないと進めない。

思わず八神は口を押さえた。

敵の気配に注意を払いながら、第二区画へ繋がる扉の前までくると、屋敷に代わって若い隊員が扉の解除に取りかかった。

ここは……。皆が目を見張った。

手前の二つの区画とは別世界が広がっている。高い天井から白色照明で照らされる部屋は、なにかの制御室を思わせる。壁には、畳十畳ほどもある巨大なモニター、その両側に十以上の小型モニターがはめ込まれている。部屋の中央には、長さ十メートルはある半円形の操作盤が据えられ、大小のディスプレイ、キーボードを思わせるスイッチ群、そしてゲームコントローラーのごとき操作レバーが配置されている。

なぜかここには戦闘の痕跡がない。おそらく警備隊はこのエリアを守るために、その手前で敵を迎え撃ち、そして全滅したのだ。

目線を左に移すと、壁の上半分がアクリル樹脂製の窓となっている。その向こうに目をやった八神は唖然とした。研究施設でも貯蔵施設でもない、まるで精密機械工場を思わせる地下空間が広がっている。整然と並んだ数々の工作機械、リフト、天井を走る配管。それ以上に目を引くのは、かつて大学の原子核研究室で見たことがあるグローブボックスだった。

なんだ、この空間は。

「小隊長、奴らはどこへ」

丸山が片手で顎のあたりを擦る。

「輸送されるプルトニウム燃料ではなく、彼らが施設を直接攻撃した理由は警備隊の殲滅ではなさそうだ」

「この施設そのものが目的だと」

「しかも占拠ではない。破壊が目的だ」

見て下さい、と丸山が操作盤の端を指さした。メインエレベーターの稼働ランプが点灯している。

「彼らは目的を達したのだ」

「目的？」

「どこかに爆薬を仕かけている。施設全体を破壊する気だ。徹底的に施設内を調べろ」

瀬島の命に丸山が二人を連れて部屋を出る。

「小隊長。指揮所と繋がりました。陸幕副長です」

小銃を置いた桧垣が操作盤の受話器を掲げた。

瀬島が相手と言葉を交わす。

「瀬島です。はい。……すでに、ヘリの乗員六名、小隊十九名を失いました。施設の警備隊はおそらく全滅です。はい。……」

なぜか、瀬島の表情がみるみる険しくなった。

「なんですって。……我々は、そのために命を懸けたのですか。……、すでに私を入れて五名しか残っておりません。……ならばなぜ、もっと早く撤退命令を……。納得できません」

受話器を投げつけるように置いた瀬島が、操作盤に両手をついてうなだれた。

そのとき、丸山たちが戻ってきた。

「数カ所に爆発物が仕かけられています」

「……処理できるか」

「初めて見るタイプです」

「起爆までの時間は」

「わかりません」

全員の運命の導火線に火が点《つ》けられた。

「撤退する」

瀬島が立てかけていた小銃を取り上げた。

あまりに呆気ない瀬島の撤退命令に、丸山が戸惑った表情で一歩前に出る。

「私はここに残って爆発物の解体を試みます」

「だめだ」

「しかし……」

「だめだと言っただろうが！　これは命令だ」

瀬島が激しい口調で言った。

八神は瀬島の横顔をちらりと見た。

彼がなにを思い、なにを考えているのか、その表情は鉄帽に遮られていた。

「くそったれが」瀬島が誰にともなく吐き捨てた。「起爆までの時間は長くて数分だろう。斜坑へ戻る時間はない。……八神君、どうすればよい」

「エレベーターを使うしかありません」

「立坑上にはまだ敵がいるかもしれん」

瀬島が顔をしかめる。

「大丈夫です。メインエレベーターとは別に、大日ケ岳北斜面の山腹に出る非常用エレベーターがあります。それを使いましょう」

「いいだろう。丸山三曹。指揮所に連絡」

八神の案内で第一区画へ戻った小隊は、地上と繋がる二台の非常用エレベーターを呼んだ。

扉の上の『▽』のライトが点灯する。

「丸山三曹。二人連れて行け。地上に着いたらできるだけ昇降棟から離れて安全を確保せよ。ただし、会敵《かいてき》の可能性もある。用心しろ」

「瀬島陸曹長。話があります。どちらか一台に、あなたと私だけで乗りたい」

八神は願い出た。

「ぐだぐだぬかすな」

「大事な話があるんです！」

おりてきた二台のエレベーターの扉が開く。

瀬島が八神から目線を切った。

「丸山三曹。三人連れて先に行け」

六人が二手に別れた。エレベーターへ乗り込んだ瀬島が扉を閉める。八神はボタンを押した。遥《はる》か二百メートル頭上の昇降棟を目指してエレベーターが上昇を始めた。

「陸曹長。先ほどは取り乱して申しわけありませんでした」

八神は素直に頭を下げた。

瀬島の仏頂面に会話のきっかけさえ摑めないまま、ケージの中が沈黙で満たされた。

しばらくすると、瀬島が唐突に切り出した。

「話とはなんだ」

「陸曹長、あなたが私を追っていた理由を教えて下さい」

「上層部は君の論文がもとで、北が施設の機密に気づいたのではないかと疑った。そして君が、北へ国家機密を渡すのではないかという疑念だ」

「国家機密とは？」

「そのときは詳しくは知らなかった。ただ、さっきはっきりしたよ。ここは核兵器製造・実験工場だ」

核兵器製造・実験工場。求めていた謎の答え。そこに渦巻くわけのわからないなにかに、自分は命を狙われ、令子が、教授が、そして屋敷たちが命を落とした。

顔のない道化たちが、死の兵器を弄《もてあそ》ぼうとしている。そんな真実を知るために、八神は大切なものを失い、多くの死を見た。

瀬島が小銃の弾倉を交換する。

「八神君、俺も聞きたいことがある。ここが核兵器の製造・実験工場なら、なぜ北は君からその情報を入手しようとした」

思い起こせば、すべての辻褄が合う。

「……私のことを、金目当てで国家機密を売る男と思っていたようです」

陰謀とか機密なんか糞《くそ》くらえだ。

死が八神へ微笑む前に、たしかめたいことが一つある。

「陸曹長は私のことを、以前からご存じだったのですね」

「令子のことか」

まるで八神の言葉を予期していたように、瀬島は落ち着いていた。

「いつ俺があいつの兄だとわかった」

「今日の昼です。県警の小林刑事から聞きました」

いらぬことを、と瀬島が顔をしかめる。

「だから陸曹長は、私の調査を引き受けたのですか」

「ばかを言うな」

令子が慕っていた兄。彼女のことを誰よりも愛していた男が、目の前に立っていた。

「許して下さい」

ずっと口にしたかった言葉を、八神は小さく呟いた。

黙したまま、瀬島がふっと表情を和らげた。強面《こわもて》の陸曹長が初めて見せる顔だった。

胸が締めつけられた。あらんかぎりの罵詈雑言《ばりぞうごん》を浴びせて欲しかったのに。瀬島の優しさが、かえって八神が彼から奪ったものの大きさを教える。

「私は彼女を見殺しにしたのも同然です。救いようのない無様な人間です」

「それは俺も同じだ」

一転、瀬島の瞳が憂いに溢れ、八神は言葉を失った。

「あの夜も俺はここで警備の任務に就いていた。令子が観測所にやってくることは知っていた。そして事故が起きたことも。土砂崩れの原因は陰謀でもなんでもなく、独法が工事を急がせたからだ。すぐにでも駆けつけるべきだったのに……。俺は任務を優先し、最愛の妹を見殺しにした。それだけじゃない。そのあと君が北の協力者だと誤解した。俺に君を責める資格はない」

兄としての哀《かな》しみと、自衛官としての無情が、瀬島の顔によぎる。

「陸曹長のことを話すとき、彼女はいつも穏やかで満ち足りた表情でした。あなたのことを心から思っていた。彼女と一緒に、陸曹長にお会いしたかった」

目を細めた瀬島が、唇の端だけで笑ってみせた。

「君は特別な男だからな」

「特別？」

「俺の妹が愛した男だ」

目の前が真っ白になった。

真顔に戻った瀬島の目線がインジケーターに流れた。間もなく地上へ到着する。

「君は令子を守れなかったと後悔しているのか？　守りたい者を守れなかった悔いに苦しんできたのか？」

八神は唇を噛んだ。瀬島が言葉を続ける。

「見たろう。時として、俺は部下に死ねと命じなければならない。君の悔いと違って俺の苦しみに救いはない」

心底悲しそうな目が八神を見つめていた。

瀬島が向き合う哀しみは、八神にはおよびもつかない。

エレベーターが地上の昇降棟へ到着した。扉が開く。機械室を兼ねた建物は、大日ケ岳の中腹に切り開かれたテニスコートほどの平地にある。

窓の外には墨絵を思わせる白山連峰の山稜が、月明かりに白く浮かび上がっていた。

暗視装置をオンにした瀬島以下、五人の隊員が扉の横に開いた窓から外をうかがう。

「行きますか」と丸山三曹が唇を舐める。

そのとき、ズンという腹に響く振動が足下から伝わった。八神は思わず脇へ飛び退《の》いた。地底の底から湧き上がる揺れだった。隊員たちが顔を見合わせる。

そして、もう一度。

製造工場が爆破されたのだ。

「八神君。このあとなにが起こる」瀬島が振り返る。

「あれだけの大空洞が崩壊すれば、このあたり一帯が陥没するかもしれません」

「退避しろということか」

「はい」

110ミリ対戦車榴弾を担いだ丸山と、小銃を構えた瀬島が八神の前で壁を作り、六人は昇降棟の扉を蹴り開けて表へ出た。

桧垣以下の三人が散開する。

あたりに気を配り、上体を屈めながら、六人は駆け出そうとした。

「止まれ」右手を上げた瀬島が足を止める。

さっきとは異なる振動が全身に伝わった。足下からではない。

小刻みな空気の振動が前方の闇を突き抜けてきた。

背後で、昇降棟の窓ガラスがビリビリと震え、扉の蝶番《ちょうつがい》がきしんだ。

突然、前方に広がる御母衣湖の谷から巨大なヘリコプターが上昇してきた。

ガスタービンのかん高い咆哮《ほうこう》、黒く塗装された多面体の胴体。

ステルスタイプのヘリだ。

ローターの巻き起こすダウンウォッシュに、体が噴き飛ばされそうになる。

丸山が対戦車榴弾をヘリに向けた。

機首を横に向けたヘリのキャビンドアが開け放たれている。

ドアガンの銃口が丸山を向いていた。

「丸山三曹。伏せろ！」瀬島が叫んだ。

対戦車榴弾を肩に乗せた丸山の腹を、M１３４機関銃の銃弾が貫いた。

内臓が背中を突き破り、吐き戻すように口から鮮血を吐き出した丸山が、糸の切れたマリオネットのように昇降棟の壁に叩きつけられた。

呆然と立ち尽くす八神の足を瀬島が払う。

八神は肩から地面に倒れた。

銃弾が八神の数ミリ上を飛び過ぎる。

「戻れ！」という号令に、桧垣たち三人が昇降棟へ駆け戻る。

しんがりの一人が胸を撃ち抜かれた。ザクロのように裂けた左胸から鮮血が噴き出す。

地面に伏せた瀬島が八神を昇降棟の中へ引き戻す。

桧垣たちが窓から応戦する。

降り注ぐ銃弾に、建物の壁が粉砕されていく。

扉の反対側の窓から応戦していた隊員が喉を撃ち抜かれた。銃創を両手で押さえたまま、背中から床に倒れる。たちまち床に血溜まりが広がっていく。

入口の扉は噴き飛び、窓ガラスが跡形もなく消滅する。

「じっとしてろ！」

雪のように降りかかるコンクリートの破片を浴びながら、瀬島が小銃の銃床で対戦車榴弾を引き寄せる。

瀬島の周りで銃弾が跳ねる。

瀬島が対戦車榴弾を肩に載せた。

しゃがんだまま、機銃掃射の間隙《かんげき》を縫うタイミングを計る。

一瞬、掃射が止んだ。

瀬島が立ち上がった。

次の瞬間、瀬島の右肩と脇腹を銃弾が貫いた。

戦闘服の切れ端とともに肉片が飛び散った。

瀬島がよろめく。八神と桧垣は瀬島の体を背後から支えた。

八神も右脇腹に焼け火箸を押しつけられたような痛みを感じた。

三人は重なり合って床へ倒れた。

瀬島の顔が激痛に歪む。見ると、彼の右手の指が銃弾に引きちぎられている。

「君は逃げろ！」瀬島が左手で八神の腕を摑んだ。

「私が撃ちます。桧垣さん援護して下さい」

八神の言葉に瀬島と桧垣が目を見開く。

「無茶を言うな」

「できます。やってみせます。だから撃ち方を教えて下さい。国を守るために命を犠牲にする勇気は私にはありません。でも、令子に言われた。いつか周りが私を必要とする時がくると。今がその時です。死んでいったみんなに、せめて『お前がいてよかった』と思って欲しい」

逡巡する目が八神を見つめる。

「無様に生きてきた私にだって引き金ぐらいは引けます！」

瀬島の顔を、八神はぐっと引き寄せた。

鼻が擦れるほどの距離で、互いの覚悟がにらみ合う。

やがて瀬島が桧垣の耳元でなにかを囁《ささや》く。

桧垣が頷き返す。

瀬島の視線が戻ってきた。

「筒を肩に担いで、左手で前方のグリップを持ち、右手でトリガーを引け。あとは俺たちに任せろ。絶対に外さないようにしてやる。いいか、君の視界がヘリの機体で溢れるまで撃ってはならん。チャンスは一度だけだ！」

それだけ言いおいた瀬島が左脇に小銃を抱える。

「これだけは覚えておけ。無様っていうのは、そのことに気づかない奴のことを言うんだ。もう一つ。どんなにみっともなくても生きろ。いつ死ぬかなんて運命が決めてくれる。なにも焦る必要はない」

瀬島が八神に笑いかけた。

左手の指をトリガーに架けた瀬島が表に飛び出す。桧垣が扉の陰で片膝をつく。

瀬島が、ヘリから八神の窓が死角になる位置に立った。

ヘリへ向けて瀬島がトリガーを絞る。

壁を隔てた瀬島の陰で、八神は対戦車榴弾を構えた。

ヘリのエンジン音がうなる。

ドアガンの発砲音が轟いた。

襲いかかる7・62ミリの銃弾に全身を貫かれた瀬島が、八神の目前で窓枠にもたれかかる。

「先生がいてくれて助かったよ」

そう告げた桧垣が昇降棟から飛び出した。

小銃を掃射しながら、斜め前方へ走る。

ヘリの射撃手の注意が桧垣を向いた。

こと切れた瀬島が地面に崩れ落ちた。

その瞬間、八神の視界がヘリの機体で溢れた。

「くらえ！　これがお前たちの運命だ」

八神はトリガーを引いた。

最大700ミリの装甲貫通力を誇る110ミリ榴弾が、ヘリ目がけて発射された。

轟音とともにヘリが炎に包まれた。

燃料タンクに誘爆した衝撃波がまともに正面から襲いかかり、建物と一緒に八神は噴き飛ばされた。

午前一時二十四分
岐阜県　飛騨山中　大日ケ岳中腹

大日ケ岳の中腹、標高八百五十メートルの地点に、地熱発電所を思わせる再処理核燃料貯蔵施設がある。そこからさらに百メートル上の北斜面に切り開かれた、テニスコートほどの台地に非常用エレベーターの昇降棟があった。

サイトの十キロ手前から燃え上がる炎が目視できた。

ＯＨ－６Ｄからおり立った溝口は息を飲んだ。

昇降棟は瓦礫と化していた。

あたり一帯にヘリの残骸が散乱している。なぎ倒された木々と散乱する焼死体がくすぶり続け、航空燃料の臭いが漂う。

戦場の跡で息を潜めていた虫たちが、囁くような鳴き声で溝口を台地の片隅へ導いてくれた。

溝口は我が目を疑った。

昇降棟奥の雑草に埋もれて、八神が横たわっていた。

なぜここに……。

満天の星に見守られ、八神が愛した山々の懐に抱かれている。

今にも途切れそうな浅い息継ぎ、そしてひどい傷だった。

左腕、首、左頰にかけての火傷《やけど》。そして肩、右腹部に二発くらっていた。

どこまで過酷な運命で弄べば、神はこの男に許しを与えるつもりなのか。

八神の瞼がわずかに動いた。澄んだ瞳が溝口を見上げる。

右手の人さし指が溝口を呼んだ。

溝口は跪き、八神の口元に耳を寄せた。

「瀬島小隊は全滅ですね」

八神の目から涙がこぼれる。

「私なんかが生き残った」

溝口は小さく首を振った。

「たった一人のために二十人の自衛官が命を落とすことになっても、我々は出動します。それが我々の存在する意味なのです」

「私の命と陸曹長たちの命にどんな違いがあるのです」

「守る者か、守られる者かの違いです」

八神が遠い目をした。

北アルプスの峰々を越えてきた風が、密やかに二人を包み、八神の柔らかな髪を揺らした。安息の世界へ、永遠の地へ八神を誘っているように。

「なぜこんな危険なところへ」

「答えを見つけようと思いました」

「見つかりましたか」

八神が虚《うつ》ろな目を溝口に向けた。

「核兵器製造工場……ですね。あの施設がすべてを引き起こした。……でも、まだ足りません。私と工場の関係をもう少し教えて頂けますか」

溝口は八神の頭を撫でた。

「ここはサイト3と呼ばれています。サイト3の北五キロの地中では、核兵器開発の総仕上げとして、地下核実験の準備が進んでいました。しかしそこには重大な問題があった。世界中に設置されたＣＴＢＴの地震学的監視観測所に実験を感知されることです。そこで、Ｔ3と呼ばれる秘密組織は坂上教授に協力を依頼した。日本独自の核開発計画に賛同した教授は周到な計画を立てた。まずサイト3近傍に観測所を設置して、未知の跡津川断層の探査計画を始めると公表する。そして、断層探査の人工地震に見せかけて地下核実験を実施するつもりだった」

「ところが私の論文が計画を妨害することになった。なぜですか」

「あなたが観測に成功した、空白域のど真ん中で発生する微小地震の存在が公表されれば、大規模な人工地震による探査など必要ないとの議論が起きるかもしれない。T3の連中にとってはまさに不都合な真実だったのです」

たった一編の論文がきっかけとなった。

「陰謀の存在など知るよしもないあなたは、教授に無断で跡津川断層の微小地震に関する論文を発表しようとした。あなたから核実験の延期や中止に繋がりかねない論文が、いつのまにか投稿されていることを知った教授は、論文を握り潰した。あなたは、事態を懸念したT3からマークされるだけでなく、査読委員から情報を得た北朝鮮からも、核兵器開発に関する情報を持つ者として狙われることになった」

あの夜の土砂崩れで、教授が行方不明になった一件にも伏線がある。

アムスラーの来日によって、米国が計画に感づいたことを知ったT3は、地下核実験の実施を急いだ。急遽《きゅうきょ》、教授に観測所の準備を終えるように依頼したのだろう。それがあの夜の教授の無謀な行動を招いた。

キーマンの坂上を事故で失ったT3は、浮き足立っただろう。機密資料を教授室から持ち出させ、証拠隠滅を図ったのも、T3の連中だったにちがいない。

おそらくこれが真実だ。闇がそこに広がっていたのだ。

その狭間《はざま》で、たった一つの論文のせいで八神は運命に弄ばれた。

「あなたをこんなことに巻き込んで申しわけない」

「気にしないで下さい。最後に瀬島さんと話せて本当によかった」

八神の頬が緩んだ。

「瀬島陸曹長となにか」

「生きることに不器用なのは自分だけでないと知りました。私は人を不幸にする……、本気でそう思っていた」

八神が口を開きかけ、思い直しては閉じ、また開いた。聞いて欲しい衝動と、人に打ち明けることではないという自制心が交錯しているようだった。

「それで」

溝口は八神の迷いを解きほぐしてやった。

「最初は叔父と叔母でした。両親を亡くした私を育ててくれた恩人です。突然でした。旅行中の鉄道事故で二人が亡くなったと警察から電話があったのです。その旅行には私も誘われていました。なのに、大学の用事を口実に二人で行かせた。大切な恩人と引き換えに、私は子供のいなかった二人の遺産と補償金を受け取りました」

風の音が止んだ。虫たちも声を潜めた。

「次はあの地震でした」

「地震？」

「熊本地震の当日、私は八年先輩の川北《かわきた》准教授と現地調査に入りました。二〇一六年四月十五日のことです。南阿蘇《みなみあそ》村立野《たての》地区の旅館に投宿した私たちは、初日の現地調査を終え、床についていました。そして、十六日午前一時二十五分がやってきたのです」

八神は激しく咳き込んだ。口を押さえる指の隙間から血が滲んだ。

「もういい、安静にしていなさい。続きはあとで聞きます」

溝口は八神の額に掌を当てた。

「お願いです。最後まで聞いて下さい」

八神が溝口の腕を摑む。

「すでに寝込んでいた私は、異様な胸騒ぎに目を覚ましました。あたりは真っ暗で、物音一つしない不気味な夜でした。もう一度瞼を閉じようとしたとき、何百、何千の虫が背中を這《は》い回る悪寒に襲われ、私は跳ね起きました。慌てて傍の柱にしがみついた。その直後だった。カタカタと襖《ふすま》のきしむ、微小な揺れが前兆でした。一秒ほどの静寂のあと、下から突き上げる圧倒的な地震波が建物を持ち上げた。近い、そして大きい。逃げなければ。考えることはそれだけでした。建物が激しく揺さぶられ、床の間のテレビが宙を舞い、畳が大蛇のようにうねった。なにかがぶつかり、崩れる音が、雨戸の隙間から飛び込んできた」

八神が言葉を切って、大きく息を吸い込んだ。

「目を覚ました川北さんが起き上がりました。早くこっちへ、なにかに摑まって。私は叫んだ。川北さんが私に手を伸ばした。足下でなにかが折れる音がした。なにかが裂ける音、壁に幾筋ものひび割れが走った。突然、目の前でナイフで切り取るように建物が引き裂かれた。次の瞬間、押し寄せる土砂の中に川北さんが消えました。あとのことは覚えていません。気がついたとき、私は病院のベッドに横たわっていた」

八神が痛みに身をのけ反らせた。

「気をしっかり」

溝口の呼びかけに八神が頷いた。

「私は今年、准教授に昇格しました。異例の早さです。研究者としての能力は川北さんの方が優れていた。しかし川北さん亡きあと、坂上教授の後継者は私しかいなかったのです。消去法の選択でした」

大きく息を吐き出し、なにかを探すように、八神が視線をさまよわせた。

「助けてくれ、と手を伸ばす川北さんが目の前にいたのに、私は恐怖で動けなかった。彼は渦巻く土砂とともに闇へ吸い込まれた。そして私は准教授の地位を得た。結果として私は川北さんを追い落としたのです。大学の人事など狭い社会での秘め事。よほど能力があるか、誰かの引き上げでもなければ、研究室に残ることも、ましてや教授までのぼり詰めることもできない世界です。そして、今度の土砂崩れです。熊本のときとまったく状況は同じ。目の前で濁流に飲み込まれる二人に、私はなにもできなかった」

「あなたのせいじゃない」

八神の顔に少しの赤みがさしたように思えた。

しかしそれもつかの間だった。

「この話を誰かに聞いて欲しかったのです。……ありがとうございました」

八神が瞳を閉じた。

溝口は、自分たちが守ろうとしたものの正体が見えなくなった。

こんな事態になろうと、表面上は日米の同盟関係が崩れたわけではない。公には両国間に紛争など存在しないのだ。ほんの一瞬だけ米国が牙を剝《む》いたにすぎず、決して彼らは尻尾《しっぽ》を摑ませない。

溝口たちが段ボール百箱分の状況証拠を積み上げても、明日、大統領が来日すれば片山総理は満面の笑みで握手するだろう。

しかし内田が腹をくくり、なにより溝口がいる以上、自衛隊には嵐がやってくる。

溝口は八神の記憶を追った。瀬島たちの最期。決して忘れてはならない。

〈三佐。大丈夫ですか〉

後続のヘリに乗る三桶が無線で呼んだ。

「今どこにいる」

〈サイトから十キロの地点です〉

「衛生科隊員はいるか」

〈ヘリに同乗しています〉

「彼をここにおろせ。応急処置のあと、重傷者を麓に運ぶ。三分で到着しろ。大至急だ」

溝口は八神の手を握り締めた。軟らかい、銃など握ったことのない手だった。

遠くからヘリの爆音が聞こえてきた。

溝口は八神を抱き上げた。

若い地震学者は、こんな華奢な体で恐るべき陰謀を受け止めてくれた。

夜風が彼の髪の毛を揺らす。

八神、君を救ってみせる。

終章

十月二十七日　水曜日　午後十時
羽田空港　第三旅客ターミナル三階　出発ロビー

東京の空にはきれいな半月が浮かんでいた。

溝口は、零時三十分発のエミレーツ航空ドバイ行きに乗る八神を見送りにきていた。

何度訪れても洒落《しゃれ》た空港だと思う。

第三旅客ターミナルビルは五階建てで、延べ床面積約二十三万平方メートルもあり、二十基のボーディングブリッジが設置されている。

空港全体を覆う大きな屋根の曲線は、富士山の尾根を表現し、屋内から見上げた屋根はすじ雲をイメージしているそうだ。昼間、天井の隙間から採光される太陽光は、広く大きな空港内だけでなく、青空を映す海面を模した床を照らし出す。

ロビーはビジネス客やツアー客と思われる団体で混雑していた。

思えばこの三カ月、様々なことが起きた。

事案から一カ月後、坂上教授の遺体は御母衣湖の湖底から発見された。

核兵器開発派の粛清は水面下で行われた。篠原、東山、そして日向の自白から特定されたメンバーは、懲戒免職、依願退職など、目立たない形で表舞台から抹殺された。依願退職の場合でも退職金の受け取りを辞退させられ、事実上、公民権も停止される。事実を隠蔽《いんぺい》するため、内乱罪などによる立件は見送られたものの、国家に対する重大な背信行為のため、全関係者が終身監視対象者に指定された。彼らの未来に光はない。

破壊された再処理核燃料貯蔵施設は、『事業の見直しによる』という表向きの理由で閉鎖された。同時に、大山陸将が事案とその後の混乱の責任を取って辞職することで、自衛隊のけじめがつけられた。

そして、最大の関心事である米国との関係修復交渉は、一切、表に出てこない。

ただ、それもこれも、溝口にとってはすでに人ごとだ。

「すっかり良くなられて安心しました」

保安検査場の手前で、溝口は八神と向き合っていた。

「入院中は何度も見舞って頂き、ありがとうございました。溝口さんの言葉は、独り身の私には心強かったです」

八神の左頰には、まだ火傷《やけど》の痕が生々しく残っている。

「まさか、イランに行かれるとは」

「無様《ぶざま》な私なりに前へ進みます。観測データが予想に反したときなど、令子は言っていました。——迷って立ち止まっている時間なんて壊れた時計と同じ。捨ててしまいましょう——と」

「あちらの国から誘いがあったのですか」

八神が小さく首を振る。

「道は教わるものではなく、学ぶものだと思います」

「だからといって、なにも外国でなくても」

「甘えの許されない環境で厳しく己を律しながら、イランの地震研究所で防災の研究に身を捧げたいと思います」

「寂しくなりますね」

溝口は微笑《ほほえ》みを返した。

八神の表情は相変わらず硬かった。

「入院中、なぜあんな計画を坂上教授が立てたのか、ずっと考えていました」

「あらゆる地震に精通していらっしゃるからでは」

違います、と八神が首を横に振った。

「爆発現象と自然地震を見分けるのに、それほど知識は必要ありません。地下核実験のような爆発現象では地面を持ち上げる縦波、つまりＰ波が卓越し、逆に横波、Ｓ波が目立たないし、爆発による地震波は周波数の高い波が卓越します。そこそこの専門家が波形を見れば、地下核実験を識別するのは難しくないのです」

「教授の権威が必要だったと」

「坂上教授は、跡津川断層内の地震空白域の実態を解明するためとの理由で、地下核実験に相当するＭ４・５程度の人工地震の計画を発表した。そうしておけば、地下核実験の後、それを探知した他国から『これは核実験の地震波ではないか』と指摘されても、自分の権威を後ろ盾に『断層探査のための人工地震だった』と突っぱねるつもりだったのでしょう。でも、教授ほどの人が……。それが残念でなりません」

今となっては、確かめるすべはない。

「あなたの論文の周りには、様々な陰謀が渦巻いていた」

「陰謀が陰謀のままで終わってよかったと思います」

「そんな世界で生きる私でも、今回の事案では多くのことを学びました」

「溝口さんが？」

「真実を見せると言う連中を簡単に信用するなということです。真実と呼ばれるものが、ただの塵《ちり》と灰でしかないときもある」

「核爆弾の開発を行っていた連中のことですか」

溝口は黙って頷いた。

二人の横を人々が保安検査場へ通り過ぎて行く。

別れの時が近づいていた。

「八神先生。私はあなたのお仕事がうらやましい」

「どうしてですか」

「理学や工学の目的は、万物普遍の宇宙の法則を探ること。それに比べて私の目的は、嘘《うそ》とペテンに満ちた虚構の裏側を覗《のぞ》くことです」

溝口は溜《た》め息《いき》を吐き出した。

保安検査場の上に掲げられたサインボードを八神が見上げる。

「そろそろまいります。お世話になりました」

「この次、帰国されたらご連絡下さい。日本酒の旨《うま》い店にお連れしますよ」

「お気遣いありがとうございます。ただ、この先日本へ戻るつもりはありません。溝口さんともこれでお別れです」

八神が右手をさし出す。
溝口はその手を握り返した。
百人町で事情聴取したときと違って、八神の掌《てのひら》は温《ぬく》もりを感じさせた。
なぜか溝口は目元が怪しくなった。
バックパックを右肩に背負った八神が歩き始める。
溝口は二度と会うことがない彼の背中を見送る。
思えば、二人ともめった打ちにされて、リングに這《は》いつくばった。
テンカウント直前だった。
それでも傷だらけの若者は、立ち上がろうとしている。
保安検査場の手前で、ふと足を止め、八神が振り返った。
八神が微笑んだ。
柔らかだけど、芯の強い笑顔だった。

〈主要参考文献〉

『日本の防衛法制』田村重信、高橋憲一、島田和久　編著　内外出版
『教科書　日本の防衛政策』田村重信、佐藤正久　編著　芙蓉書房出版
『情報戦争の教訓』佐藤守男著　芙蓉書房出版
『安全保障のポイントがよくわかる本』
防衛大学校安全保障学研究会編著　武田康裕責任編集　亜紀書房
『図解　現代の陸戦』毛利元貞著　新紀元社
『最新　日本の対テロ特殊部隊』菊池雅之、柿谷哲也　共著　アリアドネ企画
『いまこそ知りたい自衛隊のしくみ』加藤健二郎著　日本実業出版社
『自衛隊　完全読本』後藤一信著　河出書房新社
『アジア最強の自衛隊の実力』自衛隊の謎検証委員会編　彩図社
『面白いほどよくわかる自衛隊』志方俊之監修　日本文芸社
『対訳テニスン詩集　イギリス詩人選（5）』テニスン著、西前美巳編集　岩波文庫

その他、ネット上の記事等を参考にさせていただきました。

『Tの衝撃』(実業之日本社、二〇一七年刊行)を文庫化に際し、改題、改稿しました。

本作品はフィクションであり、実在の個人・団体とはいっさい関係ありません。(編集部)

実業之日本社文庫　最新刊

中島 要
御徒の女
大地震、疫病、維新……苦労続きの人生だけどたくましく生きる、下級武士の〝おたふく娘〟の痛快な一代記。今こそ読みたい傑作人情小説。（解説・青木千恵）
な81

西川美和
映画にまつわるXについて2
小説と脚本の違い。子役との撮影。主演俳優の自意識――大ヒット作『永い言い訳』公開までの苦闘の五年間を濃密な筆致で綴る、人気映画監督のエッセイ集！
に42

葉月奏太
盗撮コネクション　復讐代行屋・矢島香澄
洋品店の中年店主は、借金返済のためとそそのかされ、盗撮を行う。店主の妻は盗撮され、脅される。店主は自殺を決意し……。どんでん返し超官能サスペンス！
は69

南 英男
脅迫　強請屋稼業
新空港の利権にからみ、日本進出をもくろむアメリカ企業がスキャンダルをネタにゆさぶりをかける。敵対会社の調査を依頼された見城豪に迫る罠とは!?
み716

睦月影郎
みだら女剣士
女子大剣道部の合宿の手伝いをすることになった治郎。そこに幕末に死んだ女剣士の霊が現れ、次々と部員に取り憑き欲求を満たしていく。爽快スポーツ官能！
む213

木宮条太郎
水族館ガール7
出産後、母親が病気にかかったイルカ親子は別々のプールに。離れ離れの親子を対面させるため由香が思いついたアイディアは……超感動いきもの小説！
も47

吉田雄亮
雷神　草同心江戸鏡
穏やかな空模様の浅草の町になぜか連夜雷鳴が響く。雷門の雷神像が抜けだしたとの騒ぎの裏に黒い陰謀の匂いが……人情熱き草同心が江戸の正義を守る！
よ56

実業之日本社文庫　あ24 1

襲撃犯《しゅうげきはん》

2020年8月15日　初版第1刷発行

著　者　安生 正《あんじょうただし》

発行者　岩野裕一
発行所　株式会社実業之日本社
〒107-0062　東京都港区南青山 5-4-30
CoSTUME NATIONAL Aoyama Complex 2F
電話 [編集]03(6809)0473 [販売]03(6809)0495
ホームページ　https://www.j-n.co.jp/
ＤＴＰ　ラッシュ
印刷所　大日本印刷株式会社
製本所　大日本印刷株式会社

フォーマットデザイン　鈴木正道（Suzuki Design）

ISBN978-4-408-55606-2（第二文芸）